"中国现当代名家散文典藏"编辑委员会

主　任：阎晶明

副主任：丁　帆

委　员（以姓氏笔画为序）：

　　　　止　庵　孔令燕　何　平　何向阳

　　　　李红强　张　莉　周立民　施战军

　　　　贺绍俊　臧永清

刘白羽散文

人民文学出版社

图书在版编目（CIP）数据

刘白羽散文/刘白羽著. —北京：人民文学出版社，2022（2023.5重印）
（中国现当代名家散文典藏）
ISBN 978-7-02-016299-4

Ⅰ.①刘… Ⅱ.①刘… Ⅲ.①散文集—中国—当代 Ⅳ.①I267

中国版本图书馆 CIP 数据核字（2022）第 044121 号

责任编辑	欧阳婧怡
装帧设计	陶 雷
责任校对	李晓静
责任印制	宋佳月

出版发行	人民文学出版社
社　　址	北京市朝内大街 166 号
邮政编码	100705
印　　刷	河北环京美印刷有限公司
经　　销	全国新华书店等
字　　数	193 千字
开　　本	880 毫米×1230 毫米　1/32
印　　张	9.5　插页 4
印　　数	5001—8000
版　　次	2022 年 5 月北京第 1 版
印　　次	2023 年 5 月第 2 次印刷
书　　号	978-7-02-016299-4
定　　价	38.00 元

如有印装质量问题，请与本社图书销售中心调换。电话：010-65233595

作者像(刘新学 摄)

作者在家中创作

1947年作者在东北解放战争前线

1987年作者访问苏联,在法捷耶夫墓前

出版缘起

中国现代文学开启自一百多年前的一场文学革命。从此,与社会现实密切相关,普通大众可以接受、可以欣赏、可以从中得到思想启蒙和艺术享受的新文学,就如雨后春笋般生长,涌现出一篇又一篇、一部又一部影响当时、传之久远的经典作品。自"五四"新文学以来的中国现当代文学发展进程中,散文无疑是耀人眼目的明星。

散文既能直抒胸臆,又能描摹万物,因此被视为自由多样的文体;散文语言贴近日常,最易触动人们的情感,可以直接地陶冶人们的心灵。这也是经典散文被誉为美文、拥有广泛读者、历经岁月更迭仍让人捧读的原因。百余年来的中国现当代散文创作云蒸霞蔚,已莽莽如浩瀚的文学森林,人们若贸然闯入这片森林之中,时有乱花迷眼、茫然难辨之困扰。为了让广大喜爱散文的读者能够更迅捷地读到中国现当代散文的经典性作品,我们精心编选了这套"中国现当代名家散文典藏"丛书。本丛书编选过程中,我们邀请了文学界的专家学者组成编委会,在认真商讨的基础上,汇集、编选了20世纪以来中国现当代散文史上的名家、名作。目的就是方便广大读者感受散文经典的艺术魅力,有利于集中欣赏、比较阅读、收藏,以及进行相关研究。

在研究、讨论过程中,编委会形成了经典性的编选宗旨。卷帙浩繁的现当代散文作品中,以经典作家、经典作品的筛选为编选原则,是为读者提供阅读便利的需要,也是为百余年散文创作所做的某种回顾和总结。我们深知,任何一部文学经典都并非一蹴而就,也非任由某个权威命名而成,文学经典是经过时间的淘洗,经受了社会和读者等各个方面的考验,自然形成的。这个淘洗和考验的过程就是一部文学作品被经典化的过程。经典,是经典化过程的结晶。中国现代文学是中国当代文学的前身,当代文学是活在我们身边的文学,这是一件非常有趣的事,因为这样一来,我们也许就能亲眼看到一部文学作品是如何诞生的,又是如何引起社会的热议、得到不断深入阐释的,我们对一部当代散文的喜爱,往往也是在这一过程中不断地得以强化。经典便是在这样不断被阅读、被热议、被阐释的过程中得到人们的广泛肯定从而成为大家公认的经典。当我们要编选一套现当代散文经典的丛书时,就应该考虑到当代文学的这一特点,要意识到当代文学的经典并不是凝固不变的,它仍处在不断丰富和不断成熟的经典化过程之中。这就确定了我们的基本编辑思路,即我们自觉地将"中国现当代名家散文典藏"的编选和出版,视为参与到现当代散文的经典化过程的一次积极行动。经典化,为我们的编选打通了一条通往经典性的最佳通道。我们从经典化的角度来审视现当代散文,就要更强调发展和辩证的眼光,更需要发现和辨析那些正在茁壮生长中的新现象和新作品;这也提醒我们,在经典标准的确认上不能墨守成规。我们既要关注作为文学史的经典,同时又要更看重历经岁月变幻始终在广大读者中拥有良好口碑的作品。我们认为,读者是经典化过程中不可忽视的参与者,因此也希望这次"中国现当代名家散文典藏"的编选和出版,能够为广大读者参与到现当代散文经典化进程中来提供一次良好的机会。

经典化的编选思路,自然决定了这套丛书有另一特征:开放性。中国现当代文学作为活在我们身边的文学,这就意味着它是一种具有旺盛生命力的,仍在茁壮生长的文学。回望过去的一百余年,现当代散文已经产生了不少的经典性作品;凝视当下的现实,仍有许多正行走在经典化道路上的优秀作品;放眼未来,我们相信,将会有更多的经典脱颖而出。我们这套散文典藏丛书不光要"回望",而且还要有"凝视"和"放眼",也就是说,我们不光要推出已有定论的经典性作品,而且还要把那些正行走在经典化道路上的,以及刚刚萌芽即将脱颖而出的优秀作品也纳入丛书的视野,因此我们必须采取开放性的编选方针。我们不是一次性地编选数十本书就宣布大功告成了,我们还要在此基础上继续延伸下去,把在经典化进程中逐渐成熟了的作家和作品吸纳进来,作为系列丛书、长期工作、"长河"计划而接连不断地出版下去。

本丛书编辑过程中,坚持优中选优原则,同时也充分尊重作家意愿和相关版权要求。在编辑"中国现当代名家散文典藏"过程中,由于版权限制等因素,使得一些名家名作还没有如期纳入丛书当中,我们也将努力创造条件,争取将更多的优秀散文佳作奉献给读者,以呈现中国现当代散文创作的整体成就和总体风貌。

感谢广大作家的支持,感谢广大读者的厚爱。

人民文学出版社
"中国现当代名家散文典藏"编辑委员会

目 录

1　　导读

第一辑　峥嵘岁月

3　　马鸣风萧萧

8　　火凤凰

18　　记北京的胜利日

26　　白桦树

28　　绿夜

第二辑　壮美山河

33　　海的幻象

36　　日出

40　　长江三日

49　　平明小札

76　　昆仑山的太阳

94　　开江的日子

97	春到零丁洋
104	翡翠城
110	烟台山看日出
114	武夷风采
121	秋风十渡
123	白蝴蝶之恋
125	日月经天
127	漓江春讯
134	燃烧的红月季花

第三辑　读书写作

139	天涯何处无芳草
143	海天夜话
148	夕阳红到无边
152	宇宙的声音
155	散文自白
157	晚霞谈文录
162	川端康成的不灭之美
168	东山魁夷的宇宙

第四辑　远天怀人

177	我们的心灵在延河

182　上海的春风

185　红烛

188　鲜艳而铁一般的新花

194　奔腾的大海

199　追踪岭南派

206　关山月更明

第五辑　域外风情

215　珍珠

226　翡冷翠

239　两访巴黎公社墙

245　夜雨箱根

248　智慧之神

253　海外日记二则

导 读

刘白羽(1916—2005)在散文、小说、报告文学等领域都卓有成就。刘白羽是一位战士型的作家。终其一生,他个人的生命历程与国家民族的大历史、大事件紧密地联系在一起。民族危亡之际,刘白羽于1938年辗转到达延安,投身到火热的革命生活中。解放战争时期,他以战地记者的身份采写和报道前线战事,写出许多有影响的战地通讯,见证了中国如何从战火硝烟中一步步走向新生。他环行东北,横断中原,在长江航线上往返,直至见证古都北平的和平解放。朝鲜战争期间,他又两度奔赴战场。战争深刻地影响了他的气质,同时也促成了他在美学上的脱胎换骨。他褪去初入文坛时的纤秾感伤,转而专注于歌颂自然的雄奇、崇拜英雄的伟力。可以说,英雄情结与斗争精神积淀在刘白羽文化心理的底层,是他将外部世界审美化的起点。

以此进行文学创作,刘白羽自然更偏爱那类带有雄浑气质的物象。黄河莽荡、祁连积雪、敦煌秋日、阳关烽火、武夷风采、旭日残阳……在游记式的散文中,刘白羽笔下的山河大地莫不透露出壮美的气质。久负盛名的《长江三日》是这种风格的代表。顺流而下的长江航行好像是人在天地间的一次冒险和历练。江流澎湃、山峦激荡,对于长江的险峻,刘白羽极尽刻画形容之极致。艰难险阻之后,所见是两岸的万家灯火。他于是生发出"战斗、航进,穿过黑夜走向黎明"的想象,体会到一种庄严而又美好的情感。

  活跃于这般环境中的人物,为这种气魄所浸润,天然地富有一种战天斗地的精神。刘白羽青睐记录生活中"异峰突起的事"(《昆仑山的太阳》)和"险象环生的时刻"(《开江的日子》)。你看,开江的时节,冰层爆炸的轰鸣奏出狂飙的交响,冰排分裂、撞击,撼天动地。却有一名五短黑粗的汉子,在变幻的冰排间闪转跳跃,去拯救那置于绝地的人和马车。相对于自然的暴虐威严,人何其渺小;然而这渺小的人却迸发出伟岸的能量,竟敢于"向原始的暴力挑战"。这般境界真是撼人心魄。

  从刘白羽对表现对象的选择和描绘来看,刚劲激昂的人物和景象与他内在的审美气质相谐振,最容易触动他的情思。即使事物自身的调子低沉,他也会将其改造到契合自己心灵的审美维度上。如他所说:"不论音调如何哀婉,到了革命者胸中,它不仅是悲哀的,而且是悲壮的。"(《平明小札》)这样,刘白羽的散文便显示出吞吐大荒之势,确立了激流勇进的壮美风格。

  他的行文奔放磅礴,大开大阖,万千世界好似扑面而来,令读者沉浸在雄浑壮阔的美感体验中。这种艺术效果的背后,是作家对散文写法的苦心经营。

  首先,他的语言节奏明快,文辞繁复。刘白羽善于运用铺陈、排比等修辞手法,烘托、渲染散文的情境,制造酣畅淋漓的语感。他的散文显然借鉴了古代诗赋的资源，经常在长句中间杂一些带有文言色彩的四字句、三字句。这些短句简洁传神，读来很有声势。尤其是在叙述动态的景象或营造开阔的意境时，长短间杂的句式有效地调节了语言节奏的缓急，体现出与所描绘对象相匹配的气韵。而且，他也特别善于控制叙事节奏，往往是首先将读者的神经调动在一个紧绷的状态上，继而在莽莽苍苍之后，忽入幽境，整个格调都舒缓下来。张弛错落，这是自然之道，也是文章之道。

  其次是章法结构上的安排。刘白羽的散文大多有一条清晰的主线。主人公往往是"崇山峻岭间漫步前行的旅人"，眼前的景物与内心的波澜都出自他的视点和心理。再配合着移步换景的手法，读者便仿佛与他一道在天地间做伴同行，由此形成强烈的代入感。在这条线索之外，他善于运用插叙的艺术手法，借由生活中的某个契机，适时地穿插战争记忆和政治抒情。现实中的某个场景、某个片段，不经意间就会触动作者的情思，引起他对于过去生活的联想。试看这样一则札文：天将破晓之时，"我"透过迷蒙的红雾看到天空中闪烁的启明星，由此联想到战争年代一次决定性的战斗。暗夜沉沉，大雾弥天，总攻受阻。忽然一星如豆的火光闪现。那是突击队员点燃自己的衣衫，为部队指明进攻的方向。胜利之际，"我"仰望破晓的天空，所见正是与今日同样的情景。因为一个日常性的瞬间，沉睡的革命记忆被激活。我们阅读他的散文，经常会遇到诸如这样的句子："突然，这眼前一切，同我所熟谙的生活之间，产生了一种奇妙的联系。"(《平明小札》)它们好像是文本中的分隔符，承担着嫁接时空的作用，让刘白羽自由地穿行于现实与历史之间。庸常的生活一变而为有意义的生活，他得以有机会展开大的抒情和议论。这是典型的刘白羽式的构思方式和情感方式。他有意突出散文的教谕功能，积极呼应时代的主题，这让他的作品生长出浩然的文气。

随着年岁日增，刘白羽的散文在豪迈之外多了几分旖旎、柔情，呈现出不同的审美境界。看山看海，壮阔依然，却杂有几分暮色苍凉之感。《秋风十渡》中，他由北京乘车西行，历览位于太行余脉的十渡山谷。山海的余波浪尾勾起他的回忆，不禁遥想当年在太行极巅看到的美景："一夕一望，红到无边，千岩万坠，浩如沧海。"短短篇幅中荡漾着一股深沉的诗意。《白蝴蝶之恋》中，一只被雨水打落的白蝴蝶触动了他内心中的柔软之地。虽然意在表达振翅而飞的坚韧，但对蝴蝶受伤时纤细娇柔的描写更为动人。相对于壮年之作，刘白羽晚期的散文似乎有所降调，在明丽之外，多了几分内敛和深沉。他拓宽了倾听世界的频段，敏感于自然、人生中复杂和多样的美。四时节气、月季白鸽无不牵动着他，岁暮天寒、远天怀人，或伤逝或追忆，总是以情感人。从洋洋洒洒的长篇到构思精巧的短制，他的散文不再以气势摄人心魄，反而多了几分耐人捉摸的沉思。

这些作品之外，刘白羽域外风情的散文同样可观。

他写锡兰的热带风情，箱根的夜雨迷蒙，他写在翡冷翠的所见所想、写造访巴黎公社遗迹时的喟叹。广见闻，有文趣，闲适从容，别有一番韵致。

总的来说，刘白羽是一位将自我向外部世界敞开的作家。他的散文因应历史的风云和个人的阅历，积健为雄，有种一以贯之的雄浑气魄。且不说在追求激越豪情的革命年代，他的散文契合时代气息，立于文坛潮头，成为一种文体美学的表征。时间会筛汰作家。但在今天读来，刘白羽的散文依然可以为我们提供美感。

邵　部
2022年1月

第一辑　峥嵘岁月

马鸣风萧萧

我非常爱马，马是最通人性的。

在野营篝火旁边，人们从闲谈中，述说着多少关于马的故事啊！

其中最使我感动的，是一个骑兵，他爱马如命，马也爱他如命，在一场激烈战斗中，他负了重伤，从马背跌到地下。马那样温顺善良的，一步不离这昏迷过去的人，它回环四顾，长声嘶鸣，希望有人来援助它的朋友。可是在战火燃烧纷飞之下，所有的坐骑都在猛烈狂奔，骑兵们挥着闪闪的马刀，像一阵风一样旋卷过去，战争到达了沸点，生死格斗到了决定时刻，哪一个顾得上来援救这血流如注、奄奄一息的战士呢？！可是他的马不肯离去，终于用嘴衔起这个伤员，把他从战场上抢救下来。这个战士从此更爱这匹马。谁料在另一次战斗中，这匹马被子弹射中，翻滚地下，悲哀地长嘶一声，做了最后一次挣扎，终于扑然跌倒，溘然长逝。那个战士痛哭了一场，埋葬了他的马，为他的马筑了一座坟茔，最后珠泪涟涟，一步一回头，不忍遽然离去。

篝火的红火影跳荡着，火影在人们身上脸上晃动着。

我说：

"马救活了主人，主人没救活马。"

讲故事的人，猛然喷掉衔在嘴上的粗大的烟卷，愤愤地说：

"这里没有主人……是战友，是可靠的伙伴，而不是主人！"

他站起身，把马鞭在自己腿上甩了一下。

一只白马应声进入篝火的光圈之内，两眼放射出温驯的眼光，它好像听懂了刚才讲的故事，随着马鞭声，来找它的战友来了。

有什么比迎着烈火、迎着狂风放马狂奔，更加令人内心为之振奋的吗！

我有过一匹菊花青马，马鬃很长，性情柔和，在东北解放战争中，三下江南，大踏步后退，大踏步前进时，我骑着它，走过冰冷的松花江，在马背上吟过一首诗：

长空一月压林低，千里冰封走战骑。
遥望烟火弥漫处，三军刚到正合围。

这匹马老了，虽然还竭尽忠心，努力报效，但终究气喘吁吁，不胜驱驰了，我不得不眼看着人家从我手里把它牵走了，我心里非常难过，抓把炒黄豆喂给它吃。它用柔软的嘴唇在我掌心里蠕动着、咀嚼着，而后，又伸长脖颈在我身上摩厮着，我忽然发现它两只眼眶里濡濡流下了两行泪水，这真使我的心房为之深深抖颤。

但，马绝不是柔弱的生灵，马有马的烈性，正是这种烈性使它在狂风暴雨、枪林弹雨中任意奔驶，而且这种烈性，也会传导给人，燃烧起人的求战热望。有一回，当我勒了马屏住气息，等候前面传来爆裂的枪声时，我发现马的两只耳朵在簌簌抖颤，两只前蹄不断踏动，全身肌肉和鬃毛都发出一种渴望临战的精神。而后，当号声响起时，我刚翻身上马，它就像离弦之箭一样勇猛冲飞而前，那真是在飞，全身拉成一条直线。我伏在马上，马的烈性传到我身上，我感到全身的血液都在沸腾，这是一种生命的强大的暖流啊！

它把我和马融合在一起。风，那样锐利地劈面而来，呼啸而过，用不到我的鞭策，马自己就奔向火线。是的，那里有流血、有死亡，但这一切在这一刹那间就不在话下，只有一种胜利的快感在大大鼓舞着我们，马不畏惧战争，而是渴望战争。还有一次，我骑马夜涉辽河，水涨流急，又是漆黑之夜，伸手不见五指，但，在这紧急关头，马仰起脖颈微微嘶鸣了一声，甩了甩尾巴就踏入河身。我只觉得水在周围旋转，几次卷入漩涡，我一提缰绳，马便跳跃而起，后来，在最深的河心，它竟展开四蹄，浮游起来，它不但那样勇敢，而且那样机敏。我在一首诗里曾写过这样的诗句：

夜涉流急频跃马，
晨行霜冷苦吟诗。

马也曾给过我一次灾难。那是松辽平原上地冻得像铁一样坚硬的日子。我骑的马蹄铁损毁了，只好借别人一匹马骑。马是熟悉自己的骑手，而不甘心为生人驱使的。当我一跨上马背，它感到是个生人，它就暴怒得连尥地带跳，乱嘶狂鸣，这匹马就像一只红色的巨鸟在狂飙中旋腾一样，一下把我从它脊背上高高抛起，重重掷下，那一下，把我的腰骨跌伤，动弹不得，只好躺上担架，跟着部队转移了。

战争是残酷的，但也是雄伟的。人从战争中可以领略一种英雄的快感。古人描写战争，就含着这一层深意："……利镞穿骨，惊沙入面，主客相搏，山川震眩，声析江河，势崩雷电……"这是何等的气势，何等的神魄?！而人和马共同投入火的炼狱，从熔岩中踏出一条胜利之路。在那个年代里，一个老司令跟我说：

"我有三件宝：一只德国蔡斯望远镜、一支三号左轮手枪和一匹战马。"军人爱马如命，只有飞骑穿越过战场的人，才会懂得这是何等亲昵、何等密切的感情。我也正是在那军旅生涯之中爱起马来的。

我真喜爱真正的骏马呀！它长得那样英俊、那样飒爽，它的眼光充满智慧，它的肌腱饱含雄健，它眷恋自己人时何等挚爱，它冲向敌人时那样猛烈，它的四蹄在大地上敲出鼓声，它的长啸给人带来豪情，它既像一缕柔情，又像万里雷霆。而今，距离战争时间很遥远很遥远了。就在战争后期，也由于换了吉普，而与马作别，但现在，我想起来，还是那样恋恋于我的战马呀！……前面，谈到我和那匹菊花青马分手时马的动情之处，我还没有说养这匹马的饲养员呢！他夜里伴着马睡眠，为了夜半更深起来喂上饲料，他给它最清凉的水饮，每到宿营地，他看到马身上汗水淋漓，他就埋怨我不该骑得太狠。那天，人家牵了这匹老马走时，他竟坐在空落落的马槽旁边痛哭了一场。

我想不起人与畜之间，有什么比人与马更有深情的了，更生死与共、相依为命的了。

有人也许举出猫，但猫是在热炕头上打鼾的动物。

有人也许举出狗，但狗是欢喜向你谄媚的动物。

马，不是这样，自有它独立不羁的风格、英雄豪放的骨气。

我再讲一个关于马的悲剧的故事。那是一九三八年夏天，在河北大平原上，青纱帐一望无涯，赤日烘烤着大地，我们从冀中驶向冀南，我骑的是一匹枣红马。那可真是一匹骏马呀！它红得像火炭一样，大概就是古小说里所说的"赤兔马"吧！那身个，那长样，都是充满豪情，充满灵气的。我们一行人骑着马涉渡滹沱河，就赶

1984年,作者赴老山前线,李瑛(二排左一),佘开国(一排右一)

上平原上时常突现的狂风暴雨。先是一朵乌云，旋即倾盆大雨。我们放眼四顾，只有一片绿色大海的庄稼地，连个看瓜的窝棚也找不到，于是我们只有策马狂奔，人和马冲狂风迎暴雨，都淋得湿透。也许就因为一下赤日炙人，一下雨冷如冰，我们到了宿营地，那马竟然一夜不食不饮而死去了！我到现在还记得，那是怎样的一匹马呀！那是一只美丽的火鸟！但我爱它我却骑死了它……我记得当我们到达宿营地，我跳下马来，还爱抚着它那锦缎一样光滑的颈项，而它也把头伸向我，微微喷出鼻息，用柔软得像奶脂一样的嘴唇，灵巧而依恋地在我身上、手上、脸上摩擦着。是何等样的一出悲剧呀！我爱这匹红马，但我骑死了这匹红马。几十年时间流水一样过去了，可我的心灵里还存留着这匹马的景象，我的心灵里还充满对这匹马的疚仄之情……是的，这深沉的悲剧，使我更多地怀念起战争，只要一想到那峥嵘岁月，我还是不能不想起战马。现在我明白了，不正是由于我曾经乘马在战场上飞奔，我才最理解"落日照大旗，马鸣风萧萧"那诗的意境，那是多么豪爽、多么旷达的美的意境。我老了，但在我的一生中，我还是不能不为我曾经获得那一种意境而自豪呢！不过，上面说的那种疚仄也就更深更深地渗透了我的灵魂了。

火 凤 凰

一

我们骑着马前进。突然，听到一种声音，雷霆般震撼着天空和大地，使我感到十分惊奇。西北高原春事恻恻，但仰望高空，蓝天万里，哪里来的雷声？人在出乎意料的时刻，往往一下子茫然不知所措，可是猛然寻思过来，啊！这是黄河的怒吼。惊喜之情冲击着我们，我们立刻快马加鞭，顷刻之间黄河展现在我们眼前。

这地方，正是黄河漫过平坦的河套，转过弯来，一下投入晋陕之间的峡谷。黄河上游的无数巨流一齐汇集在这关口上，狂澜像千万旋卷的巨龙浩浩荡荡，砰然而下。我一下为这大自然的威力吸摄住了，跳下马背，立在岸边。我的胸襟顿时豁然开朗，我的心灵随着激流飞荡。想一想吧！那正是抗日烽火燃烧的年代，整个中国在奋起、在震颤，人们在呐喊，人们在流血，人们在死亡，人们在飞跃，我们从马兰花刚开放的陕北高原来，即将渡河投入激烈战斗之中去。这一刻，望着黄河，你怎能不想到正在受苦受难的祖国。可是，这黄河呀！发出迅雷般吼叫，显出雄伟的神姿。她使你感到我们的民族在生与死搏斗中，纵横驰骋、伟大坚强。她的喊叫真像亿万巨雷一下凝聚一起，赫然迸裂，连彼此说话的声音都听不见。我的心庄严地、默默地想着：黄河啊，是你，在叮咛你的儿子：前进吧！战斗吧；是你，在叮咛你的儿子：应无愧于这神圣的大时代；是你，亲爱的母亲擂响战鼓，催促着你的儿子冲锋向前。

人们想知道黄河的威力吗？人们想知道黄河的流速吗？当我们把战马牵上巨大的木船，我们刚刚在船舱里站稳，这巨舟竟像小树叶投入急流。我没来得及看，没来得及想，船像一支离弦之箭，已经投射到黄河彼岸。当我攀登悬崖陡壁，立在巍巍群山之巅，再来俯视黄河时，我觉得黄河在向我微笑，在向我发出爱的微笑。

二

我想你还记得，当战斗信号就要发出，即将冲锋前进那一刻的心境吧？

我们到了晋西北，从岢岚到岚县，隐蔽在同蒲路西侧一个山村里，等候着冲过封锁线。我现在想起来，我还深深爱恋着那个小小的山村，它那样深邃，那样幽静。在战前一刻，我觉得小山村平静的生活，是多么亲切、多么可爱呀！我看见个年轻妇女横坐在驴背上策策而行，我听见牧羊娃赶着羊群放声歌唱……从抗日战争爆发后，我的心中就凝聚着国破家亡的仇恨，我的全身心就充满着拼搏的渴望，可是那一刻，当我站在一棵枣树下，我静静沉思：是的，血肉在横飞，土地在崩裂，但是我们的人民还在生活着，地球还在旋转，太阳还在发热、闪光。从这一切我得到一种启示：这平静的生活，正透露出坚强的韧性、不屈的信念。

黄昏之前，命令来了。我们跨上战马，告别了山村，沿着一川碎石大如斗的山沟前进。黄昏度过，黑夜降临。队伍停下来了，队伍静悄悄的一点声音也没有。谁也没有下马，马也站在那里屏息不动，等待着一次猛烈的冲击。夜色漆黑，伸手不见五指。说也怪，那一刹那真想吸几口烟。当然，我们不能发出一点亮光，从前边一个人一个人传下来,我们已经到了铁路边上了。正在这时,突然间,先是左前方闪出火光,然后听到枪响,紧接着右前方闪出火光,发出枪响。原来我们是在原平和忻县之间路过,我们一支部队向原平发起攻击,一支部队向忻县发起攻击,掩护我们冲过封锁线。时间是一切,速度是一切,一时间硝烟弥漫,炮声隆隆,气氛突然紧张起来。可是很奇怪,我的心境变得异常平静,我只凝神注视着前面,依稀看到前面那匹马的影子,那匹马一动,我两脚跟就向马肚上一磕,也跟着向前跑去。开始是小跑,当我们到了铁路上,我们就纵马急驰。马那样奔腾跳跃,两边的枪炮声越来越激烈,但我们周围的黑夜那样肃静,只听见急急的马蹄声,看见马蹄铁撞击出来的火星。我感到夜的寒冷,风的寒冷,可是脸发热,全身也在发热。

我们这个马队跑了很久,大概离开铁路线有一段路程了,敌人当然随时还有突袭可能,一切还在森严戒备之中,不过我们的马已经跑得缓慢下来了。这时,我忽然一下怔住了,因为我发现正前方高处,有一团火光,这是怎么回事?我的心一下缩紧。这火光开始是暗红色的,渐渐发亮起来,这一团红的火光向上升。一下我明白了,火是从山垭口升起的。当它跃出山口,我才恍然大悟,原来是一轮满月,这是我平生唯一一次看见的红色的月亮,这圆月,红得那样亮、那样美。

三

天亮了,我们从山谷中走出,禾稼碧绿,树木森然,青房瓦舍,格外整洁,与荒凉的晋西北迥然不同,我们已经到了五台。

五台山是抗日战争中在敌后建立的第一个抗日根据地。五台山巍然屹立在人们心里，它象征着战斗，象征着希望，而发射出万丈光芒。我们在五台山脚下住了几天，我们还上了一次五台山。我们是骑马上山的。山路崎岖蜿蜒，盘旋而上。山上有很多庙宇，每座与每座都形状各异，色调不一，往往奇峰一转，山巅上现出一角殿堂，而路转峰回，那殿堂却又没踪影了。整个五台山云烟缥缈，林木苍茫，你简直像进入了仙境。我们在五台山上住了一宿，尽管有些高处不胜寒之感，但那奇景却深深印在我的记忆之中了。

人们都知道河北西部是群山壁立、万仞摩天，上去是山西，下来是河北。这些天来，我们一直盘走在山峦峡谷之中。我亲身领略这高山的险峻陡峭，却是在我们离开五台山之后。我在山上走着走着，突然走到一个山口，山口很狭窄，天风飒飒，就像有一股大气流堵塞住山口，你一不小心，就会被吹到九霄云外去了。我们牵着马，侧着身，弯下腰，顶住狂风，挣扎着穿过山口，原来这就是出名的龙泉关。从山西壁陡的高峰到河北有几个关口，除龙泉关外，还有娘子关、马岭关、东阳关、虹梯关、天井关……说是关实在不假，关口上风真大，衣服猎猎作响，向后扑打，一只手还得捂着帽子，要不就给风刮跑了。

一过龙泉关，我就站了下来，高山之巅，眼界大开。一望河北平原，苍苍茫茫，渺无涯际，可是我却好像一直看到东面的大海了。我记起另外一次，从太行山下天井关，巉岩峭壁极险之处，只能踏着石岩上千百年来磨出的石凹，一步一步移下，一脚蹬差就会跌下万丈悬崖，粉身碎骨。也和这回一样，山峰一转，一下看见碧绿的平畴，平畴尽头，横抹着一条白带，就如同悬在天上，我一下为这奇妙幻景所吸引，人家指说那是黄河，我才领略了"黄河远上白云间"这句诗的妙意。那次下天井关到博爱,这次下龙泉关到阜平。不同的是这一次的心境,自从卢沟桥事变,我抛离了家乡,从海上逃出虎口,流浪、流浪,谁料现在我站在这高高山上,又一眼看到我的家乡,我的脸上悄悄流下泪水,我轻轻说:"我亲爱的家乡啊,我回来了!"

四

  我五月离开延安,千里迢迢跋涉到平汉路边,我至今还记得过封锁线是七月一日,地点是望都、定县之间的清风店。

  平汉路和同蒲路气魄不同,铁路两侧都挖了很深的封锁沟。我们必须在转瞬之间纵马飞过一条铁路、两条堑壕,我想过平汉路要比过同蒲路紧张,谁料除了飞马急奔那一刹那,我们却平平静静过了铁路线。因为河北人民像森林一样起来了,人民成了大地的主人。是个月黑夜,露水浸润了土地,我闻到泥土的芳香,青纱帐里还吹来浓浓的青气,仰坐着看夏夜平原上的满天星斗,虽然衣衫都给汗水浸湿,但我感到那样舒畅。亲爱的家乡啊!我多么想跪下来亲吻你的大地。可是我们已经驰入一个村庄,转过几道漆黑的街道,突然看见几间房子明灯瓦亮,几个农民装扮的人走上来热情地迎接我们,我们已进入冀中游击根据地。

  我在这儿和冀中区党委领导人通了长途电话,这件事本身就说明我们在冀中已经打开了多么大好的局面。电话讲到最后,他叮嘱我沿途观察一下部队是不是换了符号,原来正在此时,冀中人民武装正式打出了八路军的旗号。

  从西北黄土高原到了河北,是从荒寒地带一下进了富裕天堂。

我们经蠡县到任丘，大片土地上就像没有经过战争一样，村庄和城镇的街道上，熙熙攘攘，热闹非常，大地经受了血与火的洗礼，虽然祖国遍体鳞伤，但是做奴隶的时代一去不复返了，人们当家做主的日子实现了。

当时，冀中游击区的司令部设在白洋淀南面的个人村镇上。经过长途跋涉，我美美地睡了一场，后来给一阵甜蜜的浓香从梦中唤醒。一看，我床头摆着满满一盘水蜜桃。啊！深州蜜桃，皮嫩汁浓，嚼一口满屋芳香四溢。同伴们都醒了，大家吃着蜜桃，互相看看都笑了起来，从延安出发，历经两个月，终于到达了河北，我们身上还披拂着高原的风沙，鞋上还沾染着黄河的水渍，但心中洋溢着说不尽的幸福之感。回想起来，七月流火，抛井离乡，从那以后流亡在京沪路上、长江沿线，我看见的是仓皇的溃退，可耻的逃亡，生灵涂炭，满目疮痍，多少人奔走呼号，报国无门，流离失所，悲苦呻吟。可是从延安到河北的广大国土上，听到了豪放的歌声，看到了希望的目光，到处生机勃勃，斗志昂扬，人民有如大海的浪涛，汹涌澎湃，奔向前方。同样是硝烟弥漫、战火冲天，但透过迷离的烟雾，我看到一个旧中国在崩溃，一个新中国在诞生。想到此处我们非常激动，一时之间无法平静。晌午，我一个人走出村头，站在田野上，迎着微风，晒着太阳，我无法形容我的胸襟、我的怀抱，我多么想伸开双臂把我的家乡紧紧拥抱。我亲爱的家乡啊，你是烈火中永生的凤凰。

五

我的家乡是美的，但从来没有像今天这样美。

我们从白洋淀边向南方行进，坐在马背上四望，大地像碧绿的绒毯一直铺展到天边，玉米棒子吐着红艳艳的须穗，庄稼地里传来繁密的蝈蝈叫声，如果说这是一幅画，在这画的背景上突现出来的是人，人们头上扎着白羊肚手巾，腰间扎着宽宽的裎包，小白布坎肩儿敞开前襟，坚实的胸膛和肩膀像红铜一样闪光。就是这样的人，迎着敌人炮火前进，创造了人间天堂。

晌午头，太阳热辣辣的，马的脚步渐渐缓慢下来，原来唱歌的人停止了歌声，卷支烟吸又觉得嘴巴枯燥。就在这时，不知是谁发现的，吆喝了一声：

"河！"

我随声翘首瞭望！果然看见前方弯弯曲曲流着一条闪光的河。

"滹沱河！""滹沱河！"

有人呼哨一声，甩了一个响鞭。马好像透过酷热闻到水汽，也兴高采烈地放开马蹄小跑起来。跑了一阵，那河流却不见了，眼前是无边无际、郁郁葱葱的树林，一片绿森森阴凉，一下把你渗透。多么欣喜呀！多么欢畅呀！我们骑着马悠悠荡荡走进树林，在林中弯曲的小路上信步而行。有些树枝垂得低低的，我们不得不俯下身子，才能过去。开始没注意，后来才发现原来一簇一簇绿色大梨，把树干压得深深地弯了腰。清凉的绿影，幽幽的梨香，真令人陶醉。

陪同我们的那位同志从马背上回过身来，打开话匣子：

"你们看这梨长得多好呀！可惜你们来晚了，要是春天，别提这儿有多美了，遍地都是雪白的梨花，梨花不是单个儿一朵一朵，是一嘟噜一嘟噜满枝满树，远远看去可好看呢！不过你们来的也是时候，没看见梨花，这梨可又甜又脆，咬一口，那蜜汁儿就会流你

东北解放战争时期，作者在哈尔滨

一下巴！"

　　大家话多起来了，穿过树林，突然一下来到河边，那清汪汪的河水，给人无限清静凉爽之感。不过我默不作声，任马带着我走，心中却有点怅惘，我多么想看到那浓浓密密的雪白的梨花啊！我喜欢梨花，因为梨花没有浓香，没有艳色，晶莹如雪，洁白如霜。谁料几十年后，一个春天，我又到了滹沱河流域，梨树不仅在滹沱河两岸密密丛丛，而且发展到献县、饶阳一带，到处都是。远远望着原野上，就像闪烁的白的霞光，河北的春天是多么喜人啊！

六

　　平原上并不平静，平原上风云变幻。

　　1938年夏天，是河北游击区大发展时期，冀中、冀南，辽阔沃野，联成一片，它如一把利刃直插敌人心脏。后来，日寇就在这里残酷围剿，反复扫荡，河北人民显示出惊人的英雄本色，展开地道战、地雷战，使敌人魂飞魄散、胆战心寒。

　　在我们去的时候，这里的大自然也向我们显示了雄伟的气魄。

　　有一天，是个响晴天，我们骑着马在骄阳下跑了一阵，然后缓缓行走起来，我看着我骑的那匹枣红马身上给汗水湿得像锦缎一样闪亮，我心疼起来，像抚慰小孩子一样，伸手轻轻拍了拍马的脸颊，马也回头，支楞着耳朵，轻轻嘶叫了一声。

　　在我们没注意的工夫，遥远的天际出现了小小一朵乌云，也就像野菊花那么大小，谁也没有去关心它。蝈蝈在高粱叶子里噪叫，云雀高高蹿上蓝天。谁知不大会儿，那朵乌云却涨大了，缓缓展开来，漫上天空，我感到一股像灶火眼里喷出来的热气一样，热乎乎、闷沉沉的，我的额头上汗水涔涔而下。我忽然觉得周围有点异样，庄稼叶子翻了白，蝈蝈不响了，云雀也无踪无迹了，翠绿的大地之海上出现了大片的阴影。

雨来了……

这念头一闪，黄豆粒大的雨点，就猛抛下来，雨点打在土地上，土地冒出白烟。

紧跟着，狂风立刻卷盖了偌大的平原，刚才还是平静美丽的平原，一下充满凶恶的险象。云，像从天上泼下来的浓墨，散漫了整个天空和大地。

到哪里避避雨？可是一眼望到边，也没一处人家，我们在这大平原上，就像孤舟在大海上一样，没个着落。

大雨瓢泼洒下来，我们扬鞭打马，马急驰起来。

庄稼在狂风暴雨中纷纷扬扬，发出一片潇潇雨响。

雨一股劲地猛扑在大地上，发出重鼓一般声音。

我们迎着暴风雨急骤飞奔，我忽然感到一种快意，雨水洗去了大地上蒸腾的闷热，空气变得一片清凉，沁人肺腑。

在乌压压的天空上，倏然一亮，抬头看时，闪电有如龙蛇狂舞，闪闪灼人，随着一声霹雳，像谁把钢板猛砸个粉碎，紧跟着又是几声，然后向天涯隆隆滚去，渐渐变作沉闷的低声，随即隐隐逝去。

雨兜头盖脑，狂暴淋漓，人身、马背上的雨水像瀑布一样流溅。

这茫茫大地之海，它是那样豪爽奔放，又那样安详温柔。暴风雨来得快，去得也快。跟着隐向天边的雷声，一道阳光像一条金晃晃的链条一下投了下来，再展眼四望，乌黑的海洋，又变成碧绿的海洋，而整个茫无边际的大海那样温柔地微微荡漾。庄稼感到格外清新，雨珠从叶尖上向下滴淌，而每一颗雨珠，都给阳光照得珍珠一样发亮。一阵阵湿润的空气，像是纯净的蒸馏水一样透明、清凉。微风和阳光很快就把湿得精透的衣衫吹干了。可是，我还沉醉在那冲着狂风暴雨而飞驰的快意之中，我体会到这就是我们的生活，可爱的生活。

　　我们从暴风雨里诞生，
　　我们冲着暴风雨前进。

记北京的胜利日

一

"解放军下午一点钟进城!"这是在一九四九年一月三十一日上午传遍了北平的消息。电话铃到处叮叮响,一时之间,街道上人群挤得水泄不通,人们向前望着,人们向前拥挤。一辆播音车开过来了。播音器响着:"亲爱的同胞们!北平得到了真正的和平!你们早晚盼望的人民解放军进城了!他们带来了中国人民的光荣的胜利!……"话还未了,掌声、口号声就轰然爆发,五彩的小旗纷纷抛上天空去。人们说:"今年春天来得早,看哪,那不是咱人民的英雄吗?"解放军的战士,一个个扬着晒得红红的笑脸走来。北平人都记得:在这同样的街道上,曾经走过多少军队,不过那些都是反人民的军队。那些时候,人们都沉默地低下头,愤恨地走开,现在千万条手臂那样自然地扬起来、摇着;千万个人那样热情地笑着、喊着。还没撤完的国民党军队想禁止一个三轮车夫喊口号欢迎解放军,可是车夫坚决地回答他:"我们穷人叫我们自己喊的!"什么东西都不能阻拦人民的道路,人们都融合在一个声音里,这声音是快乐的声音。他们融合在一个行动里,这行动是欢迎解放军。

护国寺街头上,一个父亲把儿子举了起来,一只手扬着孩子的小手。许多妇女抢上去跟解放军的女同志拉起手来又蹦又跳。小吉普车上解放军的军官站起来,向四周招手。一群人立刻把手伸上汽车去要求着:"同志!我跟你拉拉手吧!"人们觉得这是光荣,是幸福。当解放军先头接防部队走向朝阳门的时候，一个老太太突然扑向一个战士，拉着他的手说："你们可来了！"东四牌楼变成了人海，不是事先约定，而是自然汇集起来的。狂欢游行的行列越聚越多，北京大学、东北大学、铁路学院、长白师范等等许多学校，都汇集到人民的海洋里来了。大街上锣鼓密密地敲，多少人唱歌，多少人喊口号，花花绿绿的男女青年，快乐地在街心里跳着秧歌舞。一个青年在街旁边发表演讲，周围聚了一圈人，三轮车夫站到车上拍巴掌，几个小孩子爬上了电线杆，他们的脸笑得像早晨的花朵。另外一群小孩子捏着小拳头高声喊："解放军万岁！"一个胡子很长的老年人，也和一群青年们一道跳舞，青年们高兴得把他举起来，他振臂高呼："毛主席万岁！""毛主席万岁！"周围一阵激情的呼啸，鼓掌欢呼的声音，简直有如暴风雨。巨大的人民的海洋，继续向北涌去，人们喊："到铁狮子胡同慰问入城部队去啊！"一转眼又拥满了东口内的广场。雄伟的解放军的行列也来了，学生们一眼望见，蜂拥上去，无数的手争先恐后地伸出来，和解放军的英雄们紧紧地握手。秧歌队一队队地都到战士面前来，战士们风暴一样地喊起口号，同学们就唱歌来回答，他们歌唱共产党，歌唱人们的青春，歌唱自己的方向。他们唱："你是灯塔，照耀着黎明前的海洋。你是舵手，掌握着航行的方向。年轻的中国共产党：你就是核心，你就是方向。"青年们团团地围着自己的部队，市民们又团团围着青年，不少的父亲望着儿子笑，姐姐拉着弟弟笑，一直笑到万家灯火，人们还在笑，还在笑。

和铁狮子胡同的狂欢同时，旃檀寺里也热闹成一团，北京大学唱庆祝胜利歌，东北大学扭秧歌舞，华北学院表演农作舞。忽然，人丛中出现了舞蹈家戴爱莲，她到北平来还没有公开表演过。今天，她走到战士的面前来，她快活地在一片掌声中跳了个"青春舞"。是的，从一九四九年一月三十一日下午一点钟这个可纪念的时刻，北平开始了她的灿烂的青春。

二月三日，人民解放军举行了解放北平的入城仪式。装甲部队、炮兵、坦克部队、骑兵、步兵，一路从永定门入城，另一路由西直门入城，会合之后向南走，由西长安街转和平门，向西，出广安门。这浩浩荡荡的行列，从上午十点到下午四点钟，前头已经出了和平门，后头还在向永定门拥进。

这天，从早晨起，人民就一群群一队队地向前门广场拥去。九时半，林彪将军、罗荣桓将军、聂荣臻将军、叶剑英将军，出现在前门箭楼上。这时候，前门广场上，人民的行列像海洋，各色各样，红的绿的，猎猎飘动的旗帜，就像翻腾的海浪。人们高举着自己热爱的领袖毛主席和朱德总司令的巨像。工人、学生、职员、教授，各式各样的人都来了。人们向前拥、向前挤。结彩的火车头开进了东车站，载着好几千平汉路工人，从远远的长辛店赶来。丰台的铁路员工在这时也拥进了欢迎的行列。汽车厂、机械厂等等九个工厂的工人，摘去了帽子上的国民党帽花。一个燕京同学说："我三点半天没亮就起来了。"

十时，四颗照明弹升上了天空，庄严隆重的入城式开始了。远远的从北面，从前门那边，黑压压的一片人迎上前来，前面一面欢迎大旗迎风飘舞，这是欢迎的队伍；从南面，人民军队带队的装甲车，摇着一面红色指挥旗，朝着欢迎的人群开过来，随后是高悬毛主席、朱总司令肖像的四辆红色胜利卡车，满载着乐队，铜管乐器金光闪闪，吹奏着雄壮的进行曲。装甲车部队一条线似的接在后面。在珠市口一带，部队与欢迎的行列会合了，欢迎的行列在左面,部队在右面,欢呼雷动。招手呀!呼喊呀!多少人激动地流下了眼泪。光荣呀!只有人民的军队才能得到这样的光荣!人群拥上来了,他们跑进解放军行列里面,一下拥抱在一起,队伍都无法向前走了。欢迎的群众在装甲车上写:"你们来了,我们很快乐!""真光明啊!""同志们!加油呀!彻底消灭国民党反动派呀!"……队伍陆续向前门广场前进。

　　十二时,人群里起了一片欢呼声,人民的英雄炮兵出现了。绿色卡车牵引着战防炮、高射炮、化学迫击炮、美式十五生的榴弹炮、日本式十五生的榴弹炮、巨大的加衣炮,一辆接着一辆。这里面有从辽西、从沈阳缴获的整个美国装备的重炮团。看啊!人民是多么喜爱自己的武器:一门巨大的榴弹炮上面,骑着一个北平的小孩子,他骄傲地高举着手里的旗子笑着过去了。另外几门榴弹炮被人们写上了:"瞄准蒋介石呀!""送给四大家族每人一颗呀!"十生的巨型加衣炮上,一个胸前挂了奖章的英雄炮手,和一个穿绿衣服的邮政工人抱在一起。随后驶过的另一门大炮上站着五六个女学生。还有一个商人站在炮座上挥手高呼:"解放军万岁!"箭楼上,检阅着这一英雄行列的将军们,庄严而亲切地注视着每一辆炮车,注视着人民的狂欢。箭楼下,庆祝解放联合会的扩音车,领导着唱起"我们的队伍来了","我们的队伍来了"。数也数不尽的炮车,从欢呼的人们身边奔驰过去,两旁锣鼓喧天,人们扭起秧歌舞来,左面是清华,右面是燕京,他们唱呀,舞呀。有的化装作蒋介石、宋子文、孔祥熙、宋美龄,在人民部队强大威力的面前,显出各种狼狈的丑态。这是历史的真实反映,人民的爱与憎在这里明白地表现出来。

　　一时十分,突然发现了前门牌楼那边冒起了青烟,喊了声

"我们的坦克来了!"一阵坦克轰隆隆的声音传了过来,第一辆坦克从远而近。一个青年学生挥着两只手,站在坦克的炮塔上,狂热地喊:"万岁!""万岁!"每辆坦克上飘着一面红旗。人群里激起一片欢呼,有的欢喜得流出泪,也忘了擦了。戴着无沿皮帽子的坦克手,从坦克塔里露出上身,向人民招手、微笑、敬礼。坦克部队后面是摩托化警卫部队,卡车上一色绿的钢盔,雪亮的刺刀。一位白发苍苍的老人,看得高兴,笑着喘了口气说:"这口气可喘过来了!"另外一位说:"我们老百姓有了这样强大的武装,任何反动派也不许他再欺负我们了。"

这时,一片"东方红,太阳升……"歌声响彻天际。远远好像一片麦浪波动,近来一看原来是戴着皮帽子的人民骑兵来到了。人们叫呀,鼓掌呀,把五彩的纸旗都抛上天空。嘀嗒嘀嗒的马蹄踏着柏油马路,那样整齐、雄壮,骑兵们手上的马刀闪着寒光。骑兵后面就是英雄的步兵。这时,作为前导的军乐队一出现,人民的欢腾达到顶点的时候到了。英雄的部队一支从永定门进城,一支从西直门进城,一个是被敌人称作"暴风雨式的军队",一个是"塔山英雄部队"。在一九四六年冬季,那天空似乎还黑暗的时代,他们在长白山下四保临江,并肩作战。这两支英雄部队从艰难到胜利,在这里得到了人民的热爱、狂爱,战士们在千万只热爱的眼光下前进。一个胸前挂着六个奖章的英雄战士,被人们热烈地围着、拉着。十个女学生跑上去摸摸那个光荣的毛泽东奖章。这时,欢迎的人们已经站了整整一天,忘记了寒冷,忘记了饥饿,依恋地舍不得这些英雄。他们与行进的队伍会合起来,高唱"我永远跟着你前进",昂然通过一向为帝国主义禁地的东交民巷。

将近下午五时的时候,夕阳照耀着广安门,在高大的城门前,

1949年开国大典，作者在天安门城楼上

无数人群欢送钢铁机械部队。在驶行一整日的战车上、坦克上，飘闪着无数小红旗，战士们手上还捧着人民献给他们的一束束鲜花，这时虽然暮色苍茫，可是整个北平还到处充满愉快的歌声。北平是真正沸腾了。

二

在我们胜利辉煌的日子里，又增加了一个可纪念的日子，这就是三月二十五日。这一天，毛主席、朱总司令和中共中央其他负责人员到达了北平。这一天下午，在北平西郊飞机场上，举行了热烈的欢迎会和庄严的检阅式。

春日的阳光照耀在这辽阔的广场上，无数汽车纷纷飘着红旗驶来。工人、农民、青年、妇女、教授、艺术家、各界民主人士和机关干部的行列，从不同的地方来到这里。千百个脸含着微笑，千百只眼睛都望着一个方向。五点整，排列在门口的乐队锵然一响，"啊！毛主席来了！"全场爆发了欢呼。当毛主席出现在人民眼前的时候，"毛主席万岁！""毛主席万岁！"的口号声，如海涛回旋，此呼彼应。在前面整队欢迎的行列中，包含着全中国许多优秀的代表人物。毛主席、朱总司令一一和他们握手。欢迎的群众中纷纷议论着："毛主席比照片上还精神！""朱总司令真健康呀！"刘少奇、周恩来、任弼时、林伯渠等同志都来到欢迎的人群中和大家纷纷握手。这时一个煤矿工人高举两手说："我做十二年苦工没见过天，今天见了毛主席，可见了天。"在妇女代表队伍里，我看见从农村里来的，坚持了十三年斗争，把亲爱的独子贡献给解放战争，经历无数次战争、监狱考验的中国劳动人民伟大的母亲李秀真，她两手紧紧捧着毛主席的手,两眼闪着幸福的光芒。我记得当她的儿子牺牲时,她的孙女问她:"爸爸呢?"她说:"好孩子,我教你唱个歌——吃饱饭,穿暖衣,翻身不忘毛主席。"而今天,她亲眼看见了毛主席,看见了伟大胜利。这里有远路奔来的各界代表人士,也有经过斗争暴风雨而来的战士,这阵容是强大的,这不是简单的会合,这亲密的会晤向全世界宣告中国的胜利。

　　在愉快的欢迎之后,一个装甲兵团的指挥员,举起手中的红旗。东面有一颗银白色照明弹,灿然直升高空,而在西面的苍郁的群山那面,立即响应了五百发照明弹,有如万千璎珞,高挂空中,熠熠不灭,这是信号,它宣布了人民武装部队检阅开始了。在这里受检阅的包括野战步兵、警卫部队、坦克、榴弹炮、山野炮、高射炮和摩托化部队,在阳光照耀下,列满机场辽阔跑道的整个圆周。当毛主席站在第一辆淡绿色吉普车上向西缓缓前进时,左侧人群里,千万只手臂纷纷摇动,"万岁!""万岁!"呼声就像翻江倒海,奔腾而不可遏止。军乐队急奏出雄壮的进行曲。坦克队排列一线,坦克塔上数十余面红旗迎风猎猎飘舞。榴弹炮漆成一片深黄色,高射炮长炮筒如手指向天直伸。这是历史的嘲笑,当这些美帝国主义的武器属于反动派所有的时候,它们似乎是容易被夺取的,但当今天掌握在人民手里的时候,便成为无坚不摧的力量了。看!每一个炮手、每一个摩托驾驶手,都是那样精壮有力地举手致敬。由数十辆汽车,满载着所有欢迎群众构成的检阅行列,随着毛主席的吉普车蜿蜒而进,车过之处,战士们便高声欢呼;从检阅行列的卡车上也举手高声欢呼,两方面的欢呼声联结一片。

　　这时,西面天空上,照明弹已如万花灿烂,一排一排,布满空中,漫山遍野滚动的欢呼声,也升至最高潮。检阅到达了经历无数次激战、取得胜利的英雄步兵面前。战斗英雄们闪耀着胸前的奖章，用严肃而愉快的目光迎着毛主席。在检阅前进时，毛主席亲切地注视着从炮兵到步兵的每一个战士的脸孔。我们无敌的战士们多少日日夜夜在火线上前仆后继的时候，心中都是想着毛主席的伟大英雄号召而前进的。今天，毛主席注视着他们，不断对检阅指挥官刘亚楼将军讲着奖赞的话。我从车上瞻望这雄壮行列中飘扬着的四十余面彩色缤纷的英雄旗，它们如同统计表上的红线一样，标明着这部队的光荣，这引起毛主席的注意，特别当"塔山守备英雄"大红旗在前面展动时，他指出："这是锦州战役作战的部队！"步兵军乐队最后奏出"你是灯塔，照耀着黎明前的海洋"的乐曲，这乐曲，正奏出此时此地千万人的心情。

　　阅兵式在五时五十分完毕。毛主席在温煦的夕照中和工、农、青年代表及各界民主人士拍摄了一张照像。这个照像将是一个见证，它证明人们在这伟大的一日里，不但看到了强大人民武装力量的缩影，同时也看到了强大中国民主阵容的缩影。

白 桦 树

　　我来到战争像狂风一样刚刚旋卷过去的战场上,这时这里一片静寂,静寂得出奇,我走到像绿色丝帛一样柔波荡漾的小河边。我猛然停止了脚步,我看到一棵小白桦树。

　　像遭受雷击一样,给炮火劈裂开来的小白桦树,只连着一点树皮,整个儿绿色的树冠连枝带叶都倾倒在地面上。砍断处露出白骨一样的颜色,而且流出浓浓的透明的汁液。这就是她的血吗?她诉说什么?我的心剧烈地揪了一下,一股哀伤的感情涌了上来,我缓缓把树杈扶起来,可是不行,她立刻又颓然倾倒下去了。小白桦,这是一株多么可爱的小白桦呀!一刻钟之前也许她还在阳光下,披拂着微风,摇响着树叶,也许她还在微笑,她还以为那红色的炮火,只不过是从天而降的一阵闪电,一阵惊雷。这种大自然的奥变,在这黑色沃土的茫茫原野上,原是经常发生的。当时,小白桦也许像一个妙龄少女一样微微摇摆着婀娜的身影,很希望淋一阵小雨,消一点炎暑。谁知一块火烫的钢铁突然击中了她。多可怜的小白桦,我隐隐觉得她在哭泣,也许是我的心在哭泣。前方远处有枪声在召唤着我,我不得不前进了,不过在移动脚步前,我向周围睃寻了一下,近旁就是那条蜿蜒的小河,现在水面映着阳光又变成赭红色的了。我记住这是从那边峡谷流出来的第几道河湾。于是我走了,我还在想着:这小白桦树也许会就这样悄悄死去了吧!

　　从兴安岭到长白山,森林莽莽苍苍,无边无际,有红松,有落叶松,而我最喜爱的是白桦。这儿白桦也真多,如果她们生长在一大片碧绿浓荫森林之间，她那雪白的树杈就显得特别鲜明悦目；如果整个一大片都是白桦树林，这树林就显得特别轻盈活泼，远远看去像一片缥缈的白云。我觉得白桦是充满诗意的。她生长在冰天雪地、辽阔粗犷的北国，她却是那样苗条轻巧，微风过处，一阵细语，仿佛她所以分布在这地方，就是为了点缀这个地方，给这地方增加一点灵性。她像雄壮合奏中摇曳着的缥缈风笛，她像浓郁绿的色彩上轻俏地画出几笔洁白，她给人一种纯洁的美感。

——小白桦，我那赭红色河边上的小白桦呀！

——小白桦，我那生命垂危的小白桦呀！

——小白桦，她用她最后的生命在诅咒那残酷的暴力吧？

大约过了一年多吧，我又来到那片土地上，不过，这里已经不是厮搏的战场，而是辛勤耕耘的沃土了。小白桦，一下又升上我的脑际。我忽匆匆朝那小河走去，我先找到从峡谷里流出、发着咕嘟咕嘟清亮响声的地方，而后，沿河走去，数着几道湾，就在我所寻觅的河湾旁边，我却看到一株浓枝密叶、树影婆娑的白桦树。我想也许记错了吧？我向四周看看，不错，就是这里，就是这一棵。她没有死，她活了，生命，你这看起来纤细、柔弱、娇嫩的树，具有一股多么坚强的韧性呀！我喜得心都跳起来了，走上前去，用手仔细地摩挲着树身，我果然在树身上找到疤痕，不错，就是这棵白桦树，不过她长大了、长高了，树干有小碗口那么粗了，树盖河水般碧绿盈盈。忽然，一阵温暖的春风吹来，白桦哗哗骚响，像是在歌唱呢！我双手抱住了这株白桦树，我低下头轻轻地轻轻地吻了那洁白的小白桦树，而我突然发现我的眼泪流在小白桦树上了。

绿 夜

夜间,从外面归来,静悄悄的,只书桌上一盏罩灯闪着绿幽幽的光,这使我想起两个绿夜。

一个绿夜,是在1949年南下作战中。我从汉口搭一辆卡车奔襄阳、樊城,追赶渡江作战的部队。正是炎热的夏天,太阳落山,大家趁着凉爽,贪跑了几站夜路。谁知这一来却找不上宿营地了。怎么办?于是把汽车停在路中间,大家纷纷下车寻找过夜的地方。我们这一组人,下了公路,走进一片树林,没料想树林竟如此稠密深远,一时走不出来了。绕来绕去,觉得有凉森森的树影在我们身上、脸上。可是碧绿浓荫,却看不见月亮在哪里。寂静得只听见自己的足音,真叫人有点毛骨悚然。忽然我怔着了,原来我们走进万树丛中一个小村庄,只觉得屋影、树影、月影,到处一片绿茵茵的。这是怎样的一个夜晚呀!这从茫茫浩劫中尚未苏醒过来的村庄,给淡绿的夜色衬出一片多么凄凉的景象啊!我们试着去敲一家屋门,门无声地打开来,屋里也没一星灯火,我们搭讪几句,谁也没有再提宿营的话,就寂静无言地走回来。到了空旷的公路上,没了那浓浓的树影,好像月色也变得皎洁了。后来我们就挤在卡车上露宿了一夜。

在这之后十年,我到了小兴安岭的大森林里,来到一个采伐场,不久,天就黑了。我们在玻璃吊灯下,吃了一餐夜饭,又谈了两三个小时。主人把我的床铺安置在一面大玻璃下的木柜上。我一看,非常欢喜,因为,玻璃窗非常大,从上到下,应该说是一面玻

1953年赴朝,作者在前线高岩山阵地与38军军长江拥辉和陈外欧同志

璃墙，我躺在那儿就跟在露天地里一样，树枝就在枕边拂动，星星就在头上闪光，这是欣赏森林之夜多好的机会呀！窗外满地是新鲜的木材、新鲜的木屑，不时袭进来一阵木脂的芳香。开始我只觉得大森林太寂静了。后来，我听见远远的"卡拉拉"——"卡拉拉"，像有绞链在旋卷，——然后停一下又旋卷，又停了……这引起我的注意。渐渐有一点亮光的高处，一闪一灭，一灭一闪。这真是梦幻一般的……是星星向我飞来？是林中的妖魔睁着怪眼？……慢慢地我才分辨出，那是拉木材的拖拉机的灯光。它们从高山上下来，一下被密林遮挡，一下又显露出来。我感到一阵羞愧，原来森林之夜并不像我想的那样寂静。一刻钟后，三辆拖拉机隆隆响着停在我窗前不甚远的黑兀兀的一排库房跟前，灯熄了，一阵热烈的笑语声，然后，一扇木板门"吱——呀"地响了一下，一切终于寂然了。我不能入睡，我想从前这原始森林该多荒凉啊，现今这森林充满生活的魅力。这是早春，冰冷的空气还笼罩着森林，我所住的木屋里，炉火还烧得暖烘烘的。如果是夏天，这窗外该多美呀！人们告诉我：天暖时，暴马子花开放，整个森林像蜜一样芬芳呢。在我沉思的工夫，森林、山峦的轮廓都清晰起来了，我仿佛看出细小的树枝在轻轻摇摆。这时，一片清冷的月光穿透窗玻璃落在我的身上。于是我发现了另一个绿夜。

　　我坐在桌边望着罩灯沉思：这一个和那一个，这是多么不同的两个绿夜啊！

第二辑　壮美山河

海 的 幻 象

  我常常想到海。每次想到，总立刻打消这一感觉，因为对这山地，海是太遥远了啊。……其实，海水的晶莹，在我生命历史的路程上，并没有像凝结的盐粒那样构成为一种生命的要素过。但我却真实地爱好海洋气候。两个月了，由于——在构思一篇发生在海滨的悲剧文章的关系，我更多次数地接触到海了。人的精神生活应该是深挚的——你想：海一样蓝的眼睛，比那死气的蛤蜊壳的闪烁好得多。而人们的根性，是——时常会悲惨地把灵魂淹在自己腌菜的罐里，我们为什么不要求着宽阔、宽阔。

  前次涨水的时候，我宿夜在一处山顶上。

  清晨起来，我吮吸着了——这空旷、巨大的山谷间，只有这一瞬才会觉到的清新。它，是涤着干燥微厚的蒸馏水。这种景象，使我感到家乡——靠近海岸的大平原上，夏日每天的早晨，我出来，看到——那深森的山脚、沟壑，对面山峰上浮着白色的雾。

  他说："这要是山岬，这下面是一片海……"

  他指着伸在面前一条条绿茸茸的山脚，然后他横开摊平的手掌，抚示着无限远的一片。

  是啊，假如这是一片海，开阔、健壮心境的海，……我没响，我在这瘠地时常想一个海滨的家该是如何美丽？……这一顷刻，我如能在清明的玻璃上看见一片蓝天，是新的人生的崇高的感觉。我以自己心灵的语言，似乎完全极深地接触了他的一切澄清的感情。——那是稀罕的超露在市侩主义生活一切之上的——它具有磅礴的歌声，它击沉一切渣滓而掠向高空去。我只有一次，在海面上，当风暴的预测播到我耳中，从心底，我听到一种生命搏击的音响。——我望着他，他是蔽着病弱的苍白，在胡须与眼里却自然地溢流一股邈远的思索，这是他纯真的表白——他在体会世上最美的是什么，他知道最美的语言在哪里……

人们也许只瞅见或听到，一个人激扬的浓眉，光芒的巨眼和铿锵的粗犷的声音。

当他歌唱的时候——他的汗珠流下来，他号叫了……但，那是真挚的，属于他自己生命的东西啊。

而我不止一回：我看着，听着，他的手随了音节的掣动，他微闭了眼，嘴唇，在胡须里，头轻轻向一面转过去，……他曳着悠长而温软的声音，真的，是人的生长着的声音，……在那里面充满着无限的无限的经历的苦难。然而，这如同乐奏中的一只小风笛。它更多地表现着作为革命者的激烈的热情的时候，他的声音燃烧了。他责备他吗！但——这真实的呐喊是他的一面。你不能因为航海的一次风暴际遇，而忽略了海的墨蓝上镀了月光的全线的清凉呀！我从海的最喧闹的性格里，认识最大的寂寞与最深的孤独。——回到眼前情景上来吧！对面的雾渐渐裸露出峥嵘的山岭上的荆莽。我从远远的幻觉里跑出来。

走着下山的有太阳照临的路时，馨深湛地说："他像一只鹰。"

一只鹰和一片海洋。我想到慷慨的与热情的鲁平斯坦因的《海洋交响曲》。我也想到高尔基的《鹰之歌》。从这中间，我抽象化地把握一条线索：那是健康、朴实、美满的灵魂。人生是复杂的……但，你如同蜜蜂去分辨酿蜜的花蕊。我想：一个优美而健康的灵魂，是比一个空疏的野蛮的体壳好得多。而空疏的骷髅——仅在跳舞呀！真的阳光会照化这非生机的废料的。在博大的辽远的壮健的海洋上，——那是潮湿的风，而是有感情的音乐，那是运用了联系着美丽的语言的清新诗篇。我走着人生的路，永寻着人生的海洋，……

日　出

　　登高山看日出，这是从幼小时起，就对我富有魅力的一件事。

　　落日有落日的妙处，古代诗人在这方面留下不少优美的诗句，如"大漠孤烟直，长河落日圆""落日照大旗，马鸣风萧萧"，可是再好，总不免有萧瑟之感。不如攀上奇峰陡壁，或是站在大海岩头，面对着弥漫的云天，在一瞬时间内，观察那伟大诞生的景象，看火、热、生命、光明怎样一起来到人间。但很长很长时间，我却没有机缘看日出，而只能从书本上去欣赏。

　　海涅在《哈尔茨山游记》中曾记叙从布罗肯高峰看日出的情景：

　　　　我们一言不语地观看，那绯红的小球在天边升起，一片冬意朦胧的光照扩展开了，群山像是浮在一片白浪的海中，只有山尖分明突出，使人以为是站在一座小山丘上。在洪水泛滥的平原中间，只是这里或那里露出来一块块干的土壤。

　　善于观察大自然风貌的屠格涅夫，对于俄罗斯原野上的日出，做过精彩的描绘：

　　　　……朝阳初升时，并未卷起一天火云，它的四周是一片浅玫瑰色的晨曦。太阳，并不厉害，不像在令人窒息的干旱的日子里那么炽热，也不是在暴风雨之前的那种暗紫色，却带着一种明亮而柔和的光芒，从一片狭长的云层后面隐隐地浮起来，露了露面，然后就又躲进它周围淡淡的紫雾里去了。在舒展着云层的最高处的两边闪烁得有如一条条发亮的小蛇，亮得像擦得耀眼的银器。可是，瞧！那跳跃的光柱又向前移动了，带着一种肃穆的欢悦，向上飞似的拥出了一轮朝日。……

可是，太阳的初升，正如生活中的新事物一样，在它最初萌芽的瞬息，却不易被人看到。看到它，要登得高，望得远，要有一种敏锐的视觉。从我个人的经历来说，看日出的机会，曾经好几次降临到我的头上，而且眼看就要实现了。

一次是在印度。我们从德里经孟买、海德拉巴、帮格罗、科钦，到翠泛顿。然后沿着椰林密布的道路，乘三小时汽车，到了印度最南端的科摩林海角。这是出名的看日出的胜地。因为从这里到南极，就是一望无际的、碧绿的海洋，中间再没有一片陆地。因此这海角成为迎接太阳的第一位使者。人们不难想象，那雄浑的天穹，苍茫的大海，从黎明前的沉沉暗夜里升起第一线曙光，燃起第一支火炬，这该是何等壮观。我们到这里来就是为了看日出。可是听了一夜海涛，凌晨起来，一层灰蒙蒙的云雾却遮住了东方。这时，拂拂的海风吹着我们的衣襟，一卷一卷浪花拍到我们的脚下，发出柔和的音响，好像在为我们惋惜。

还有一次是登黄山。这里也确实是一个看日出的优胜之地。因为黄山狮子林，峰顶高峻。可惜人们没有那么好的目力，否则从这儿俯瞰江、浙，一直到海上，当是历历可数。这种地势，只要看看黄山泉水，怎样像一条无羁的白龙，直泻新安江、富春江，而经钱塘入海，就很显然了。我到了黄山，开始登山时，鸟语花香，天气晴朗，收听气象广播，也说二三日内无变化。谁知结果却逢到了徐霞客一样的遭遇："浓雾迷漫，抵狮子林，风愈大，雾愈厚……雨大至……"只听了一夜风声雨声，至于日出当然没有看成。

　　但是，我却看到了一次最雄伟、最瑰丽的日出景象。不过，那既不是在高山之巅，也不是在大海之滨，而是从国外向祖国飞行的飞机飞临的万仞高空上。现在想起，我还不能不为那奇幻的景色而惊异。是在我没有一点准备、一丝预料的时刻，宇宙便把它那无与伦比的光华、丰采，全部展现在我的眼前了。当飞机起飞时，下面还是黑沉沉的浓夜，上空却已游动着一线微明，它如同一条狭窄的暗红色长带，带子的上面露出一片清冷的淡蓝色晨曦，晨曦上面高悬着一颗明亮的启明星。飞机不断向上飞翔，愈升愈高，也不知穿过多少云层，远远抛开那黑沉沉的地面。飞机好像惟恐惊醒机座上人们的安眠，马达声特别轻柔，两翼非常平稳。我一直守着舷窗，注视外边的变幻，这时间，那条红带，却慢慢在扩大，像一片红云了，像一片红海了。暗红色的光发亮了，它向天穹上展开，把夜空愈抬愈远，而且把它们映红了。下面呢？却还像苍莽的大陆一样，黑色无边。这是晨光与黑夜交替的时刻；这是即将过去的世界与即将到来的世界交替的时刻。你乍看上去，黑夜还似乎强大无边，可是一转眼，清冷的晨曦变为磁蓝色的光芒。原来的红海上簇拥出一堆堆墨蓝色云霞。一个奇迹就在这时诞生了。突然间从墨蓝色云霞里矗起一道细细的抛物线，这线红得透亮，闪着金光，如同沸腾的熔液一下抛溅上去，然后像一支火箭一直向上冲，这时我才恍然大悟，原来这就是光明的白昼由夜空中迸射出来的一刹那。然后在几条墨蓝色云霞的隙缝里闪出几个更红更亮的小片。开始我很惊奇，不知这是什么，再一看，几个小片冲破云霞，密接起来，融合起来，飞跃而出，原来是太阳出来了。它晶光耀眼，火一般鲜红，火一般强烈,不知不觉,所有暗影立刻都被它照明了。一眨眼工夫,我看见飞机的翅膀红了,窗玻璃红了,机舱座里第一个酣睡者的面孔红了。这时一切一切都宁静极了,宁静极了。整个宇宙就像刚诞生过婴儿的母亲一样温柔、安静,充满清新、幸福之感。再向下看,云层像灰色急流,在滚滚流开,好让光线投到大地上去,使整个世界大放光明。我靠在软椅上睡熟了。醒来时我们的飞机正平平稳稳,自由自在,向东方航行。黎明时刻的种种红色、灰色、黛色、蓝色,都不见了,只有上下天空,一碧万顷,空中的一些云朵,闪着银光,像小孩子的笑脸。这时,我忘掉了为这一次看到日出奇景而高兴,而喜悦,我却进入一种庄严的思索,我在体会着"我们是早上六点钟的太阳"这一句诗那最优美、最深刻的含意。

长江三日

十一月十七日

……

雾笼罩着江面，气象森严。十二时，"江津"号起碇顺流而下了。在长江与嘉陵江汇合后，江面突然开阔，天穹顿觉低垂。浓浓的黄雾，渐渐把重庆隐去。一刻钟后，船又在两面碧森森的悬崖陡壁之间的狭窄的江面上行驶了。

你看那急速漂流的波涛一起一伏，真是"众水会涪万，瞿塘争一门"。而两三木船，却齐整地摇动着两排木桨，像鸟儿扇动着翅膀，正在逆流而上。我想到李白、杜甫在那遥远的年代，以一叶扁舟，搏浪急进，那该是多么雄伟的搏斗，那会激发诗人多少瑰丽的诗意啊！……不久，江面更开朗辽阔了。两条大江，骤然相见，欢腾拥抱，激起云雾迷蒙，波涛沸荡，至此似乎稍为平定，水天极目之处，灰蒙蒙的远山展开一卷清淡的水墨画。

从长江上顺流而下，这一心愿真不知从何时就在心中扎下根了。年幼时读"大江东去……"读"两岸猿声……"辄心向往之。后来，听说长江发源于一片冰川，春天的冰川上布满奇异艳丽的雪莲，而长江在那儿不过是一泓清溪；可是当你看到它那奔腾的叫啸，如万瀑悬空，砰然万里，就不免在神秘气氛的"童话世界"上又涂了一层英雄光彩。后来，我两次到重庆，两次登枇杷山看江上夜景，从万家灯火、灿烂星海之中，辨认航船上缓缓浮动而去的灯火，多想随那惊涛骇浪，直赴瞿塘，直下荆门呀。但亲身领略一下长江风景，直到这次才实现。因此，这一回在"江津"号上，正如我在第二天写的一封信中所说：

"这两天，整天我都在休息室里，透过玻璃窗，观望着三峡。昨天整日都在朦胧的雾罩之中。今天却阳光一片。这庄严秀丽、气象万千的长江真是美极了。"

下午三时，天转开朗。长江两岸，层层叠叠，无穷无尽的都是雄伟的山峰，苍松翠竹绿茸茸地遮了一层绣幕。近岸陡壁上，背纤的纤夫历历可见。你向前看，前面群山在江流浩荡之中，则依然为雾笼罩，不过雾不像早晨那样浓，那样黄，而呈乳白色了。现在是"枯水季节"，江中突然露出一块黑色礁石，一片黄色浅滩，船常常在很狭窄的两面航标之间迂回前进，顺流驶下。山愈聚愈多，渐渐暮霭低垂了，渐渐进入黄昏了，红绿标灯渐次闪亮，而苍翠的山峦模糊为一片灰色。

当我正为夜色降临而惋惜的时候，黑夜里的长江却向我展开另外一种魅力。开始是，这里一星灯火，那儿一簇灯火，好像长江在对你眨着眼睛。而一会儿又是漆黑一片，你从船身微微的荡漾中感到波涛正在翻滚沸腾。一派特别雄伟的景象，出现在深宵。我一个人走到甲板上，这时江风猎猎，上下前后，一片黑森森的，而无数道强烈的探照灯火，从船顶射向江面，天空、江上一片云雾迷蒙，电光闪闪，风声水声，不但使人深深体会到"高江急峡雷霆斗"的赫赫声势，而且你觉得你自己和大自然是那样贴近，就像整个宇宙，都罗列在你的胸前。水天、风雾，浑然融为一体，好像不是一只船，而是你自己正在和江流搏斗而前。"曙光就在前面，我们应当努力。"这时一种庄严而又美好的情感充溢我的心灵，我觉得这是我所经历的大时代突然一下集中地体现在这奔腾的长江之上。是的，我们的全部生活不就是这样战斗、航进，穿过黑夜走向黎明的吗？现在，船上的人都已酣睡，整个世界也都在安眠，而驾驶室上露出一片宁静的灯光。想一想，掌握住舵轮，透过闪闪电炬，从惊涛骇浪之中寻到一条破浪前进的途径，这是多么豪迈的生活啊！我们的哲学是革命的哲学，我们的诗歌是战斗的诗歌，正因为这样——我们的生活是最美的生活。列宁有一句话说得好极了："前进吧！——这是多么好啊！这才是生活啊！"……"江津"号昂奋而深沉地鸣响着汽笛向前方航进。

十一月十八日

在信中，我这样叙说："这一天，我像在一支雄伟而瑰丽的交响乐中飞翔。我在海洋上远航过，我在天空上飞行过，但在我们的母亲河流长江上，第一次，为这样一种大自然的威力所吸慑了。"

朦胧中听见广播到奉节。停泊时天已微明。起来看了一下，峰峦刚刚从黑夜中显露出一片灰蒙蒙的轮廓。起碇续行，我到休息室里来，只见前边两面悬崖绝壁，中间一条狭狭的江面，已进入瞿塘峡了。江随壁转，前面天空上露出一片金色阳光，像横着一条金带，其余天空各处还是云海茫茫。瞿塘峡口上，为三峡最险处，杜甫《夔州歌》云："白帝高为三峡镇，瞿塘险过百牢关。"古时歌谣说："滟滪大如马，瞿塘不可下；滟滪大如猴，瞿塘不可游；滟滪大如龟，瞿塘不可回；滟滪大如象，瞿塘不可上。"这滟滪堆指的是一堆黑色巨礁。它对准峡口。万水奔腾一冲进峡口，便直奔巨礁而来。你可想象得到那真是雷霆万钧，船如离弦之箭，稍差分厘，便撞得个粉碎。现在，这巨礁，早已炸掉。不过，瞿塘峡中，激流澎湃，涛如雷鸣，江面形成无数漩涡，船从漩涡中冲过，只听得一片哗啦啦的水声。过了八公里的瞿塘峡，乌沉沉的云雾，突然隐去，峡顶上一道蓝天，浮着几小片金色浮云，一柱阳光像闪电样落在左边峭壁上。右面峰顶上一片白云像白银片样发亮了，但阳光还没有降临。这时，远远前方，无数重峦叠嶂之上，迷蒙云雾之中，忽然出现一团红雾，你看，绛紫色的山峰，衬托着这一团雾，真美极了。就像那深谷之中反射出红色宝石的闪光，令人仿佛进入了神话境界。这时，你朝江流上望去，也是色彩缤纷：两面巨岩，倒影如墨；中间曲曲折折，却像有一条闪光的道路，上面荡着细碎的波光；近处山峦，则碧绿如翡翠。时间一分钟一分钟过去，前面那团红雾更红更亮了。船越驶越近，渐渐看清有一高峰亭亭笔立于红雾之中，渐渐看清那红雾原来是千万道强烈的阳光。八点二十分，我们来到这一片晴朗的金黄色朝阳之中。

　　抬头望处，已到巫山。上面阳光垂照下来，下面浓雾滚涌上去，云蒸霞蔚，颇为壮观。刚从远处看到那个笔直的山峰，就站在巫峡口上，山如斧削，隽秀婀娜，人们告诉我这就是巫山十二峰的第一峰。它仿佛在招呼上游来的客人说："你看，这就是巫山巫峡了。""江津"号紧贴山脚，进入峡口。红通通的阳光恰在此时射进玻璃厅中，照在我的脸上。峡中，强烈的阳光与乳白色云雾交织一处，数步之隔，这边是阳光，那边是云雾，真是神妙莫测。几只木船从下游上来，帆篷给阳光照得像透明的白色羽翼，山峡却越来越狭，前面两山对峙，看去连一扇大门那么宽也没有，而门外，完全是白雾。

　　八点五十分，满船人，都在仰头观望。我也跑到甲板上来，看到万仞高峰之巅,有一细石耸立如一人对江而望,那就是充满神奇缥缈传说的美女峰了。据说一个渔人在江中打鱼,突遇狂风暴雨,船覆灭顶,他的妻子抱了小孩从峰顶眺望,盼他回来,一天一天,一月一月,他终未回来,而她却依然不顾晨昏,不顾风雨,站在那儿等候着他——至今还在那儿等着他呢!……

如果说瞿塘峡像一道闸门,那么巫峡简直像江上一条迂回曲折的画廊。船随山势左一弯,右一转,每一曲,每一折,都向你展开一幅绝好的风景画。两岸山势奇绝,连绵不断,巫山十二峰,各峰有各峰的姿态,人们给它们以很高的美的评价和命名,显然使我们的江山增加了诗意,而诗意又是变化无穷的。突然是深灰色石岩从高空直垂而下浸入江心,令人想到一个巨大的惊叹号;突然是绿茸茸草坡,像一支充满幽情的乐曲;特别好看的是悬岩上那一堆堆给秋霜染得红艳艳的野草,简直像是满山杜鹃了。峡急江陡,江面布满大大小小漩涡,船只能缓缓行进,像一个在崇山峻岭之间漫步前行的旅人。但这正好使远方来的人,有充裕时间欣赏这莽莽苍苍、浩浩荡荡长江上大自然的壮美。苍鹰在高峡上盘旋,江涛追随着山峦激荡,山影云影,日光水光,交织成一片。

十点,江面渐趋广阔,急流稳渡,穿过了巫峡。十点十五分至巴东,已入湖北境。十点半到牛口,江浪汹涌,把船推在浪头上,摇摆着前进。江流刚奔出巫峡,还没来得及喘息,却又冲入第三峡——西陵峡了。

西陵峡比较宽阔,但是江流至此变得特别凶恶,处处是急流,处处是险滩。船一下像流星随着怒涛冲去,一下又绕着险滩迂回浮进。最著名的三个险滩是:泄滩、青滩和崆岭滩。初下泄滩,你看看那万马奔腾的江水会突然感到江水简直是在旋转不前,一千个、一万个漩涡，使得"江津"号剧烈震动起来。这一节江流虽险，却流传着无数优美的传说。十一点十五分到秭归。据袁崧《宜都山川记》载：秭归是屈原故乡，是楚子熊绎建国之地。后来屈原被流放到汨罗江，死在那里。民间流传着：屈大夫死日，有人在汨罗江畔，看见他峨冠博带，美髯白皙，骑一匹白马飘然而去。又传说：屈原死后，被一大鱼驮回秭归，终于从流放之地回归楚国。这一切初听起来过于神奇怪诞，却正反映了人民对屈原的无限怀念之情。

秭归正面有一大片铁青色礁石，森然耸立江面，经过很长一段急流绕过泄滩。在最急峻的地方，"江津"号用尽全副精力，战抖着，震颤着前进。急流刚刚滚过，看见前面有一奇峰突起，江身沿着这山峰右面驶去，山峰左面却又出现一道河流，原来这就是王昭君诞生地香溪。它一下就令人记起杜甫的诗："群山万壑赴荆门，生长明妃尚有村。"我们遥望了一下香溪，船便沿着山峰进入一道无比险峻的长峡——兵书宝剑峡。这儿完全是一条窄巷，我到船头上，仰头上望，只见黄石碧岩，高与天齐，再驶行一段就到了青滩。江面陡然下降，波涛汹涌，浪花四溅，当你还没来得及仔细观看，船已像箭一样迅速飞下，巨浪为船头劈开，旋卷着，合在一起，一下又激荡开去。江水像滚沸了一样，到处是泡沫，到处是浪花。船上的同志指着岩上一片乡镇告诉我："长江航船上很多领航人都出生在这儿……每只木船要想渡过青滩，都得请这儿的人引领过去。"这时我正注视着一只逆流而上的木船，看到这青滩的声势十分吓人，但人从汹涌浪涛中掌握了一条前进途径，也就战胜了大自然了。

中午，我们来到了崆岭滩跟前，长江上的人都知道："泄滩青滩不算滩，崆岭才是鬼门关。"可见其凶险了。眼看一片灰色石礁布满水面,"江津"号却抛锚停泊了。原来崆岭滩一条狭窄航道只能过一只船,这时有一只江轮正在上行,我们只好等下来。谁知竟等了那么久,可见那上行的船只是如何小心翼翼了。当我们驶下崆岭滩时,果然是一片乱石林立,我们简直不像在浩荡的长江上,而是在苍莽的丛林中找寻小径跋涉前进了。

十一月十九日

早晨,一片通红的阳光,把平静的江水照得像玻璃一样发亮。长江三日,千姿万态,现在已不是前天那样大雾迷蒙,也不是昨天"巫山巫峡气萧森",而是苏东坡所谓的"楚地阔无边,苍茫万顷连"了。长江在穿过长峡之后,现在变得如此宁静,就像刚刚诞生过婴儿的年轻母亲一样安详慈爱。天光水色真是柔和极了。江水像微微拂动的丝绸,有两只雪白的海鸥缓缓地和"江津"号平行飞进,水天极目之处,凝成一种透明的薄雾,一簇一簇船帆,就像一束一束雪白的花朵在蓝天下闪光。

在这样一天,江轮上非常宁静的一日,我把我全身心沉浸在"红色的罗莎"——卢森堡的《狱中书简》中。

这个在一九一八年德国无产阶级革命中最坚定的领袖,我从她的信中,感到一个伟大革命家思想的光芒和胸怀的温暖,突破铁窗镣铐,而闪耀在人间。你看,这一页:

雨点轻柔而均匀地洒落在树叶上,紫红的闪电一次又一次地在铅灰色的天空中闪耀,遥远处,隆隆的雷声像汹涌澎湃的海涛余波似的不断滚滚传来。在这一切阴霾惨淡的情景中,突然间一只夜莺在我窗前的一株枫树上叫起来了！在雨中，闪电中，隆隆的雷声中，夜莺啼叫得像是一只清脆的银铃，它歌唱得如醉如痴，它要压倒雷声，唱亮昏暗……

昨晚九点钟左右，我还看到壮丽的一幕，我从我的沙发上发现映在窗玻璃上的玫瑰色的反照，这使我非常惊异，因为天空完全是灰色的。我跑到窗前，着了迷似的站在那里。在一色灰沉沉的天空上，东方涌现出一块巨大的、美丽得人间少有的玫瑰色的云彩，它与一切分隔开，孤零零地浮在那里，看起来像是一个微笑，像是来自陌生的远方的一个问候。我如释重负地长吁了一口气，不由自主地把双手伸向这幅富有魅力的图画。有了这样的颜色，这样的形象，然后生活才美妙，才有价值，不是吗？我用目光饱餐这幅光辉灿烂的图画，把这幅图画的每一线玫瑰色的霞光都吞咽下去，直到我突然禁不住笑起自己来。天哪，天空啊，云彩啊，以及整个生命的美并不只存在于佛龙克①，用得着我来跟它们告别？不，它们会跟着我走的，不论我到哪儿，只要我活着，天空、云彩和生命的美会跟我同在。

"江津"号在平静的浪花中缓缓驶行。我读着书，一种非常珍贵的感情渗透我的全身。我必须立刻把它写下来，我愿意把它写在这奔腾叫啸而又安静温柔的长江一起，因为它使我联想到我前天想到的"战斗——航进——穿过黑夜走向黎明"的想象，过去，多少人，从他们艰巨战斗中想望着一个美好的明天呀！而当我承受着

---

① 佛龙克：囚禁卢森堡的监狱所在地。

像今天这样灿烂的阳光和清丽的景色时,我不能不意识到,今天我们整个大地,所吐露出来的那一种芬芳、宁馨的呼吸,这社会主义生活的呼吸,正是全世界上,不管在亚洲还是在欧洲,在美洲还是在非洲,一切先驱者的血液,凝聚起来,而发射出来的最自由最强大的光辉。我读完了《狱中书简》,一轮落日——那样圆,那样大,像鲜红的珊瑚球一样,把整个江面笼罩在一脉淡淡的红光中,面前像有一种细细的丝幕柔和地、轻悄地撒落下来。

最后让我从我自己的一封信中抄下一段,来结束这一日吧:

夜间,九时余——从前面漆黑的夜幕中,看见很小很小几点亮光。人们指给我那就是长江大桥,"江津"号稳稳地向武汉驶近。从这以后,我一直站在船上眺望,渐渐地渐渐地看出那整整齐齐的一排像横串起来的珍珠,在熠熠闪亮。我看着,我觉得在这辽阔无边的大江之上,这正是我们献给我们母亲河流的一顶珍珠冠呀!……再前进,江上无数蓝的、白的、红的、绿的灯光,拖着长长倒影在浮动,那是无数船只在航行;而那由一颗颗珍珠画出的大桥的轮廓,完全像升在云端里一样,高耸空中;而桥那面,灯光稠密得简直像是灿烂的银河。那是什么?仔细分辨,原来是武汉两岸的亿万灯火。当我们的"江津"号,嘹亮地向武汉市发出致敬欢呼的声音时,我心中升起一种庄严的情感,看一看!我们创造的新世界有多么灿烂吧!……

平明小札

这里发表的是一些思索的片段。思索是随时随地都有的,而记录全在清晨。室外,一藤桌、一藤椅,晨曦乍上,清气袭人,这是我最酷爱的时间、最酷爱的所在,当然也有着我最酷爱的心境,故将这些片段统名为《平明小札》。

晨

淡淡的朝阳刚把树梢照亮。顺了石柱攀缘到三层楼上来的老藤树比来时茂盛多了,有些柔韧的枝蔓伸展开来,带着绿叶,向人轻拂,似在表达它的欣快之感。在露珠晶莹的树叶丛中,一只小蝉用稚哑的嗓门,轻轻嘶叫。越来越明亮的阳光却显示:将要来临的又是十分炎热的一天。但,不论回头怎样火热,甚或会从燠热之中来一阵风掣电闪,现在这早晨却如此清新、宁静。如若仔细地分析一下,这清晨之可爱究在何处呢?是这清凉,是这朝露,是这潮湿泥土的芬芳,是这淡淡早霞的幽静,是的,我想是这一切。但更重要的是它是一个新的起点。在一个人的生活之中,不知要经历多少曲折复杂的道路——他焦灼、困难、轻松、欢乐。而千千万万早晨之中的每一个早晨,当它到来的时候,都使你感到是第一次和它接触一样新鲜。它永远那样清新澄碧,而又永远那样鼓舞人意。人们在日常谈论中,常常用"朝气"与"暮气"这两个极端相反的字眼,评判一人一事,来说明那是生气勃勃的,还是气息奄奄的;这个

"朝气"就是从永远给人清新之感的早晨发展而来的。朝气——使人想到：精力充沛、双眸明亮、两颊鲜红，向新的未来迈开脚步，——也许这未来之中充满莫测的事变，而那早晨总还是那样令人欣喜、令人振奋，以无限情意督促人们起步。今天早晨就是这样可爱，我望着它就像第一次看到早晨。那几片朝云，给阳光照得像嫩红的玫瑰花瓣一样轻柔、绰约、缥缈、悠然。病中，我常常感觉到：愈是在困难的时候，愈觉得清晨之可贵。因为我们战斗过了一天，而又展开一天新的战斗了。这一天的逝去与一天的来临，便标志着一次新的胜利。我现在浸沉于晨光的快感之中，我思索着，这个清晨像什么？很像早霞中升起来的一片白帆，也就是每一个早晨都在我们生活的航道上升起的白帆，——它是那样洁白，它是那样漂亮，但它标志着永远向前，而且标志着坚定不移的方向。在我沉思默想时，不知不觉地，那一片片的云由红色而变得发白发亮，像给强烈光线照得透明的、轻柔的羊毛卷一样，它们朝着蓝天远处冉冉飞去，就如同白帆朝远天航去一样。突然，一切一切，偌大的天空和地面都变得出奇地宁静，蝉声没了，人声没了，那赫然闪耀的宇宙中充满一种庄严肃穆之感，一个真正的早晨开始了。

歌　声(一)

这些天，我反复地想到许多动听的歌声。

我沉思过，我深知：在我的心灵之中如果没有这些歌声，我真不知我将怎样生活下去。

是的，我们那个时代的青年，很多人是唱着歌生活、唱着歌战斗过来的。那歌声响彻高空，它就如同人们青春的火焰一样熊熊燃烧，吓得整个旧世界索索抖颤。那时人们生活在黑暗之中，但千万条喉咙一起唱着叛逆者的歌，千万只肩膀冲撞着那森然的"神圣不可侵犯"的牢门，然后在朦胧的黎明之中，人们像不可遏止的急流冲激开去……那是黑夜与白昼交替的年代，那是充满暴风雨的年代，——大地上，天空中，有枭鸟的阴险的狂笑，也有海燕的勇敢的鸣叫；有蛇的冰冷的眼色，也有鹰的英雄的长啸。那年代尽管有人要钳住人们的嘴，但谁又禁止得了心的歌唱。在人们聚会时，相投一瞥，然后用最严肃的心境，低声唱起那奴隶的歌。是的，"奴隶"，这个字眼，那时就如同一团鲜红的血，一道明亮的光，灼伤了我们的心，呼号着我们前进。

  人们正和那个时代一样迈着英雄的步伐过来的。在革命斗争的洗礼中，人们的头脑渐渐清醒了，眼睛渐渐明亮了。一切肮脏、卑鄙的东西，在那崇高响亮的歌声前面，显得多么渺小而可怜呀！在那个年代里，高尔基的《海燕》《鹰之歌》，鲁迅的《淡淡的血痕中》《生命的路》，像火一样鼓舞人。于是一支歌、又一支歌，那时唱了多少歌呀！

  在战争年月里，我有过一次不平凡的艰难而又壮丽的长途跋涉。当我攀上险峻的悬崖，渡过苍茫的激流，迎着秋风，淋着秋雨，望着红染的霜林，在黎明的薄暗中，在深宵的篝火旁，我和几个同代人，考验着自己的记忆，从头一支又一支歌唱下来。一支歌标志着一个战斗的年代，一支歌照亮了一页掀动的历史，我们唱了几天几夜，我深深觉得我们的漫长的道路，正像是花环铺的道路一样，它是用歌声铺的道路。当时，一个歌刚唱完，只要谁抢着接下去，唱一个字，提一个头，于是嘹亮的歌声便又飘荡起来了。那时我们的血液是怎样激流，两眼沉湎于甜蜜的战斗回忆之中。就在那一次，我记起我几乎完全忘记的一首歌：

> 不要皱着眉头，大众的歌手！
> 不要皱着眉头，大众的歌手！
> 要知道路途是多荆棘地，
> 铲除它呀，只靠我们还有双手，
> 提防着陷阱呢，跌倒了爬起来，
> 挺着胸膛走，黑夜有尽头，
> 等待着我们的，是光明的白昼，
> 大众的歌手，不要皱着眉头！

是的，就是这样的大众的歌手，就是这种创世的精神，就是这种天不怕地不怕，一定要捣破那窒息人的旧世界穹顶，而奔向清新明媚的新世界门槛的感情，尽管在心窠中也许还搅拌着一些旧羁绊的血泪，但人们决然甩脱历史因袭的重担，悦耳的歌声便像一条发亮的链子结串起那永远值得追忆的日月。

今早，在这幽静的、吹荡着晨风的廊上，我想着想着，——我紧紧地不肯放松地追索着：这歌声，从什么时候开始，又从谁人那里传来，而成为我们生命的一部分了呢？

当然，像火焰的反叛的歌，是从人类有着奴役、罪恶、无辜的流血、无声的死亡那一天就有了。但对于我们，二十世纪的这一代人来说，那冲锋陷阵的英雄的歌，是从巴黎公社开始的。我每一次背诵巴黎公社女诗人米雪尔在牢房中作的关于红石竹花那首诗中这几句：

> 红色的花，你们再生长吧！
> 在未来的年代中将有别的人来拿你们，
> 而这些人就是获得胜利的人。

　　我便情不由己地唱起："满腔的热血已经沸腾，做一次最后的斗争，旧世界打得落花流水，奴隶们起来起来……"

　　这雄壮的、永远震撼人心的歌，是从巴黎公社——全世界无产阶级第一次登上历史舞台时候诞生的。无产阶级的英雄们气壮山岳，奋臂疾呼，于英勇的鏖战之中，透过弥漫的烟尘、斑斑的血迹，在那战斗的街垒上，他们高唱出人世间真正革命的歌。于是那浇灌了工人阶级第一次战斗的鲜血的歌，渗透到我们心上来。巴黎公社这一场照明劳动者前途的弥天大火虽然被窒息了，但为它所冲破的旧世界的裂口却永远不能再弥合起来了。巴黎公社的血迹干了，但巴黎公社的声音再也不会停止。它响遍青山、响彻旷野，唱出俄国的"十月革命"，唱出中国的革命胜利。而且这歌声的滚滚急流呀！它在高扬、在激荡，在亚洲、在非洲、在拉丁美洲，在带着亿万人民，将不断唱出新的黎明、新的破晓。今早，我在这儿静静沉思，但心上的热血与激情却无边无际，它们沸扬震荡，像滚滚的长江大河，冲开朝雾，冲进黎明。是的，我们是这样的人，在欢乐时不忘战斗，在困难时不忘欢乐。我们不但在欢乐时唱歌，唱得动听，而且愈在困难时，我们的歌声愈嘹亮。我们就是这样的人，我们唱的就是这样的歌。

歌 声（二）

难道我们只唱战斗的歌吗？

不，我们也唱抒情的歌。当然，这里没有世纪末的灰暗，而是新世纪黎明的歌。

毛主席最近发表的一首《蝶恋花》中有这样两句：

> 国际悲歌歌一曲，
> 狂飙为我从天落。

这，洋溢着何等英雄、悲壮的时代感。

人们在生活中，有时会遇到困难，甚至挫折，这并不是什么稀罕的事，问题在于打垮一次困难，便是一次前进。因而我们从来不回避困难。在激战的火线上，亲爱的同志，有时就在你身边，甚或在你怀抱中遽然逝去。他用尽了他最后的一点气力，他拼尽了他最后的一滴鲜血。他衰弱了，但他那样明智，他正视死亡，无所畏惧，但他对人间充满那样浓厚的爱。

我知道在抗日战争年代，有一个年轻诗人，在一次激战中中弹垂危。那时，从小屋的窗口，飘进春天的芳香。他的声音已微弱，可是他要求给他一点花，同志们摘了一捧鲜花搁在他胸前。那时，他的眼睛多么明亮呀，他完成了他的战斗的一生。

是的，不止一次，我们在逝去的战友面前唱悼歌。但，那与其说是哀悼，不如说是宣誓。那时沉痛的声音从胸底迸裂。可是那时，和那以后，一次加深一次，悲痛化为力量，它使人们变得更坚强,更勇敢。

我记不起是听谁说过还是在哪一本书中看过,列宁在他那艰难的革命生涯中,经常工作到深夜、黎明,在偶然停息下来的时候,他踱来踱去,那时,他喜欢哼唱着那样一支歌曲:

> 感受不自由,莫大的痛苦,
> 你光荣地牺牲了,
> 在我们艰苦的斗争中你英勇地抛弃头颅,
> 英勇,你英勇地抛弃头颅,
> ……

请你想想吧!满天夜雾,一盏明灯,这时,他,这个像烈火一样明亮的人,胸中翻腾着的是多么深挚的感情呀!他从精神上拥抱着每一个已经牺牲了的和正在战斗的人,那时他多么渴望更猛烈地投入新的斗争呀!是的,问题就在于,不论音调如何哀婉,到了革命者胸中,它不仅是悲哀的,而且是悲壮的。

我们更多地唱那优美的欢乐的歌。当我这样想时,我耳边便响起一阵十分幽美而又嘹亮的声音。那是中国承受着巨大灾难的年代,但每当延河上漂流着夕阳染红的流水时,无数青年男女,在一日工作与学习之后,都纷纷走到延河两岸上来,于是草地上、沙滩上、河流上,到处一片欢乐,那时,那悠扬动听的歌声就飞扬起来了。那时,我们歌唱过夜莺,歌唱过玫瑰,歌唱过爱情的坚贞、劳动的欢乐,歌唱过田野,歌唱过黎明。

不错,对于那正在从艰辛中创造这个新社会的大时代,回想起来,难道只是一片困难吗?不,就是在那个时候,人们穿得破旧,食得粗糙，流血，饥饿，但那个时代整个留给人们的是欢乐、是愉快、是壮丽。正是在那个时刻，革命者不向困难低头而向困难挑战，人们因而用火热而嘹亮的歌声，这创世的歌声，从荆榛之中冲开一条道路。

革命的人的崇高意志凝练成歌。哪怕是走上断头台，哪怕是战到最后一粒子弹，那激情的歌声，总是吓得旧世界丧胆丢魂，对于捐献自己生命的人来说却是最豪情的欢乐，因为他坚信明天是属于自己的。这讲的是过去。至于今天，我们在建设幸福的生活，当我们在今天逢到困难时，我们就更知道，我们应该怎样对待困难，而从困难中震荡出更加动听、更加嘹亮的歌声。正因为如此，我们永远不能忘记，无论任何时间，在我们心灵中、血液中、生命中，都将震响着这样的歌。如若这歌声哪怕有一点点不够高亢，不够响亮，人们都将感到羞辱而痛苦。

红

马克思在答复若干问题的一份《自白》中，对于"您所喜欢的颜色"这一问题，他的回答是"红色"。

红，是激动人心的颜色。

红，是火的颜色，是阳光的颜色，是鲜血的颜色。

当医生由一个人静脉中抽出一玻璃管血液时，你看看，那血是何等地鲜红呀！红得很浓很艳，因为那是充溢着活跃的生命的鲜血啊！而一旦当这活跃的生命渐渐消逝时，血就渐渐变成黑色了。

当太阳在破晓时光，它呐喊着，打开了黑沉沉宇宙的大门。那时，它红得那样发亮、发烫，然后把红光普照大地。于是大地苏醒了，树叶从沉睡中扬起头，水波从凝静中张开眼，一切曾经被黑夜掩盖了的，都露出了鲜红的笑靥，花朵带着珍珠般露珠，在第一线战颤的阳光中，显得那样的鲜艳可爱。

这时你屏着气息仔细倾听一下吧！

给灌木丛遮着的小河边有静静的舀水声，丝毯般细软的草地上响过轻柔的脚步声，鸟在啾啾鸣叫，露珠轻轻滴落在土地上，而红色的黎明，开始了人生的新的一天。

但，就是在浓墨般的黑夜之中，红的光也能冲破黑暗，照明天地，那便是通红的火炬。

当然，这不是普通的火炬，而是高举在革命战士手上的火炬。对于这样的火炬，我有过亲身的体会。那是一个夜晚，暴风雨前的寂静笼罩着战场，我向前看，一片漆黑。突然间，在一个被严格规定了的时刻，如暴雷滚过大地，炮火从四面八方同时发射、爆炸。这时，我面前，一堆堆烈火就像一支支火炬一样迎风招展。这是革命战争的火，这是将旧世界的黑暗与肮脏燃烧净尽的火。火，烧吧！但是，使我震动的还不是这个，而是在前面一片火光通明的地方，忽然有更红更亮的火点着了，它像强烈的光倏然一闪。那是一个战士举着一面红旗从火光中冲过去。那是多么庄严，多么神圣，多么美丽啊！……

红，就是这一切红色，凝成人们生活中的欢乐。在胜利的日子里，当千百万面红旗，像海一样飘荡时，我们忍不住流出眼泪。你只要想一想那最艰难、最危急的时刻，你就明白了。四面全是逼近来的敌人，弹尽了，粮绝了。这时一个同志，身负重伤，但他不屈地挺着胸膛，他从怀中掏出一面由鲜血染得更红了的旗帜……这时一个年轻的、像火苗一样年轻的战士，硝烟熏黑他的脸，战火烧破了他的衣衫，但他是何等地虔诚、肃穆，他举手宣誓，在这生死存亡的关头，他站起来了，他成熟了，他勇敢地走入了无产阶级先锋队的行列。那么，此时此地，这一切都不是死而是生，这生者是真正的火中的凤凰。

是的，马克思最喜爱红色。

红色，是令人燃烧的颜色。

血 与 水

顺着昨天的思路，我想到：血与水。

血是水一样的液体，但血绝不是水。

还是在那份《自白》里，马克思答复另一问题"您对幸福的理解"时，他说道："斗争。"

那是在无产阶级革命的黎明期说的话，但它铮铮然响彻千古，考验着每一个战士。看一个战士是不是真正的战士，这里面最最重要的一点，就是他从斗争中感到幸福，还是感到受苦；是时时刻刻，为一种崇高的思想所鼓舞，忘我地投入斗争，还是厌倦斗争，逃避斗争，以至背弃斗争。不错，历史事实将就这样衡量着你配不配称为真正的战士。正如恩格斯所说：

"最彻底的马克思主义者，也就是最勇敢的战士。"

愈是在革命发展的转折点上，愈容易看出一个人，他的心，他的灵魂，到底是伟大还是渺小。

新的革命历程开始前，往往有一阵急风暴雨。在这种时候，就看你的态度如何了。你如果被这些暂时现象所吓倒，你的颈项便酥软了，就抬不起头来。市侩主义者总想回避困难，他在困难时牢骚满腹、怨天尤人，这样他只能从妥协走到屈服。在顺境中他曾经像个勇士，但只要天边有一点点乌云，他们便诅咒起革命来了。但真正的战士，总是在这种时候带领着人们前进。为了斗争的利益，他尽量设法减少困难，但当困难真的来临时，就像有什么呼唤起他心中沸腾的血液，它变成一种光、一种火，他精神抖擞，向困难宣战，一直到彻底地克服它、战胜它为止。因为他不仅仅看见貌似强大的困难，比起这，更吸引着他的是战胜困难后的雪亮的明天。

我承认这样的人，他血管里流着的是真正的血，真正战士的血，革命家的血。可是，当一个人一旦用自己的行为背弃真理时，那么整个情况便改变了。当他在敌人面前奴颜婢膝，在尖锐斗争面前，懦弱、卑怯，而背叛自己的阶级、自己的战斗队伍时，你会想到："在这个人的血管里流着的还是战士的血液吗？"

战士，——和战士一道生活过的人，都该会记得他们那响亮的一句话："在最困难的时候考验我吧！"而后，他们在革命斗争的艰险关头，走在前面，承担了应当承担的革命义务。那么，在那以后，他们的血流到哪里去了？流到我们正在继续战斗的人的血管中来了。于是我们的生命里有着他们的生命。血，依旧在奔流，在闪光，在呼唤。

不错，从一个人的语言、行动中，我们可以看到他的血管里流着的到底是血还是水。正因为这个缘故，我常常思考着鲁迅那句话：

"从喷泉里出来的都是水，从血管里出来的都是血。"

但我觉得最最重要的，是你要经常使你的血液浓而且亮，而决不能让它悄悄地变成一种掺了红色颜料冲出来的水。同志！那是不行的。一个人，可以衰老，可以病死，那是自然法则，人们并不畏惧，但人绝不能在肉体还活着时而灵魂却已经枯死。

无论到什么时候，不要忘记革命，不要忘记斗争，革命是从斗争开始的。

我想人们除了记得马克思主义者的理论之外，也记得马克思主义者的实践。我在下面抄录两则重要文献：

在李卜克内西的《忆恩格斯》一文中记载着："恩格斯参加了三次搏斗，也参加牟尔克城下的决战，所有在火线上看见过他的人，很久以后都还在谈论他那种镇静和漠视任何危险的精神。"

在弗里德里希·列斯纳的《一八四八年前后》一文中记载着："钟表匠约瑟夫·莫尔诞生于科伦，中等身材，长得很结实，以机智而有魄力见称。凡属效命无产阶级利益的事情他从不畏缩。一八四九年巴登起义爆发时，他毫不迟疑，冲上了火线……敌人的枪弹结束了他英勇的一生。一八五〇年恩格斯在《新莱茵报·政治经济评论》上一篇文章中写道：'我失去了一个老朋友，党失去了一个最英勇和忠诚的不屈不挠的战士。'"

那是在共产主义真理的黎明刚刚照临的时候，那时像我们今天这样的社会主义生活还只是人们的理想的"天国"。那时人们正在拿一滴滴血和一滴滴汗为这个"天国"开辟途径。现在，全世界亿万的人已经进入这种理想的"天国"，还有亿万的人为进入这种理想的"天国"而奋斗，我们就有一种神圣的责任，保卫革命，不准背叛。我们所有的人迎朝霞，沐阳光，欢乐，歌唱，但我们必须珍惜我们从最早时期便已开始的战斗，必须准备好更前进一步的新的战斗。要知道正是在当初一颗血珠通红发亮的地方，有无穷无尽的人觉醒了，而在将来，何尝不是在我们今天战斗的地方，有更多更多的人来继续战斗。正如同我们对前人的伟大变革产生无限景仰,将来的人会羡慕我们今天是多么雄伟的时代呀!我们要活得与这个时代相称。我们愿意骄傲地宣布:在我们血管里流动着的是这样的血液,是一代又一代战士生命凝成的血,我们不使它们凝滞,而使它们更加活跃,留给我们的后代,这是我们所有宝贵的东西之中最宝贵的东西。

风,你爽利的风啊!

　　立秋后几日非常之炎热,使人如置身于火炉之中,呼吸都有点困难似的。记得最酷热的那一夜晚,病房里所有的人都集聚在廊上,大家不断地注视着廊柱上的藤条,注视着楼外的树梢,哪怕有一点点轻微的颤动,也会引起人们的欢快。但,没有,它们都纹丝不动。连藤蔓,今天也竟失去平时那最牵惹人的调皮的劲儿了。这时,就像整个闷热的空气将凝成一个巨块,而且愈凝愈重。我们受着这热气压,当然觉得十分烦闷。于是我们坐在那里等着,等夜凉浮上来。不久,月亮从东方升起了,谁想这被人们以冰盘玉魄来描写的月亮,今天却像一块发烫的火块,红通通的。哎呀,夜凉没来,再加上这把天火,也许那已经凝结的空气就将更沉重、更凝固了吧!忽然,那旁一株槐树的树叶微微一颤,便有人叫道:"有风了!有风了!"可是再看看面前那柔细的藤蔓,它依然一动不动,似乎告诉人们:"没有风!没有风!"……不错,那时你仿佛觉得这藤蔓、这槐树的青春正在凋谢,它们的绿色在发黄,也许干下去,热下去,就这样枯萎、焚化了。那时人们觉得这闷热的日子多么漫长,多么难过呀!

　　谁知难过的日子也就那样地过来了。这几日,有过阴云,并未落雨，可是就渐渐地凉爽起来了。早晨或晚间再到廊上，迎着那拂拂微风，你全身心都感到无比的清畅。藤蔓在跳荡，槐叶在摇摆，蓝天那么高远清澄，星光那么晶莹闪烁。你这时觉得一切都生意盎然、都充满活力，你会不禁赞叹起这风来："风啊！你这爽利的风啊！"

是这样的风，风并不大，但它给你以说不出的快感，它所鼓荡的大气，冲淡了热浪，减低了湿闷，而一下让你觉得轻快、爽朗。

我想这风会吹一千里、一万里、十万里，它使所有的禾稼草木都欣然起舞了。月亮发出水晶一样清凉的光辉，群星如同撒满原野的金黄花盏，而花呢！这时那冰雪般的洁白的白兰花从夜空中暗暗透过一阵清幽的芳香。我忽然想道："正因为我们经过了那炎热的日子，我们就愈益感到现在这凉风的清爽可爱了。"这时，我不禁莞尔一笑，回想到人们那时对那闷热的困苦总想得太严重了。但无论如何，一年的酷暑期就那样过去了。风，你爽利的风啊！在这时使我想得多么多而又多么远呀！

早晨的花

黎明前落过一阵小雨。雨实在很小，园中茂密的树丛下，还是干燥的。但正是这阵小雨，使我受到一股树木清香的诱发，想起牵牛花。只要一展开童年的记忆，我就想起那些亮晶晶的小喇叭似的花朵。它们往往爬满墙垣，遮着窗口，它们那样袅娜，那样怡人，常常趁一阵微风将须蔓伸到人们的面颊上、手臂上轻轻搔动。而那花朵，像盛满甘露的玉杯，晶莹、洁净、鲜艳，人们常常称道带雨的梨花，其实这带露的牵牛花才非常之美呢。

后来，随了童年的消逝，我永远离开旧家的庭院，到外面奔走，而后就进入了长期战争生活。我渐渐地忘却了那早晨的花朵。不过有一回，当我穿过正燃烧的村庄，在风吹烟散之处，我突然看见残篱上盛开着茶杯大小的一朵嫩红色牵牛花，在战火硝烟掩映之下，朝露盈盈，特别好看，我不禁在它面前停立下来。当然那只是一刹那间的事情，也不过几秒钟吧！因为纷飞的弹火，是不允许我在这儿欣赏花朵的。但我是何等喜悦啊！如若为人发现，该惊奇这一朵普通鲜花竟怎样照亮我的眼睛吧！

　　今春，十分偶然的，我从一位看园人那儿讨得了一包牵牛花花种。在头一场春雨之后，就掘开泥土，种在我书房的南窗下了。从四月至五月我到国外去了，就把牵牛花委托给我的小女儿，要她给浇些水。等我从国外回来，一看，绿色花蔓已经长有尺把长，就像我的小女儿甩动的发辫一样，它在风中也会把细蔓弹动一下了。五月是美好的季节，又有几场雨滋润了土壤，牵牛花便蓬勃地生长起来。有一天我回家坐到自己书桌边上，无意地向窗上一瞥，一条绿蔓已带着肥大的绿叶，在窗玻璃上轻轻摆动，一若叮叮敲响窗子告诉我："你看，我已经长大了！……"

　　不知为什么，自己亲手埋下的种子，待它冒芽、绽叶，而后甩蔓，而后开花，也许由于这一个小小的新生命，是由自己劳动抚养而开始生长的吧，因此对它总有一种特殊的喜爱。但我在那时又恢复了灯下工作，因而睡得较晚，每天起来看时，牵牛花往往已过了盛开的时间。花朵在晨光之中热烈而尽情地开放之后，已经疲倦萎缩，失去那青春的美丽了。没想到我很快又进了医院，便不知自己窗外的牵牛花该怎样了。可是最近起得特别早，并且又能够在医院的花园中散步，于是在一个僻静的角落，我突然发现一架繁荣茂盛的牵牛花。我仔细观赏着,我觉得最好看的是那种深蓝色的,它十分淡雅,而又有着活跃的青春的颜色。花瓣上闪着钻石一样亮晶晶的露珠,整个儿就像一个蓝色晴空的缩影。我站在牵牛花架前,这时空气清新、朝阳乍露,一切都令人欣然喜悦。是的,早晨是多么美好呀!牵牛花是早晨的花,这紫的、蓝的、白的、红的花,是专门开给那些和黎明、和早霞、和朝阳一起开始生活与工作的人看的,是为早起的人祝福的。

路

  大约十年以前,我在自己的记事本上,写过一首关于"路"的小诗。
  当时我在一列疾驶的火车上,凭窗望着遥远的地平线上不断出现的一株树,又一株树……我忽然想到,在为祖国而战的年代里,我们就是这样望着地平线,走啊,走啊,到了那一株树下,抬头一看,前边依然像是粗炭条画了一道线,那线上依然耸立着一株树,又一株树……是的,就从这一株到那一株树下,蜿蜒着我们的小路——一夜"嚓嚓——嚓嚓"不停的脚步声响,天亮一看,路上印着一双一双血的脚印,——那时,我们淌着热汗,急急奔跑,闪电一般前进了。而在我们后边留下多少无名的小路呀!在辽阔无边的大地上,留下多少无名的小路呀!因此每当我来到旷野,望着天边的树木时,我心中总怀着无限深情。
  路,我们走过多少路啊!
  黎明之前,小路那样清凉、湿润。它穿过草原,穿过密林,在那垂拂双肩的树枝和打湿两脚的草叶上,滚落下大把的露珠,那时天地为一种宁静的暗灰色所笼罩，而不久，一线晨光，在你的睫毛前晃荡一下，然后像发亮的柔丝的细网向四面撒去，一会儿，它却像火烛一样在东方燃烧，一切暗夜朦胧，倏然逝去。那时人们奔走的脚步忽然变得多么轻快啊！没多久，在山岗或渡头，总之是一个开阔所在，人们看到那红珊瑚球似的冉冉升起的太阳。一瞬间，天地沉静，万籁无声，仿佛一切都为光明的诞生而沉醉了。但这是真正的一瞬间。于是，小路旁一枚草叶抛下它所负载的露珠而跳动了一下，于是从那面深深树丛中传来鹧鸪的鸣声，那时那小路明亮而且弯转向前。

可是生活的道路并非从来都是这样明亮。

暴风雨震撼过暗夜啊！我们是从黑夜里走来的。我回想起童年，那充满罪恶的古老城市中，无数阴暗偏僻的深巷。巷子那样狭窄，那样漆黑，走了不知多久，才在一个路角上看见鬼火般一点阴凄凄的火影。这盏油烟熏得乌黑的灯，是天断黑时，由一个乞丐似的路工，掮一面破木梯，爬上去，划根洋火点燃的。那时，电灯还是稀奇罕见的事物。而那路灯上的玻璃，不是这边破了，便是那边碎了。于是这充满肮脏腐朽的深巷，便只是那么一点绿荧荧火亮儿，给冷风一吹永远瑟瑟欲熄。那时，我一个人走这种深巷，心总是怦怦跳动，仿佛黑地里随时会有鬼怪出现，而后面又总有一片冷气落在背颈上，不过最最可怕的，还是你自己的脚步声，在那空虚荒寂之中，啪啪响得那样孤单，也很使人胆战呢！你仰头看看，两面墙头之上，像刀裁一样露出狭狭一道天空，闪着鬼眼眼的几粒寒星。你停下脚步听听，有醉鬼的呻吟，弃妇的悲泣，打更的梆子迟钝地响一下、响一下，一若这世界正在崩裂沉落的声音。

真是一条黑暗的道路呀！但那时代的勇敢的青年，凭着他们心灵里那要追求光明、要开拓道路的一团火,无论旧世界多么黑暗,但火焰那样圣洁地照明了前进的道路。正因为如此,鲁迅说:"路是从没路的地方践踏出来的。"

是的,马克思主义真理像探照灯一样照明前进的方向,人们从荆棘中踏出了道路。但无论荆棘怎样割破肌肤,刺出鲜血,人们终究踏出道路。有的走过监狱的路,有的走过战场的路……是的,这样或那样千万种复杂的路,而后我们走到了,而且走进了为早晨的阳光所照明的道路。人们似乎不必在这一个或那一个黑夜或白昼为暴风雨所震醒了。可是事情并不这样简单,——走啊,走啊,难道我们已经把路走完了吗?……不,我们取得这一个里程的胜利,不正是那一个里程的新的开始吗?谁要把胜利理解为只是在热烘烘的炕台上睡觉,在丰盛的餐桌边吃黄油、吃甜面包,以为再不会有什么风吹雨淋,谁就失去了革命斗志,谁就不能再奋勇前进、在新的地平线上看到那可爱的小路。

只要我们想一想,狂暴夜雨中去开堰放水的农民赤脚走的泥泞的路,翻崇山逾峻岭去探寻宝藏的路,还有在茫茫夜雾之中,江海急流之上,掌握着方向盘,而探索着前进的航路,我们就将觉得在我们血管里那拓荒者的滚热的血液是怎样跃动着了,更何况我们自己心灵上的路,也还需要巨大的勇敢与智慧去开辟呢?……总之,革命是永不停止的,在我们的地面上,旧社会崩溃了,但新的路上,并不是没有斗争,没有风险;"全世界无产者联合起来"这一行通红发亮的大字在号召着人们,在世界上还有许多腐朽的而又顽固的旧堡垒,有待于我们一一去粉碎。因此我们永远要踏碎荆棘、开荒辟莽,永远要付出血汗,辟路前进。

启 明 星

像有一阵热浪冲到身上将我推醒,我走出屋外,天将破晓,东面一片红雾迷蒙,再往上看,暗蓝色高空中闪耀着一颗又白又亮的星。

突然,这眼前一切,同我所熟谙的生活之间,产生了一种奇妙的联系。那红雾使我想到正在鏖战的战场,而那颗星却使我陷入更深沉的思索,我的心境庄严肃穆,我从这颗星想起一个人。

是的,我想起一个人。那是解放战争年代,在决定战局的一场战斗之中。也是这样时刻,夜色深沉,天将破晓。我在前线指挥部的掩蔽部里,借着摇晃的烛光,看见一个满面红光、青春洋溢的年轻人。他脸上,十分惹人注目的,有两只黑白分明、明亮而又快活的眼睛。地下室里充满浓重的泥土气息,从出入口那儿,透进露水淋浇过的草的清香。我目不转睛地看着他。他在指挥员面前接受着即将开始的突击任务。但就在那极其严峻的时刻,他的眼瞳还像快乐的火花一样闪亮呢!后来,他们就出去了。

我跟着出来,看他们的背影消失在暗夜之中,不久,就连脚步声也听不见了。我一个人站在露天之下。记得那一夜晚也是这样燠闷,——前面相当远的地方有一点战火闪闪发光……周围那样寂静,一丝风声都没有。我不时看看夜光表的绿荧荧的表针,表的"嗒、嗒"声,应和着心的跳动。

风暴,我预期的风暴时刻到来了。像天崩地裂、宇宙轰鸣,我们所有的大炮猛烈发射了。我感到我脚掌下的大地像奔驰的马背一样颠簸颤动。我从我所在的高地瞭望着,我知道,下一步,就该我们的步兵发起冲锋了。这时我脑海里边总闪动着那一双黑白分明的眼睛,不知为什么,我总觉得他是冲锋在最前面的一个。他一定在蹚过河流吧?那河水该是非常清凉的吧?……是的,不管怎样,这是千钧一发的时刻,他们必须衔接紧凑,趁炮火一停,敌人还来不及反击,立刻冲上去,打开缺口。我记得那天黎明时真是闷热得不得了,气压甚低,海上的浓雾突然都郁积在这盆地里来了,望上去一片乌黑,就像一堵黑森森的城墙。我听得见掩蔽部里传来的消息,那儿有人守住通前沿的电话,他们报告:

"第一个突击队上去了。"

我观测着,我谛听着,可是一分钟,一分钟,又一分钟……一种焦灼之感上升着。

怎么?一点动静也没有,难道是在茫茫夜雾中迷失了方向?

雾愈来愈浓愈厚,连炮火燃起的火光都消失在浓雾之中了。

怎么办?!

炮兵不敢再发射,不知我们的人运动到哪里了;派人去查明,可时间又怎么允许呢?!

我心情紧张极了。我从高地俯瞰下去,整个战场就像茫茫一片漆黑的大海。云雾和闷热笼罩着这个世界,简直逼得人透不出气。

突然,我看见有蚕豆粒那么小一粒火光,真是太小了,甚至一转眼珠就看不见了。可是它那样大胆地在那儿闪烁。不错,就是那么一点点火光,它给人带来希望,就像谁从黑暗中举起一盏指路的明灯。事情果然是这样,迷失在迂回辽阔的河流之上的人们,谁也没说什么,就都朝那火光奔去。然后,整个战场上的人,都朝那火光奔去。那真是人心振奋的一刻,我仿佛听到雪崩一般的轰响,我受了它的吸引,也立刻向前奔跑,——人们像怒潮从突破点上冲进敌阵。我一面前进一面寻思：

"是谁在那黑茫茫夜雾下，寻找到炮火轰开的缺口？是谁冒着暴露在敌人火力下的危险举起一个火把？"

我踏过夜路，按着枪声密集的方向，去寻找鏖战中的前哨部队。当我在河流中湿透了衣裤，才第一次感到一丝黎明的凉意，这时，我遇到迎面下来的第一批伤员。他们有的在担架上，有的被人扶持着，但他们都在闹哄哄地谈论着。我就站在激流里，听到他们的谈话：在那大雾弥天的一刻，熊熊燃烧的大火突然熄灭了，突击队摸索着，找不到前进的道路。真是危急的时刻啊！人们都伏在河滩上不动了。……这时，一个同志，镇定地辨别了方向，他一个人迅速地向前爬去，找到了突破口。为了给整个攻击部队送个信号，他就着地下一点火烬，将自己衣衫烧着。为了让后面的人看得清楚，他就不能不在那雨点一样密集的枪弹中高高挺立起来，就是这样，他整个像一个火人一样站立起来了。当然，在战争中，这不需要几分钟，而只要几秒钟就行了。这火光，——就是那像蚕豆粒样大小的火光，——在整个战役中起了人们意想不到的决定作用。伤员们在我身旁杂乱地谈着，蹚得水花哗啦啦泼溅，就走过去了。我心里想："那个同志怎么样呢？"但回头望望，只听见一片潺潺的流水声，早已看不清那些谈论者的形影了。但从刚才的谈话中，还清晰地听到他们讲到那同志的名字。而那个名字是和我记忆中那一双黑白分明、明亮而又快乐的眼睛联系在一起的。是他，——就是他！然而使我惊奇的是他们说连一块碎弹片也没打在他身上。这时间，那一双生命力更加洋溢的眼睛，闪动在我的面前。

前方烟火弥漫，枪声鼎沸，我连忙蹚过河。临上岸，抬起头，就像今天早晨这样，我看见天刚破晓，望过去一片红雾弥漫，再向上看,暗蓝色高空中闪耀着一颗又白又亮的星。……

今天黎明,这样宁静,我从清新的空气中闻到由于露水浇湿而特别浓郁的树脂香。我深深思索着,我发现了:这又白又亮的星不就是那双眼睛吗?……当我这样想着的时候,天就完全放明了。

急 流

今天,我久久地沉思着。……

我自己仿佛回到了闽江边上。不错,四年前我曾经沿着闽江走了一日。头一眼看到江,是在天刚刚亮的时候,使我非常之惊奇的,是那江水的绿,绿得浓极了。时已深秋,但那浓绿,却给人春深如海之感。原来雄伟的山、苍郁的树、苔染的石壁、滴水的竹林,都在江中投下绿油油倒影。事实上是天空和地面整个绿成一片,就连我自己也在那闪闪绿色之中了,这真是:"醉人的绿呀!"不过马上使我从那一团浓绿中惊醒的,却是闽江的险峻的急流。你看它碧绿盈盈,但仔细看时,倒真吸了一口冷气。江流迂回于悬崖峭壁之间,突然,像风一样激荡着滚滚波涛,向前冲击而去……尤其惊心动魄的,是江心无数礁石,森然林立,每一波澜都聚集在那儿,万马奔腾般喧嚣起来。看上去,那江水和礁石,那礁石也和江水,正在拼命地搏斗。它们喷射起高高的浪花,如雪如雾,浪花尽管在空中跳荡回旋,而那江水,还是那样浓绿的江水,却像疾风骤雨横扫着那险滩,奔流而下了。这江流有那样一种气概,无论什么礁石,无论什么险滩,总之,无论什么艰难险阻,它都十分藐视它们,而只管汹涌直前。江流之速真是间不容发,你一错眼珠,它已经风掣电闪般远了去了。这时我早已忘却去欣赏那浓绿,虽然那湿润的绿、鲜明的绿，愈加可爱了。问题是那江流吸引了我。恰好在这时，我看见一只顺流而下的木船。这种船恐怕也是特别适宜通过闽江急流的船，——它又尖，又窄，又薄，看上去就如同一片窄窄的木片。但就这窄窄的木片，出没于峻涛骇浪间，一下埋入波涛之中，一下浮升波涛之上，如若说那急流像风，那么这船真是风中之箭了……你注视着它，那实在是惊险万分呢！面前是嵯峨的礁石，是沸腾的漩涡，水急、浪急、风急，而在这一切力量冲击沸荡之间，只要稍微有半点差错，那船和船上的人就都要撞得粉碎，无影无踪。可是，你看，那船不就那样笔直地朝那黑森森的乱石冲去了吗？眼看浪花已在礁石上飞溅，而这时那船上的人，镇定、勇敢，毫不迟疑地顺着急流划去。就在一瞬之间，小船紧紧擦着礁石一转飞过去了，而后它又在波澜壮阔的江水中悠然前进了。

那时我目不转睛地盯着那只船，我却深深想到：在那转瞬之间，是急流勇进还是急流勇退呢？

闽江上的英雄水手告诉我们：在那转瞬之间，只能勇进，凭着人的力量，借着水的力量勇进。在这紧急关头，只要你稍微一怯弱、一动摇，那船便会冲到尖利的石岩上去。那时那险峻的急流，那激烈的浪涛，"哗……"的一声响，就像嘲笑你一样，一刻不停，旋卷而去。而后面更险峻更激烈的江流，紧跟着又汹涌而来，澎湃而至，然后又立刻旋卷过去了。

今天，当我静静地望着深远的夜空和灿烂的星群时，我理解到：那江流上有一条平安的道路，这道路是属于勇士的。勇士乘那奔腾澎湃之势，追风逐电，翱翔自如，转瞬千里；而懦夫还没有进入急流，早已为那煊赫的声势所威慑，丢魂丧胆，低头退却，而结果他只能使自己和自己所驾驶的船只一道被击沉撞碎。

在战争中我两渡天险急流。

一次是在黄河之上。当黄河从上游冲击而来，风声水声，真是"黄河之水天上来"呀！我们乘一方形巨舟，先顺岸边向上拽，拽到一定程度，解缆而下，那速度实在惊人，刚刚觉得波涛翻滚，倏然之间，已抵彼岸。

一次是在长江之上。也是只见黑色巨浪一阵掀腾，雪白浪花一阵飞溅，向前看，向后看，到处是风帆，风急帆峭，却都像凝然不动。谁料想眼睛一眨，我们已渡过江涛高处，竟没来得及体会一下天险的滋味，上了岸回头看看，还有些怅惘呢！

只有在闽江这一次，它绿得发浓，流得飞快，我却从这急流得到了勇气。今天，那浓而且亮的江色似乎又闪动在我的眼前，是急流勇进，还是急流勇退？是知难而进，还是知难而退？生活在革命斗争浪涛中的人，应当做乘长风破万里浪的能手，因为急流是永远不息前进的。

今天，我久久地沉思着。……

蔷　薇

年轻时我喜爱过梨花。

我爱那一树繁花，一根枝条凝成一串白雪。我已记不得是由于这个缘故而特别欣赏"雨打梨花深闭门"那句诗，还是由于那句诗而特别喜爱梨花的了。不过那种兴致是很浓的。当然这很浓的兴致，后来也像一只小船在黎明中向白茫茫雾海上驶去一样消逝了。我踏上了真正生活的道路。这道路上有艰辛与困苦，但更多的是壮志和豪情。这时如果说也曾为一种什么花而神往，那是血一样鲜红的花。正如同壶井繁治那一首小诗：

> 瞄准着蔷薇花的，
> 黑洞洞的枪口，
> 瞄准着我的胸膛。
> 在我的胸膛，
> 有红红的蔷薇花开放。

我以为：这是世界上最深入人心的花。

这诗，我是今年夏天才读到的，当然，这实在是太晚了。但它引起我反复吟诵，反复思索。我想这短短几行，该是这位热情的革命诗人在监狱铁窗之内，以他鲜红的血液凝结出来的。我读过前人多少歌颂红蔷薇花的句子呀！屠格涅夫不也说过"火比眼泪更能燃烧"的话吗？但不论怎样说，壶井繁治这一首是我最珍爱的。因为它不但晶亮闪光而且渗透心灵，它激发着一种真挚的革命斗争庄严感、幸福感。

是的，我从它得到启发。我想到那永远鲜红的花，在刑场，也在战场，哪儿有斗争，哪儿就有这最美的花。这种花向人生昭示着何等壮丽的真理呀！

壶井繁治这诗，是写监狱斗争的，我现在想补充一点火线斗争方面的。炎热，尘土飞扬，空气像浓烟，枪声像急雨，千万人在冲锋、在奔跑。这时间，我看到一个年轻战士小心翼翼地把一个同志抱到一片洼地里去。那儿在战火硝烟之中显得特别荫凉清静，碧绿的灌木丛，灌木丛下还有一泓清澈的溪流。这个年轻人的手是多么柔软呀！他轻轻地把战友放在碧草如茵的地上，那个负伤者的眼光是动人的，它那样清澈，那样坚定，那样忠贞。而在他的胸脯上就有着茶杯口大一朵鲜红鲜红的花呀！他从容地笑了一下，那笑也是十分动人的。当然，这一切都是在几秒钟光景内被我看见的。那个年轻人仰起头，透过沉沉烟雾，向正在决战的前方望去。这时，那清澈的眼光指示他以方向，那微笑像一道阳光射入他的心灵，而那鲜红的花呀把他燃烧起来了。他，这个年轻人上唇还长着一层细软的绒毛，面孔还露出孩子样纯朴的神情，可是在这一刹那间，他的眼光中有了他的先行者的眼光，现出像针尖那样两颗闪闪的火花，他毅然转身向火线上奔去。约一小时后，枪声平息，硝烟淡薄，突然整个天空都通红起来，如同整个宇宙被一把火燃烧，到处都那样鲜红、闪烁，流动着万道霞光。

我也还喜爱梨花，但当我看到那一朵朵血一样红的花时，不论它是玫瑰还是蔷薇，我便沉浸在那早霞一样灿烂的庄严感中了。

秋　天

晴明的秋天，最美妙的秋天，来到了。

阳光变得温暖了，微风却那样清凉，在这空气干燥而爽朗的日子里，土地完成它的使命之后，发散出一种慵懒而幸福的气息。这是由泥土和各种熟透了的谷物混合而成的浓酽的气息。你走到田野上，迎着风嗅一嗅那晒干了的青草的气息吧！那是多么香甜呢！今天，天蓝，风静，桌上的蜜桃发出熟透的甘香，我觉得一切都是成熟季节特有的舒适，收获季节特有的舒适。它没有春天的喧嚣与困倦，没有饱涨着雨云的夏天的燠闷，它使人清醒、严肃、沉思。它使人在一场勤劳之后，想到下一次的播种呢！我听到远方，不，自己的心灵深处，一个乡村少女清脆、婉转、嘹亮的歌声：

  转眼秋风凉，豆子谷子打下场……

  这是二十三年前的记忆。太行山上，一个午昼，走出房门，山村寂静极了。我站下来细细听，只听见晒黑晒焦了的豆荚在堆垛中轻轻爆裂，把一颗一颗绿珠子一样的豆粒掉落在镜面般光滑的场地上。那是战争艰苦的一年，不久之前我们刚从一场战斗中转移上山。转移途中，雷雨交加，漳河水涨得像一只狂怒暴跳的猛兽，带着灰白色急湍飞流而下。我伏在一匹马背上，仰仗着那匹马的水性，泅过急流，在雨后阳光中登上了千山万壑、铜壁铁墙的太行山极峰。秋天就在这时候来到了。在那个午昼，我穿过场院静静地向前走，停立在山坳口上，我眼前展开一望无际的苍翠的松林，松林给太阳照得像翡翠一样碧绿。就在这时，我听到那个乡村少女动听的歌声，而这声音便永远鲜明地留在我记忆之中了，因为它那样完美地代表了那个美妙的秋天，而且它是我年轻时代的秋天啊！
  今天，当这明亮的秋阳照耀在我的脸上，这歌声又响了。我是多么想到我们那无穷无尽的美丽的原野和山林中去啊！……虽然我现在不可能去，但通过这个敞亮的窗口，我感觉到我是多么紧紧地、紧紧地，用胸脯和臂膀贴紧着我们的美丽的原野和山林啊！

昆仑山的太阳

黄河之水天上来

　　细雨蒙蒙的秋天,我从北京乘飞机到兰州,机上即兴吟诗一首:"十年未可乘长风,一羽凌霄上碧空,拂去云烟十万里,来看黄河落日红。"

　　不过,说实在话,兰州的黄河令我失望。黄河在我记忆中永远是奔腾呼啸的激流啊!第一次给我的印象特别深,那是四十年前了,我从风陵渡口眺望黄河,滚滚狂涛冲着巨大冰排,天崩地裂,万雷轰鸣,一泻而下,那是何等惊心动魄的气概呀!兰州的黄河未免太安逸平静了。

　　到兰州后,一连落了几日雨。一个下午,我静静地望着窗口,窗中间巍然耸立着碧森森的皋兰山,这整个窗口就像给烟雨淋得湿蒙蒙绿茫茫的一幅画,一阵惊喜微颤过心头,这是一幅多么美妙的东山魁夷的画呀!的确,生活有如迂回曲折的画廊,一下是幽深的峡谷,一下是开阔的原野,谁知当我埋怨兰州的黄河平淡无奇的时候,就在兰州,黄河向我显示了雄伟壮观的景象,这就是刘家峡。

　　雨霁初晴,西北高原阳光格外灿烂。也许是延安生活在我心中的再现,我总觉得空中响着牧羊人的嘹亮歌声。汽车时而在碎石如斗的山谷之中,时而在辽阔的高原之上。远望刘家峡,层峦叠翠、静谧安详,谁料当汽车转折而下驶到刘家峡电站大坝下,突然冲入淋漓大雨之中,我非常惊讶,天上晴空万里,哪儿来的暴雨狂风呢？我下车转身一看，怔住了，我看到的是什么?！如乌云乱卷，如怒火，如狂飙。这些乌云先是从下面向上喷射，喷到半空，又跌落下来，化成茫茫银雾，这一卷卷云雾，给阳光照得闪亮，又飞上高空，乌云白雾，上下翻腾，再向上，如浓墨，如淡墨，直耸高空，像原子弹爆炸的蘑菇云，亭亭而上，巍然不动，这场景真有点惊人。原来接连落了几天雨，水位陡增，水电站提起溢洪道一扇闸门，刚才所见，就是黄河之水从溢洪道口喷射而出的情景。我再举首仰望，只见巉岩壁立，万仞摩天，峡谷之内，烟雾缭绕，浪花飞溅，发出千万惊雷翻滚沸腾的轰鸣。我到坝顶俯视，才看清黄河有如无数巨龙扭在一起飞旋而下，在窄窄两山之间，它咆哮，它奔腾，冲起的雪白浪头竟比岸上的山头还高，是激流，是浓雾，旋卷在一起，浩浩荡荡，汹涌澎湃，远去，远去，再远去，整个黄河都为白烟银雾所笼罩。

我却没有料到，我真正一览黄河雄伟神姿，却是在从乌鲁木齐飞回北京的飞机上。地面一片飞云骤雨，升上高空，忽然一道灿烂阳光透过舷窗射在我脸上，急忙向下看，云雾里巍然耸立着雪峰，雪峰白得像冰霜塑出的，像是那里刚刚落过一阵大雪，雪峰高低不一，层次分明，这是何等雄伟的冰雪的海洋啊！

飞机继续上升，下面出现了莽莽云流，向后飞速驶去，望眼所及之处，有一道整整齐齐的白云线，云线上悬着一条蓝天。飞机再上升，下面完全是旋卷沸腾的云海怒涛了。

又过了一段时间，云海忽然逝去，下面展现出一望无际的深褐色大地，阳光从上面像千万道聚光灯照亮了大地。一种出乎意外的梦幻一般的奇景突然出现，实在惊人，我想一个人一生一世也许只有这样一次吧！我们所生存的地球向你一露神奇的风采。在这茫茫大地之上有一条蜿蜒盘旋的长带。这个长带有的段落是深黑色的，有的段落是银白闪光的。开始我茫然不知这是什么！仔细看时，才知道这是黄河。这苍莽无垠无际的母亲大地啊，是它的乳汁，从西北高原深深地层中喷涌出这一道哺育着千秋万代、子子孙孙的河流，它纵横奔驰，滂沱摇泄，呼啸苍天，排挞岩谷，这条莽荡的黄河，一下分散作无数条细流，如万千璎珞闪烁飘拂，一下又汇为巨流，如利剑插过深山，势如长风一拂、万弩齐发。多么辽阔无垠的西北高原啊，高原上空，无数美丽的发亮的银白色云团，飘忽闪烁，如白玫瑰花随风飘浮。我发现，云影遮罩着的地段，黄河是深黑色的，阳光直射的地段，黄河就闪着银光。这广大的高原的奇景，使我惊讶得无法形容，如科学发现了宇宙的无穷，如思想探索到人生的奥秘，如艺术施展出富有的、奔驰的幻想的巨大魅力。这时那一曲牧羊人的歌声又嘹亮地响起，不过，这一次它不是在空中，是从我心中飞出，飞下长天，飞下黄河，在随惊涛骇浪而飞扬，而回荡。

祁连雪

欧洲中部蜿蜒着阿尔卑斯山脉，它那终年积雪的白峰，给欧洲增添了多么动人的姿色呀！我曾隔着一个碧绿的小湖眺望阿尔卑斯山，真不能不为那迷离梦幻的景象所迷醉。可是，我看到比阿尔卑斯更美丽、更雄伟的雪山，却是在我国西北，从祁连山连接天山，雪岭冰峰，绵亘千里。

由兰州搭机西飞，有幸与关山月、黎雄才两位画家结伴。飞上空中，关山月一看舷窗外雨雾弥漫，大失所望，说：

"可惜,看不见祁连山了!"

人们说祁连山顶上开放着雪莲,赋予这祁连山以无限诗意,就更引起我一览祁连山的渴望。

登嘉峪关,却只见一派黄沙漫漫,天是黄的,地是黄的,未能一识祁连山面目,倒使我想起范仲淹词句:"塞下秋来风景异,衡阳雁去无留意……千嶂里,长烟落日孤城闭。"谁料第二天,倒是一派清明天气。当我乘车赴红柳沟,即昨日从嘉峪关头,遥望中所见的那片黑蒙蒙山峪中的一条峡谷。祁连山千峰万岭突然展现在我的左方,一层云雾被朝阳照成玫瑰红色,再往上,就是银白的雪峰。中午从红柳沟折回,此时云消雾逝,祁连山一座座山似雪、雪似银,闪闪发光,像是明眸皓齿嫣然微笑。祁连雪既已闪现,在酒泉这一日夜,我一直没离开祁连雪。

下午五时,我乘车来到数十里外的戈壁滩上,这儿一片辽阔,视线无阻,可见祁连山全景。黑色的戈壁滩衬托着白色的雪峰,格外分明。此时日光从西方射来,正好使我领略了祁连山的另一侧面。在这柔和光线下,雪却更加清晰,每一山峰上层层峦岭,道道峡谷,像雕刻出的缕缕冰纹,交相映错,而群山却是雪的锋、冰的剑,森然罗列,浩渺相连。

我立在千古苍莽、万籁无声的戈壁滩上,极目驰思,仿佛听到古代行旅的驼铃悠悠微响……

这天刚好是中秋节前夕,碧海青天,一轮明月。月光下祁连山会不会别有一番景色呢?我怕这个盼头也许落空,故而埋在心里没跟谁说。深夜二时披衣外出,夜是那样幽静,月是那样皎洁,我走到一片开阔之处,啊,祁连雪峰竟如此之美!山上冰雪褶皱十分清晰而又十分朦胧,夜色如同遮了一层细纱,祁连山静得像个睡美人。本来西北高原之夜就使人有伸手摩天之感，而这一片月夜冰峰，真令人联想到"琼楼玉宇，高处不胜寒"。我深为看到平生难得一见的景象而心满意足，回到床上便酣然入睡，准备一早登程离去。哪里料到生活中竟有这样异峰突起的事，清晨起来，我无意间向祁连山方向一瞥，祁连山显现的绝景实在是"叹观止矣"！太阳刚从东面地平线上射出第一线光明，莽莽平畴还沉在灰暗之中，而突露高空的祁连雪峰却照得一片鲜红，特别是峰巅，有如红玛瑙熠熠闪光，向下降是紫红色，再向下降则是深黑色的，这些色彩，缤纷交错，构成一幅艳丽的画图。我屏息静气、目不旁瞬。不久，东方天空浮出一片红霞，刚才所见的一切倏然消失，群山变得雪白，像是洁白晶莹的雪花石雕塑而成，从这白的峰岭上缓缓地、轻轻地飘浮过一种柔和的淡红色。

这时，我想起昨天人们指着祁连山告诉我的话：当年中国红军曾在这里鏖战，有一部分部队进入祁连山，忍饥受冻，流血牺牲，活下来的一批战斗者，由一位卓越的领导人带着，历尽艰辛，穿过峡谷，突围而出。这样一想，我记起昨天下午从戈壁滩上捡到的一块石片，它赤红如血，它，也许是那些先行者在这又荒凉又美丽之地洒下的鲜血所凝成的吧？

敦煌秋日

在大戈壁滩上驶行一日，迎着灼热的太阳、灼热的空气、灼热的风，遥望远处常常有一片晶光闪亮的湖泊，到跟前一看却依然是黄褐的沙砾。敦煌住所门前有一架葡萄碧绿森森，一下扫去身上脸上的炎尘热气。

1978年，作者和关山月、黎雄才等在敦煌

次日上午和关山月、黎雄才两位同游月牙泉。这儿四周全是沙山，每座沙山像一座埃及金字塔，阳光从山的尖顶起照出阴阳两面，黑白分明，风吹得山的棱线像刀裁的一样齐崭而又弯转曲折，构成一幅沙漠图案。据说山上流沙，飒飒作响，入夜声传达敦煌城内，有如丝弦鸣奏，故最高一山名鸣沙山。山那面就是敦煌洞窟，山这面群峰环抱着一个碧绿的小湖，形似一钩弯月，泉水不断向水面浮出泡沫，水清澈底，一群群小鱼在人影一晃时便飞速翔入墨蓝水藻。在净琉璃般湖面上，映着黄沙山的倒影，真是幽美。站在这里环顾一切，不能不惊叹造化的无穷魔力。我们一步一陷踏着流沙，爬上一个沙山岭角坐下来。

人们说此地古名渥洼池。人们还说汉武帝至此，见沙岭之巅有野马飞驰而去，乃有"天马行空"之说。《汉书》云："马生渥洼水中。"汉《天马之歌》云："天马来，从西极。"我不知这些典故传说是否属实，但它给这沙漠长空增添了缥缈神奇的色彩。

几十年没领略过西北高原秋日之美了，天高云淡，清气爽人，早晚阴凉，晌午却还笼罩着一股热流。我们下午访问，不，应该说是朝拜了敦煌莫高窟。我虽然是个无神论者，但是对这人类艺术宝库，实不能不令人浮起一种虔诚之感。当我徘徊于彩绘斑斓、雕塑明丽的洞窟之中，就恍如进入神话天堂。在一个洞窟中，我环顾窟壁和穹顶，画满千千万万的小飞天，你愈看愈活，一个个千姿万态、凌空飞翔。一刹那间，你自己也仿佛两腋生风，随飞天而飘舞；在另一洞窟，我为一尊泥塑所吸引，那慈祥的眼神、智慧的微笑，特别是那圆润的臂和柔美的手，你感到有生命、有血脉，手指就像在微动，我应该说我的整个心灵为这艺术的奇妙所迷醉。这一夜，梦寐中仿佛听到飞天飘舞的微声，看到雕像温柔的微笑。第二天上午,我们又奔赴莫高窟,攀缘于回廊复道之中,流连于岩窟洞天之内。洞窟的每一角落都充满彩绘,真是珠玑满目、金碧辉煌,特别是以青绿山水糅合精致线条,构成繁复绚烂的画图。在这雕塑林立的地方,有多少无名的米开朗琪罗啊,如果说梅迭契墓上的"日"与"夜"表现了西方气质,那么,敦煌的雕塑则展示了东方的风度,但共同之处是创造者赋予艺术以生命。

　　古敦煌为丝绸之路上的繁华城市,被称为"华戎所支一都会","日市数合",意思是这个中外驰名的热闹都市,贸易集市一天分晨、子、午三次。这里又是一个咽喉要道,从此出玉门入新疆,经于阗为丝绸南路,经楼兰为丝绸北路,漫漫长途直通伊朗,将丝绸输往欧洲。唐安史之乱,与长安隔绝。西藏小吏张议潮,团结汉人,以敦煌为中心,督河西走廊一带,成为一个富强独立的国家。一个洞窟内有巨幅壁画就是张议潮出行图,旗飘飘,马萧萧,甚为壮观。感谢画家常书鸿,他为了保护开拓这一祖国艺术宝藏,在荒芜祁连山下度过四十几个秋冬,到现在他每晚还是点着煤油灯工作。我说他是玄奘一样的大师,经他们发掘、修缮,敦煌现在修复一千多个洞窟,成为世界上最宏大的美术展览馆,据说把这些壁画接为一线长达二十五公里,它有如满天红霞照亮了整个世界。这两天我从北魏、隋、唐、五代、宋、元相叠观赏下来,回到敦煌城中住所,站在庭中,仿佛遥遥听到古代市集喧哗和鸣沙山流沙的微响。我对敦煌实在有无限惜别之感!

　　离敦煌前夕,书鸿来旅处话别,我们一九五〇年同访印度,垂垂近三十年了!他赠我敦煌壁画摹本珍品,上面写了一段跋语:

　　"二十八年前与白羽同志同游天竺时曾约西出阳关共赏敦煌宝藏今如愿以偿欢喜赞叹用以敦煌第一百二十窟摹本相赠敬请指正一

九七八年中秋后一日。"

阳关西去

　　我没准备走访阳关。傍晚,关山月、黎雄才两位归来,盛赞阳关之美,黎雄才还送我一块灰色瓦片,我想这也许是古陶残片吧?这一切吸引了我,第二天一清早就驱车直访阳关了。

　　幼年每背诵王摩诘"劝君更尽一杯酒,西出阳关无故人"辄感苍凉,谁想今天我却得一睹阳关,千百年历史早已风吹云散了,又怎知今日阳关是何等面貌?我的心底波澜随着车的飞速而动荡。不料我却停车于森林之中。几天来戈壁荒漠,骄阳灼日,这碧云天、芳草地,就像一副清凉饮料沁人心脾。我向路边黑板报一看,才知这是南湖公社。板报上写着一首诗,这无名诗人却像和王摩诘挑战:"左手提起太行头,右手牵着王屋走,高山见我忙让路,河水跟我脚东流,昔日愚公能移山,今日愚公绣地球。"原来正是这种志气在这荒凉沙漠之上营造出这一道绿色长城。

　　公社一位同志知我们迷了路,便欣然跳上车来。随着他的指引,我们穿过森林,眼前一下豁然明亮,淡黄色沙漠一直拉向天边。这里没有路,当然,也到处是路。几辆车在广阔的沙地上,分头向一个高高沙丘驶去,这沙丘名叫墩墩山。山顶上有座残破古老的烽火墩,"白日登山望烽火,黄昏饮马傍交河"的诗句立刻浮上我的心头。

　　我立在烽火墩前,看到烽火墩从颓败的黄土断层中,露出古色斑斓的大段风化了的砖壁,我如同立在埃及的人面狮身像、印度的塔姬玛哈陵、中国的长城之前,两鬓似乎吹拂着冷冷的天风。那些咏诗的人只留下一二诗句,而被吟咏的烽火台却经历了人海横流、沧桑千古,像历史老人一样,在他面前你不能不肃然起敬。

我在同伴的扶掖下奋力登上烽火墩,半路上就拾到一块古陶残片,器里是朱红色的,外皮是暗绿色的,有几条波状棱线。公社陪人随手又拾了一样东西给我说:"汉砖。"这汉砖断块,色泽黑润,质坚而轻,与不久在古于阗遗址所见的砖饰相同。我登上烽火台,极目一望,真是美得惊人。此刻,明亮的阳光照在大漠之上,这里沙漠十分奇特,染出各种颜色:这边一片碧绿荧然,那边一片赤如鸡血,另外一边白得像洒了一层白霜,像有一位神奇的画手,作出非人想象所能及的描绘,使沙漠闪现出色彩、光焰与诗意。公社那位同志见我非常珍爱那两件古器,他向渺渺茫茫沙漠前方一指说:"那儿有一道川,人叫古董川,遍地都是古物……"仿佛走过一道山又是一道山,他的话,把我引向又一可望而不可即的去处。遥远遥远的沙漠天际,蒙蒙云雾之中,又看见闪着雪光的祁连山。面前一条山脉为当金山,当金山下一道灰茫茫大川,据说古阳关就在那个地方。我车转身眺望,只见一片苍茫绿海,这就是我们来时穿过的林带,林荫深处流水淙淙,有如瑟瑟秋风,唱出一折阳关新曲。

这天夜晚,我离开敦煌。大戈壁上车驶如飞,到柳园已近午夜,凌晨二时登上去乌鲁木齐的列车。阳关印象有如一支优美的小夜曲悠扬于我的思绪之中。醒来早已进入新疆,为时九月下旬,穿过吐鲁番"火焰山",整个车厢还炙得火热熏人。出了吐鲁番盆地,近午反而一片清凉。窗玻璃上闪过雪白的影子,走到窗前一望,又是雪山,不过已不是祁连山而是天山了,一股喜悦的激情涌上心头,吟诗一首:

晴沙昨日访阳关，一夜轻车出玉门，

才别祁连山上雪，又看天山雪似银。

天　池

　　古人云："人在画图中。"我到天池就有这种感觉，仿佛自己落入深蓝色湖面倒映着雪白冰峰的清澈、明丽的幻影之中了。这一天之内，我觉得风是蓝的、阳光是蓝的，连我这个人也都为清冷的蓝色所渗透了。

　　早晨，从公路转入崎岖山谷、盘旋上山。山上林木变化，分为三段：山下开阔河床中，冲击着冰凌般潺潺急流，在这里，老榆成林，一株株形状古怪，如苏东坡所说："如猛兽奇鬼，森然欲搏人"；到山腰却是密密层层的杨、柳、枫、槐，秋霜微染，枝头万叶如红或黄的透明琉璃片，在阳光中闪烁摇曳，在这里，天山雪水汇为悬空而落的飞泉，在森然壁立的峡谷中一片涛声滚滚；到了山顶则是一望无际的墨绿色挺立的云杉，植物适应着温度高低而变化，可见其山势之陡峻了。

　　我走到山坡别墅，在洒满阳光的阳台上坐下来，我的面前这时展开整个天池，这不像自然景色，而是一幅油画。你看，这广阔的湖面，为满山云杉映成一片深蓝，这深蓝湖面之上，又印上雪白的群山倒影。这时我才恍然我并未到山之极峰。你看，天池那面，还有层层叠叠更高的白峰，人们告诉我最高一山，名叫博格达峰。这天池，显然是更高更高天山的雪水在这里汇集成湖。偶然一阵微风从空拂拂而来，吹皱一湖秋水，那粼粼波纹，催动蓝的、白的树影山影，都微微颤动起来。同游的人们都欢欢喜喜奔向天池边去了，我倒希望一个人留在这阳光明亮的阳台上，沉醉于湖光山色之中，让我静静地、细细地欣赏这幽美的风景。在我记忆里面，这天池景色，也许可与瑞士的湖山媲美，但当我沉静深思着，把我自己完全融合在这山与水之中，我觉得天池别有她自己的风度，湛蓝的湖水、雪白的群峰、密立的杉林，都显示着深沉、高雅、端庄、幽静。的确，天池是非常之美的。但，奇怪的是这里并不是没有游人欢乐的喧哗，也不是没有呼啸的树声和啁啾的鸟鸣，但这一切似乎都给这山和湖所吸没了，却使你静得连一点声音也听不见，如果让我用一个字来形容天池之美，那就是——静。

　　从第一眼瞥见天池到和她告别，我一直沉默不语，我不愿用一点声音，来弹破这宁静。但在宁静之中却似乎回旋着一支无声的乐曲，我不知它在哪儿？也许在天空，也许在湖面，也许在林中，也许在我心灵深处，"此时无声胜有声"。不过这乐曲不是莫扎特，不是舒曼，而是贝多芬，只有贝多芬的深沉和雄浑，才和天池的风度相称。是的，天池一日我的心情是宁静的，这是我最珍爱的心境。山光湖色随着日影的移动而变幻。午餐后，睡了一会儿，一阵冷气袭来，就像全身浴在冰山雪水之中。我悄悄起来，不愿惊醒别人，独自走到廊上，再次仔细观察天池：雪峰与杉林，白与黑相映，格外分明，雪山后涌起的白云给强烈阳光照得白银一样刺眼。在黑蓝色湖与山的衬托下，一片金黄色的杨树显得特别明丽灿烂。我再看看我的前后左右，原来我所在的红顶房屋就在云杉密林之中，我身旁就耸立着一株株高大的云杉，一株一株挨得很紧，而每棵树都笔直细长冲向天空，向四周伸展着碧绒绒枝叶，绿色森然。太阳更向西转，忽然，静静的天空飞卷着大团灰雾，而收敛的阳光使湖面变成黑色，震颤出长长的涟漪。不知为何，我的心忽的紧皱起来,我不知道如果狂风吹来暴雨,如果大雪漫过长空,那时天池该会怎样呢?!……幸好,日光很快又刺穿云雾而下,湖光山色又变得一片清明,只不过从杉林中从湖面上袭来的清气显得有些寒意了。我们就趁此时机,离开天池下山。

山路崎岖弯转,车滑甚速。一路之上,听着飒飒天风、潺潺冰泉,我默默冥想:天池风景,是那样宁静而又变幻多姿,是那样明朗而又飞扬缥缈,我觉得在天池这一天进入了一个梦的境界。待驰行到山下公路上回头再望,博格达峰在哪里呀?群峰掩映、暮霭迷茫,一切都沉入于朦胧的紫色烟雾,天池也在"夕阳明灭乱山中"了。

昆仑山的太阳

在新疆,特别到南疆的时候,有一个奇异的感觉,就是太阳显得特别大。因此,不论是空气、灰尘、大地、河流、岩石和生物,都被太阳的光和热涂上强烈色彩,酿出浓浓的甜蜜,发出郁郁的芳香,我到南疆,确实到了一个五彩缤纷的世界。而这一切都来自太阳,我觉得我已站在茫茫地球之巅,我距离太阳太近了。

飞机从乌鲁木齐起飞翻越天山。天山雪峰云岭气象森然,就如同一望无际的大海,在奔腾叫啸之时,突然一下凝固,因而至今山山岭岭还像黄的波涛、银的浪花。我们横越天山之后,阳光一闪,一下现出亮晶晶一片绿叶,原来这就是被称作"沙漠之海"的博斯腾湖。跋涉沙漠的行人,遥望见这一片翡翠,该是多么高兴啊!从空中俯视这辽阔的绿洲,如同丝绒般的绿地毯,其中蜿蜒着一条闪闪发亮的孔雀河,真是漂亮。飞机掠过博斯腾湖的碧波折而向西。我的一位同行者是踏遍天山南北、对新疆怀有一颗炽烈热爱之心的人,他跟我讲了多少令人神往的故事呀,"你向西遥望,拜城那里的千佛洞,艺术珍宝,琳琅满目","这下面出盐,有盐河、盐湖、盐山。第一个国庆节,新疆人从这里发掘出一块一百多公斤的盐岩,它像水晶一样透明"……

飞机忽然震颤起来,我们已开始飞入著名的塔里木大戈壁,南疆雄伟壮观的景色从这儿才真正向我展开,大戈壁给太阳晒得黑油油的,当强烈的阳光从戈壁滩反射上来,一股热浪蒸腾而上,就是这炎炎的热流冲击得飞机颠簸颤抖。我却觉得这油黑油黑的戈壁下,会埋着滔滔油海或茫茫煤山以及其他珍奇的宝藏。太阳的光与热给万物以生命,我就不相信在这里只制造石砾和泥沙。我们在塔里木盆地上空飞行近一小时。黑褐色戈壁滩过去了,接着摊开浅黄色沙漠,风吹的沙窝匀称而齐整,如一幅图案画。

当我从飞机上翘首仰望,就在这一刹那间,像有一道闪光一下震颤我的心灵。我看见的是何等雄伟、浩瀚、瑰丽、神奇、云浓雾密、莽莽苍苍、巍巍然横空出世的昆仑山了。拂御着飒飒天风,横扫着茫茫云海,我向下俯视,从昆仑山上冲击下来两条汹涌澎湃的巨流,东面一条是玉龙喀什河,又叫白玉河;西面一条是喀拉喀什河,又称墨玉河。它们势如奔马,宛若游龙。它们发源于帕米尔原始森林之中,直冲昆仑山而下,水流湍急,转眼飞逝,现在在灼热阳光照耀之下,迂回旋卷有如碧玉连环。对这绿得可爱的河流,流传着多少神奇的传说,《汉书》记载于阗出玉石。据说这河流中有玉,每当月明星稀就闪闪发光。……

我们降落在玉田,这里就是"万方乐奏有于阗"的于阗故国,它是丝绸南路上一个经济繁荣、文化昌盛的重镇。第二天早晨,我们就驰车访问了于阗遗址买利克瓦特(维语为"繁荣的王城"），在一片原野上站下来眺望，远处一条浅白色山岭是西沙山，旁边缓缓流过玉龙喀什河。这时太阳已经灼热炙人，我们流着汗水，跋涉过一段段废墟残垒，向南北二十余里，东西十六里的遗址深处走去。忽然前面地面像落满红云，走近看时却是朱红色古陶残片，有些残片上刻有精美的花纹，还有满身绿锈的五铢钱、黄金的碎屑，我们中国真是遍地珍宝，闪耀着古代灿烂的艺术光辉。在这里，我想同时说说丝绸北路。当我由喀什飞返乌鲁木齐途中，曾在库车停留，其东就是轮台，岑参诗云："轮台东门送君去，去时雪满天山路。山回路转不见君，雪上空留马行处。"现在是广阔的绿洲。库车附近有十数洞窟，彩绘凋零，无人修整，且由于烟熏火燎已毁其一部。即使顽石铁铸亦将随着年月消残侵蚀，今天是到了该修复从敦煌开始的丝绸之路的南北两路，让这些瑰宝光明重现人间的时候了。叙一番于阗，记一笔库车，不仅是发思古之幽情，也为了纠正一种说法，人们只说新疆荒凉苍莽，我说新疆绚烂多彩。

从玉田飞喀什，由昆仑山面前横掠而过，我不想再记述那雄浑壮伟的声势了，但喀什的炎热的尘雾、火红的骄阳，却使我的心情从古代回到今天。在碧绿森森的林荫路上，闪现出妇女头上鲜红的头巾，简直是一束束火焰，装点着南疆生活之美。白髯的老人骑在小毛驴上策策而行，妇女身上飘动着白地花条的丝袍，英吉沙的银鞘宝刀，喀什精美的织品，微风一样透明的纱巾，花朵一样彩绣的小帽，人们红褐色的皮肤，浓浓的黑眉，雪亮的大眼睛，都描绘出南疆一片迷人的色彩。但我觉得红铜一般灼亮的阳光，在以它的光和热酿成甜蜜的汁液洒向人间。小拳头一样大的无花果甜得那样浓，水晶珠一样的绿葡萄那样肥嫩芳香。你巍巍的昆仑山啊，在这儿又飞出一条叶尔羌河，浇灌、肥沃了这广阔的绿洲。但我认为昆仑山的宝藏还未苏醒，打开昆仑山的钥匙刚掌握到我们手里。有一天，黑色石油之流会汇成波涛滚滚的大河，稀有金属的矿石会长风一样旋出地面，原木将随溶解的冰河冲击而下，棉花会像雪花绒绒铺盖大地。我们在前进！我们在奋战！你，永远金光闪闪的昆仑山呀！你抚育过多少万代人民，你阅历过多少沧桑变幻，但你何曾见到像今天这样的人，这在灵魂里闪着共产主义光辉的人，是比金刚石还坚硬，比水晶还透明，比火焰还炽热，他们就要以无穷的智慧与威力，把今天的梦幻变为明天的现实。你，昆仑山啊！在过去你不得不为人间的愁苦而流泪，今天你不得不为人间的欢乐而畅笑了。

我离开喀什，但我的深情永远留在南疆，因此这篇文章也不需要什么结束。不过我必须作一个题解，我在这里歌唱的不是燃烧在昆仑山高空的太阳，我写的是昆仑山怀抱着的人间的太阳，这太阳就是新疆。我说新疆富饶美丽，它永远像太阳发热发光。

伊犁河谷

从南疆喀什到北疆伊犁，就像从炎炎流火之中来到飒爽清风之下。

天山密密层层，不知怎么在这里却留下一条富饶美丽的伊犁河谷。当含着甜蜜芳香的微风拂面而过时，你会感到这收获季节是何等愉快、何等欢畅。伊宁市是个整洁幽美的花园。街头到处是碧绿浓荫的树，芳香鲜艳的花，特别每条路边都有潺潺的溪流在吟唱。南疆妇女穿着长大的丝袍，伊犁妇女则是西装革履，形成南北两疆各自特色。年轻的妇女像是爱美,也像是骄傲,头上都扎着红的、绿的、黄的各色细纱巾,特别那种绣金丝的最为人艳羡,这就更增加了花园城市的风貌。阳光虽不像南疆那样炎热,但伊犁河谷的土壤还是黑油油的。在这儿,我吃到一种黑紫色葡萄,大如龙眼,真是人间珍品。如果说伊宁市是个花园,整个伊犁河谷则是个大果园。每家屋前都有一架葡萄,碧绿浓荫,果实累累。我从霍尔果斯边防站归来访问过十月公社,从哈什河水电站归来访问了五一公社。好客的主人木特力甫,在葡萄架下,铺了地毯,正中折垫了一床锦缎棉被,按照维吾尔族风习把我让坐在被垫上。大家围坐之后,主人剪下一串一串葡萄让我们品尝。汩汩畅流的伊犁河水经过灌渠流入每户人家,这可爱的潺潺小溪带来阵阵清凉。宽敞的院落里长满一丛丛艳丽的鲜花,后面有园,为住户自留地。买买提把我们让到他家,盘膝围坐在地炕上,满桌绿的葡萄,红的西瓜,嚼着香甜的馕,喝着浓酽的奶茶。在五一公社我们拜访三个社员家庭,都是那样整洁干净,室内宽敞明亮,白泥铺的地面擦拭得像明镜一般发亮,墙上挂着色泽艳丽、图案精美的壁毯,桌上摆满各种漂亮的装饰。当然,我不能告诉读者,新疆所有的农民都这样富裕,如果那样我就掩盖了生活中还存在的缺陷。像我在喀什访问过的依布拉音白合提老人就还在困苦之中,老人断一腿,拄着双拐坚持劳动,他家除了墙上挂着一张奖状,几乎什么也没有。老夫妇拉着我的手说:"在旧社会,像我这样残废人,还哪里有活路,现在从北京来的同志还到家来看望我们……"两位老人激动地流下热泪。请问:为什么叶尔羌河奶汁,喂不肥这里的劳动者?原来这就是经济濒于破产边缘的缩影,当然这也说明我们还远没建设好社会主义社会经济。美丽的东西是美丽的,我们可不能拿它遮着我们双眼;

我们的道路是宏伟的，但我们的目标还需我们艰苦奋斗，才能实现。伊犁河谷水电站已使电灯光照亮一些农家房舍。我看见一个年轻姑娘在一间小屋里操纵着配电盘。正在田地里秋翻地的拖拉机的吼叫，给这宁静的村庄增添了繁忙气氛。这里的农民是走在农业现代化前列的人。从天山上来的雪水快快奔流吧！天山的伊犁河，昆仑山的叶尔羌河，你们汹涌澎湃向前飞赶吧！

现在我要记述一下一九七八年的十月一日，这是我一生中有着特殊意义的一个十月一日。这个节日，我是在我们社会主义祖国最西边疆一个哨卡上，和我们保卫边防的英雄们度过的。意想不到的是伊宁市，在这国庆之夜，竟向我展示了那样色彩艳丽的场景。天黑的时候，忽然响起一阵阵冰雹骤落的咚咚——嗒嗒的手鼓声，赶到街上一看，整个城市披上了华丽盛装，每一座建筑物上都亮着成串电灯，雪白的灯光有如千万颗明珠，整个城市照耀得如同白昼，街上人如潮涌。在广场一座楼顶上有人敲响着手鼓，咚咚、嗒嗒——咚咚、嗒嗒，忽急忽缓，或密或疏，于是广场上、街道上，人们翩翩起舞了。黑黑的发辫在飞旋、鲜艳的衣裙在飘舞，少女的明眸，小伙的笑脸，有一个白须老人也耸着双肩，展开两手，一下跳进人群旋转起来，你尽情地欢笑吧！你尽情地歌唱吧，你，美丽的伊犁河！

一个黄昏，我们漫步到伊犁河，河床广阔，河流湍急，河的两岸有草原，有树林。两面天山高峙，形成长三百公里的伊犁河谷，山上遮满密密的森林，天山的雪水分流为特克斯河、巩乃斯河、喀什河三条河，在野马渡汇合成浩浩荡荡的伊犁河。采伐的林木就顺着河水漂流到伊宁。两岸原木堆积如山。这时夕阳闪烁，雾霭迷蒙，我们走上大桥扶着栏栅，极目瞭望。人们告诉我，那一群暮色苍茫的高峰是乌孙山,是古乌孙国所在地,我想那里该是"天苍苍,野茫茫,风吹草低见牛羊"一般苍凉景色。但人们告我那里非常美丽,春天草原上开满花朵,简直是个花城。一阵清风徐徐吹拂着我们,我感到伊犁河谷之秋是如何舒爽啊!让这清风永远永远地飘扬吧,让天山的冰雪永远不停地消融吧,让伊犁河水无休止地奔流吧。这碧绿的伊犁河水呀,到了阳春时节你也会飘浮着乌孙山的花瓣、荡漾着乌孙山的芳香吧?!……当我凝思时,我心中又响起咚嗒嗒——咚咚嗒嗒的手鼓声,这响亮清脆的鼓点,像催着这春日早早到来。……

开江的日子

今天，我想起我迎接春天一次非常奇特的经历。

"跑冰排哪！"

"跑冰排哪！"

我随着这突然而来的喊声，一下从船工们的秫秸窝棚里蹿出来，绕过那些俯仰在沙滩上的正塞麻屑浇桐油的木船，朝松花江边猛跑。

这时，我很奇怪，冰冻的江面还是白皑皑的一片平静、沉默，有如睡眠的冰山。而从天穹从大地从不知什么一切地方，都传来可怕的隆隆声。大自然真是神奇莫测，变化无穷。它平时似乎十分和蔼，而突然一下变得那样狂暴。现在就是这样，当我挤到江岸人群里时，看到江中心，好像由于受了上下左右的巨大强力挤压，而突然崩裂了，发出一阵猛烈的咔咔声，于是像喷泉一样涌射出大股黑色的水流，而后，整个大江震出十分繁杂、十分微妙的声音，和在冰层爆炸轰鸣之中，形成狂飙一样的一支交响乐。忽然整个江面都忽悠忽悠移动起来，灰色的、蔚蓝色的巨大冰块好像给刀子割裂开来一样，分崩离析，犬牙交错。由上游汹涌而来的激流，把几百米长的冰排都摇撼、冲击、推动起来。就在这险象环生的时刻，我一下愣住了。有一大块冰排漂流而去，那上面有两三个人影，还有一辆拉满干草的大车。它们在这疯狂暴虐、赫赫威严之下，显得如此渺小、孤独、无望。

就在这一眨眼的工夫，一个穿一身黑棉袄，戴一顶火红狐皮帽，五短黑粗的人，突然推开众人，一跃而出："给大绳！"

他边跑，人们边把大绳送给他。

他肩扛着碗口粗的大绳，一摇一晃，摆动着方方正正像一块案板似的脊背，向江上蹿去，真是惊人，他竟然跳上一块也正飞速向下游冲去的冰排。

一个妇女发出凄厉的声音嘶喊："她爹，你……"

你什么？她也说不出，而她怀里抱着的一个小女孩哇的一声哭起来。

那块偌大的冰排，一转眼漂流远去。我睁大眼睛用力瞅，隐隐约约看见上面那一车黄干草，还有几个小小黑人影，只见他们捶胸顿足，狂挥双手，却一点也听不见他们嘶喊的声音。因为冰冻江流的爆裂的轰隆声，愈来愈加遮天盖地，就像几百万个响雷连成一片霹雳。

那个汉子真是灵巧极了。

他从这块冰排跳上另一块冰排，又从那一块冰排跳上另一块冰排，这样接近着那载人载马的巨大冰排。

真正刻不容缓、千钧一发呀！

我只觉得棉衣服里全身汗湿淋漓。

我目不转睛地盯住那愈来愈远的穿一身黑棉袄的人影。

江一迸裂，黑色的狂流像发疯了的野马一样，根本不受人的意志所羁绊，有些冰排彼此撞击，一下陡然壁立起来，那冰块闪着灼眼的蓝光，一下飞起来，一下跌下去。

可是人呵！人和天比起来是多么渺小，可是人在向原始的暴力挑战了。

江上的人只顾奋死搏斗，无声无息。江岸上的人们却一窝蜂随着漂流的冰排，一面狂嘶呐喊，一面向下游奔跑。

那汉子终于接近了那块大冰排，而且，他把大绳抛掷过去，那边那几个运干草的人接住了大绳，拽牢了大绳，可是，这时发生了力量对比悬殊的问题，那汉子立足的小冰排被大冰排摽住往下游流淌。

于是人群中起了一阵骚动，刚才都给那汉子跳冰排吓呆，现在像有什么打开了每个人的天灵盖，一下都猛然清醒过来，一群人向冰排上扑去。水搅住冰，冰搅住水。有人扑通落在水里，有人扑倒在冰排上。可是，人们终于跳到那汉子附近，黑压压几十个人，就像站在小划子上一样，分立在无数冰排上，一条条大绳都飞了过去。我忘记了一切，也要跳下江流，忽然给那个高声嘶喊的妇女紧紧拉住，我一看她完全变成另外一个人，刚才脸像蜡渣子一样白，现在却泛着桃花一样的红晕，她那样自豪地说：

"能行，她爹能行！"

那个摆着拉干草马车的冰排得救了。

松花江，你的春天的苏醒是多么吓人呀！

一块冰排形不成力量，无数冰排摽在一起就形成巨大无比的力量，被牵牢的大冰排缓缓向江岸靠拢，拉黄干草的几匹马刚才一声不响，这会儿却突噜噜低声嘶鸣了几声，辽阔大平野上的风旋卷着，吹得马的鬃毛、吹得黄干草都在微微拂动着。

我连忙向人群中寻找，那个五短黑粗的人不见了，那个脸色开始煞白后来又泛红的妇女也不见了，不过，他们那粗犷的气息一下深深渗入我的心灵。

太阳光不知为什么突然明亮起来，江流浩浩荡荡，汹涌澎湃，春天就在雪白的、蔚蓝的冰块冲撞中到来了。

延安文艺座谈会

春到零丁洋

上

美,有时是偶然得来的,我这次到零丁洋就是偶然的偶然。连广东人都埋怨今年天气反常。我从北京飞广州本来是去访问海南岛的,谁料到了广州,突然潮湿闷热,突然降温阴冷,我的腰痛病一下发作,不能走路了。经过抢治,略有好转。但是医生说既不能吹海风,又不能受潮湿,建议我回京治疗。命运既然做了如此安排,个人是无法违抗的。广州的朋友见我悒郁不乐,便劝我:反正要等机票,何不一游特区。我欣然从命,就此上道。

迷蒙细雨,给珠江三角洲增添了朦胧的妩媚,甚是好看。珠海可真是一个漂亮所在。木棉花红得那样浓,就像拼着一腔热血濡染了南天,任凭你返思浮想,你可以从她联想到悲壮的畴昔,不过,我觉得她正象征着繁荣的今天。经过长途跋涉,住进珠海宾馆,中午躺在床上却睡不着,也许是特区人的生活节奏影响了我,实在是这里紧凑的气氛令人兴奋。两个多月前,我参观了厦门经济特区,得诗两句:"开荒辟莽嵘千古,姹紫嫣红染地天。"这里比厦门走得更快,一座新兴城市已经初具规模。宽敞的大街两旁清一色全是新的楼房,而旁边更新的建筑又在崛起,方兴未艾,实在喜人。我所住的市中心,珠海宾馆、九洲城、石景山宾馆则已连成一片繁华地带。前不久,我在《瞭望》上发表了一篇《赞武夷风格》,是称道武夷山庄建筑之美的,现在我却不能不赞美珠海宾馆,两者全是民族风格,不过,前者是淡雅朴素之美,后者是雍容华贵之美,华不流俗,难能可贵。几曲画廊,一潭湖水,朱砂红的爆竹花逗来春意,确实很惹人喜爱。主人怜我行路不便,没有敦促我到九洲城去逛商场街,拱北宾馆也只一掠而过,在石花山度假村兜绕一圈,但真正引我出神的是湾泽花地。啊,一眼望去,遍地都是黄澄澄、紫艳艳的菊花,还有剑兰花,红的、白的花朵,像一只只大蝴蝶在翩翩飞舞。我们访问一家花农,其实也可叫花工,他们是培植自然美的植物学家,是创造人间美的工匠。是他们的智慧、血汗、生命,凝成一片花魂花魄,从天空采来万里彩霞,把人间装点得如此娇娆。不禁吟诗一首:

海裏银妆雾裏纱,木棉红绽几枝斜。
楼台处处飞春雨,十里人家尽种花。

谁想到,珠海之美,却在晚间以惊人姿态出现。车驰到被人称作"情人堤"的海堤上。啊,大海!啊,明月!我忍不住从车中出来伫立海边。一轮圆月清凉透彻,把无边的碧海照得浩浩荡荡、迷迷茫茫。大海正在涨潮,海水发出絮语,不太远的水面上,粼粼波光像无数金蛇在飞舞。我爱海,但这是凝聚着南天之美的海,今夕何夕,月光如昼,能不留恋?特别是堤上巍然耸立着一块巨岩,借着月光细细分辨,这石岩上留有波痕浪痕,仿佛正在回环波荡,当我想到这三千万年前凝聚而成的大海斑痕,这月的神魄、海的神魄,不觉心神为之一震。我感谢珠海设计家的诗人气质,把这块岩石保留下来,使我们从它身上听到千古之前的澎湃,听到千古之前的浩歌,实在令人幽思顿起了。几个青年攀缘而上,坐在石岩顶上赏月，一切无声，一切沉静，海洋的吸力把人生的尘烦吸得干干净净，月光是清洁的，海风是清洁的，人的心灵是清洁的。人们还透过虚无缥缈的月光，指给我看海湾中一座渔女珍珠的雕塑，它的雪白、圣洁，正像这美丽的城市，永远带着海的清澄、海的温馨。近揖零丁，远眺虎门，这片海在中华民族艰苦跋涉的历程中，曾经怎样火光盈盈，血泪盈盈，而今又是怎样灯火盈盈，笑语盈盈。此时此刻站在这里，我的心灵深处如波涛起伏，一下涌起悲哀，一下涌起欢乐。月光下，石景山宾馆白色的西班牙式建筑玲珑剔透，我在咖啡座里吃了一只芒果，得来一阵热带浓郁芳香，令人陶然欲醉。可是，这一晚久久不能入寐，待得辗转睡去，那海水、那月光，还在梦中萦回飘逸呢。

清晨，海上遮着一层薄薄银雾，我们连人带车上了海船，横渡零丁洋。我坐在驾驶台上，柔软的春风吹拂着我，镜面般的海水上，白鸥在空中划个弧线，渔帆在海上摇着绿的倒影。零丁洋、零丁洋，你突然闯入我的胸怀，击痛我的胸膛。我从幼小就爱读文天祥咏零丁洋的诗，每次诵到："惶恐滩头说惶恐，零丁洋上叹零丁，人生自古谁无死，留取丹心照汗青"，辄击节称赏，涕泪滂沱，从而为这种高风亮节所熏陶、所感染，从而对零丁洋也生发出多少神思妙想。我原来是说看看特区，也没查阅地图，不期而然出现在零丁洋上，这一邂逅相晤，使我深深地珍惜着这里的每一瞬息。这是不同凡响的海，是凝聚着浩然正气的海，而现在展现在我面前的是一个波光潋滟、雾影空蒙的平静的海。船长说：你运气好，逢上好天气，风平浪静，海一旦发怒起来，奔腾的涌浪会把轮船送上天，因为零丁洋是南海的一部分，万山群岛过去就是波浪滔天的太平洋了。我沉入深思，我不知文天祥当年过零丁洋是风雨如晦，还是天朗气清？想着想着，在波光雾影之中，仿佛看到这个气重千秋的人，正在驾飞云、御长风，悠然飘荡，漫漫行吟，也许是他的幽灵，也许是他的神魂，也许是他的一腔热血化为云，化为雾……当船长指给我看内零丁岛时，我才意识到，我朦胧中看到的是这岛上的高山，是的，这巍巍然、峨峨然的高峰不就是文天祥的化身吗?！内零丁岛在珠海到深圳的中途，由一群高山组成，烟雾笼罩，影影绰绰，十分幽美，使我一下想到去春游过的日本濑户内海的宫岛。内零丁岛上绿茵茵的全是荔枝树，四周遭都是细软的沙滩，我想如果开辟出来，长天大海，浩瀚无涯，北望虎门，南眺南海，东带深圳，西挈珠海，这里当是一片何等迷人的地方。

下

我从蛇口登陆，风掣电闪，疾奔深圳。深圳，不仅在全中国，在全世界，也是一个响亮的名字了。你管它叫新大陆也好，你管它叫新世界也好，都不过分。如果说哥伦布发现新大陆为人类做出新的贡献，今天，深圳正为创造具有中国特色的社会主义开辟新的途径。从这个意义上来说，它像穿透茫茫雾夜的探照灯，照射着我们的明天。这儿一切都是速度、速度、速度；汽车在刷刷地奔驰，大厦在刷刷地矗立。当我驰入市中心，那密集的高楼群拔地摩天，已经像雄鹰展翅，初露神姿了。放眼一望，粉红的、绿的、雪白的，各种颜色的楼房，像春天原野上的百花争妍，像雪亮的眼睛在闪着眯眯笑容，市区里金碧辉煌，一片繁华，真是"车如流水马如龙，花月正春风"，在这里领悟到了这两句诗所含的新意。还必须看到，在从蛇口到深圳途中那大片空旷的土地上，插了牌子，搭了工棚，它预示着不久的将来，更新更美的建筑群会汹涌澎湃、奔腾叫啸而起。从蛇口到深圳几十里长街，日影灯影，人声车声将是怎样的气势，怎样的气魄。有人说现在是"深圳热"，我倒希望这股腾腾热气从这儿影响全国，推动全国。

一直到住处，走进雪亮的房间，坐在沙发上，窗帘是新的，地毯是新的，冰箱是新的，彩电是新的，我却有点迷惑不解，如入五里雾中，不知到了什么所在。经人指点，透过碧绿丛丛的芭蕉林、棕榈林，一树树火热的木棉花，一树树红艳的三角梅，在绿荫深处，我看到一座小桥，这时，我的记忆之门一下张开。那是建国第二年出访印度，途经香港，不就是踏着这小桥去，踏着这小桥回的吗？这时我才恍然大悟，原来深圳特区就是当年我走过的荒凉渡口。当然，深圳也不是凭空一跃而起的，我访问的渔村，那儿还保留着两座不蔽风雨的残屋，而旁边就是一片新式楼房，它们像是历史发展的明证。一束像太阳的溶液染得鲜红发亮的花，把我引进姓王的司机家，这个青年人也像满身映着灿烂的朝霞。他的家庭全部电气化了，一尘不染，富丽堂皇，一只柜橱上，几根碧绿葱葱的富贵竹插在瓷花瓶里，昭示着春天，昭示着温暖。这个青年人说：是三中全会精神使我们取得一个飞跃。我说：好的政策要通过个人努力才能开花结果。他腼腆地笑着说：我们已经落后了，深圳有些农村住宅超过了我们。是的，我们的时代是创业的时代，万鼓齐鸣，万帆竞渡，你赶上我，我超过你。但不论后来如何居上，历史起点的脚印总是不可磨灭的。

我看了白日的深圳，又看了夜间的深圳，虽是初夜，却寂静无人。你不要以为这儿净是灯红酒绿，享乐安闲，不，如果说杯中酒影照着一些游人的蒙眬醉眼，而居室的灯光却照着聚精会神的读书人，深圳的青年人，浸沉在一股学习热潮中。因为在这里谁不学得一技之长，谁就将在竞争中被淘汰。我喜爱这种气氛，这气氛里透露出一种志气。出人头地有什么不好？力争上游有什么不好？我认为竞争是永远值得称赞的。夜游回来，在记事本上写下一首诗：昔日过罗湖，荒沙点点愁。小桥恋归梦，平野跃新楼。万岭天摩峻，大潮风劲流。拓荒明远志，擂鼓战春牛。

对这最后一句，我乐于作点解说，一不是牛年话牛，二不是犁田赞牛，而说的是我所最喜爱的一座青铜雕塑，一头抵首挺角、奋着全身强劲、将铁硬的树根从荒土中拔出的"开荒牛"。我不想从香密湖、西丽湖寻觅美景幽思，我觉得比一切美都美的是这座雕塑，它是深圳的象征、深圳的缩影，它体现着深圳人激流勇进、奋发图强，给人以清新、给人以向往的开拓者的精神，没有当年延安的开荒精神，就不会有新中国，没有今天荒地上铸造新城的开拓精神，就不会有二十一世纪中华的飞腾。

柔软得像丝绸一样的春风，吹绿零丁洋，吹绿深圳，吹绿珠海。如果说渔女明珠的雕塑象征着珠海的清雅秀丽之美，这垦荒春牛的雕塑象征着深圳的粗犷豪壮之美，而它们的共同之处就是劳动创造新世界的美。想到这里，我的思路活了。春到零丁洋，不是只说今春到了零丁洋，更深的含意是一个新世纪的春天到了零丁洋。这不正寄托着我们的理想，我们的希望，我们的未来吗？

说来也巧，在深圳、珠海两日，晴空万里，一望无垠。黄金的海洋、黄金的大地、黄金的远景，都纷繁涌向我的心头。在这短暂的时间里，我竟围珠江三角洲绕了一圈，从广州经顺德到珠海，横渡零丁洋，而后过东莞回广州，一下是西江岸鲜花盈野，一下是东江里唱晚渔舟。这也算是一种速度吧！当然这是自我解嘲。观察生活,不能只求速度,还要求深度。不过,就仅仅这几十个小时,乘车看花,也从我心灵深处唤起永远难忘的春之赞歌。还是用一首诗结束我这一行,记下我对未来的憧憬:

零丁洋已不零丁,梦断航笛三两声。
血泪孤臣千古壮,浩歌赤子万方惊。
花藏荆棘甘心折,风洒神州洗耳听。
预卜前程应似锦,茫茫大海一天星。

翡 翠 城

我到青岛，很长一段时间，只活动在海滨疗养区里。尽管我住在海边，经常在海湾上走来走去，但吸引了我的是那浓成一团的碧森森的树林。我住舍的每一面窗都是一幅绿色的画，无论日或夜、黎明或黄昏，那些画都发生着奇妙的变幻。

下面是我的一页日记：

"天还漆黑，我伫立窗前，等待黎明。不久，东方现出一片红朦朦曙光，像从黑夜中撕裂出一条隙缝。一切都那样庄严，那样宁静。这红色的光，渐渐扩展成为一片朝霞，从空中把一道道红光撒向人寰，尔后霍然间，一个黎明出现了。东方的红光变成金色，一轮太阳涌上空中，一下把周围碧绿的树林照得明晃晃的，地上的小草绿茵茵的充满了生机，天空湛蓝，一片片白云透明闪亮。"

住房窗口外，是一片草坪，那里有两株法国梧桐，一株小些的距离稍远，一株高大攀天的离得很近，它把碧绿浓荫遮满我的房屋。在阳光照耀下，肥大的梧桐树叶像透明的绿琉璃一般好看。从我住进这屋以来，我就把我的心情寄托在这株大梧桐上，一看到那绿影，我的心就宁静下来了。

谁料这梧桐却演出了一个小小的悲剧。

八月中旬，一场台风刮到黄海落起大雨，我注视着窗外那两株梧桐，它们在狂风暴雨中那样剧烈地摇晃，我真担心。不过，原来预报在青岛登陆的台风，从渤海上吹过去了，倒也舒了口气。不想几天以后，夜间陡然又来了一场暴雨。早起急忙推窗看时，我最钟爱的那株大梧桐经不起两次残酷打击，连根拔出倒在地下——这一刹那间，我的心头上掠过一阵痛楚，但我还暗地希望，也许人们会把它扶起来，再让它枝叶扶疏、迎风招展吧！果然来了一小群人指点着、议论着。午睡为咚咚斧声惊醒，人们竟把这株大梧桐砍掉了，……从此我的窗外空落落的了，而且炎热的阳光一早就落在书桌上，连一点清幽之感也夺走了。我感到悲哀，就是离我住屋较远那一株梧桐，也显得孤单单的无限怅惘……

这个悲剧凝聚在心头上，后来才为另一番喜悦所代替了。

有一天，海天晴朗，清气袭人，做过治疗之后，一个同志带领我们进入一大片密林之中，沿着曲曲弯弯的小径，就像进入一个绿的世界，雪松、龙松、一片苍翠。在一个拐弯处，我突然看见一棵树，从树干到树叶都紫红紫红的。啊！我在巴黎发现了它，我在意大利看到过它，我询问多少人，都不知道是什么树，谁想偶然之间，在这树林里出现了，它在浓郁的碧绿衬托之下，红得那样妖娆。带路的同志问过花圃的人说叫红枫。这次小树林的跋涉，使我的眼光从我屋面前的花木放远了，为青岛海边上覆盖着这大片密林而惊喜了。在密林中纵横交错着许多条路，每条路都通向大海，而每条路都种植着不同的树木。一条路全是公孙树，细枝嫩叶，那样轻巧婀娜；一条路全是梧桐，它的浓荫特别湛绿，绿得幽深；一条路全是紫薇，在那全然绿的国度里，突露出一片姹紫嫣红、郁郁浓浓，火一般灼眼；一条路全是雪松，雪松的树干亭亭玉立，而它的枝叶向四面伸展开来，枝梢嫩叶如同撒了一层雪，由于树枝纤细，只要有一点微风，她就会微微颤动，像一个披着白纱在婆娑起舞的少女。……青岛这大片的绿，绿得那样浓酽，而青岛所有屋顶都是红色的，极目望处，宛如碧波中荡漾着千万朵红玫瑰花，这红玫瑰花反转来又更衬托出绿色的鲜明悦目了。

我到海港去了一趟,从那儿回来,是一个阴雨朦胧的黄昏。不知司机同志是有意还是无意,却使我进一步认识青岛,看到青岛的另一境界。我们的车子开上了伏龙山、观象山、信号山间的一条街道,路右旁是石砌的岩壁,有着曲折上升的深巷伸向山巅,路左边是向下倾斜的陡坡,窄窄的小巷带着一蹬蹬石阶弯曲而下,引向深谷。车停住,跳下来,望着那一道道小巷拖曳着各式各样的楼影、树影、花影、人影,在烟雨的迷离朦胧中,这山城是何等地美啊!我原以为青岛就那样一片平坦的碧绿丛丛,其实青岛中间横贯着一条山脉,而且是巉岩嵯峨的花岗石山脉,峰峰相通,岭岭相连,这山城才是青岛的中心。山下是那片大海滩,从海滩随着山坡一层层上去,一直到连绵起伏的山顶都住满人家。我一任雨雾淋湿了,只凝望着想:这多像重庆!这多像鼓浪屿!……我看着石头砌的深巷,石头砌的台阶,我无法去探索这幽径深处也许有人正在凭窗望着海,拂着海风,听着海涛吧?

现在我得回过头谈一谈海了。

我爱海,每到海边,就像婴儿投入母亲的怀抱,感到温馨、柔和、宁静。我到青岛的那天,立刻奔向海边,但我只看见一片灰黄色海湾,死气沉沉。

没想到就在第二天下午,当我走在遮满梧桐阴影的路上,忽然听到轰隆轰隆声响,像是雷鸣又不是雷鸣,而是整个天空在发出震撼人心的声响。顺着这条路向海上走去,我才分辨出这是海啸。我看见整个大海,在颠簸、在激荡、在回旋、在咆哮,深蓝色巨浪冲向海岸,在礁石上掀起浪花,雪白、灼眼,在一片突出的海岬那儿,巨浪腾空而起竟像银色的喷泉,银色的雾,高高冲上天空,砰然跌落,尔后又冲上天空,这是我到青岛来,大海第一次向我显示出它雄伟神姿。

海的变幻真是奥妙无穷。有时海水那样宁静,像碧绿的湖水,海水透明得像绿水晶,一眼可以看到海底的白色小贝壳,有时涌浪很大,像有一种神奇的魔力抖动着绿色的大地毯,一卷一卷浪涌向人身上扑来,一下把人推上高峰,一下把人抛向深谷。但不论怎样,海毕竟是美的。一阵清风吹进室内,给人带来幽思、遐想,将黏热暑气涤荡一净,我像从火的炼狱中一下跳了出来。在这海边上,我有一颗纯净透明的心,——我静静听着海涛的絮语,听着树叶的喧哗,而一下又一切凝然寂静,只听见远方悠然飘来两声航船的汽笛,我不知船在哪儿,是那清风透给我一个信息,爽人的清秋要来了。

海上的月出极美,月亮刚刚升起时,像是一牙红玛瑙,然后才露出整个一轮红月,等它升到海空高处,才发出白的光,而那光给大海一映,又有点绿幽幽的了。

一天晌午,我仰卧在沙滩上。天是那样高、那样蓝、那样无穷的深远。有一层轻纱似的云向西方飞驶,而更高的天穹上另有发亮的羊毛卷一样浓密的白云,却往相反的方向飞。在天的缥缈处,云飞得那样轻快,使你觉得整个天空在浮游、在悠荡,不过两层云飞到海的上空就凝然不动了,所以海面上没投下一点阴影。海绿得发亮,我向遥远的海平线望去,那儿闪跳着雪白的浪花,海在笑,露出洁白皓齿。荷马形容海:"鲜明灿烂,像酒的颜色,或者像紫罗兰色。"海是多么美呀!

海并不都那样平静、柔和,有时突然凶猛怒吼,万丈狂澜。有一夜,我发觉海涛声有点异样,早起一看,海在发怒了,海涛一直飞扑到人行路上来，蒙蒙水雾，就仿佛落了一阵大雨，把你淋得精湿。如果说平静的海是美的，这旋转的、沸腾的海，不就更使人心胸豁然开朗，充满奔放的豪情、庄严的美感吗？这奔腾的大海呀，简直就像整个宇宙都在回环激荡。一个法国人在评论贝多芬时有这样几句话：

"……他要摆脱肉体的体系，摆脱痛苦，摆脱个人，以便上升到思考中去，到宇宙中去，进入到无挂无碍的自由境界。"

这咆哮的海、发怒的海就正把我引向真挚忘我的自由境界。

海和青岛是融为一体的，真正向我揭开青岛之美的，是在最后的一幕。那是一个暮天，落了一天的雨，到傍晚却晴了。我到了小青岛。小青岛是一座突出海面的小山，正面对青岛，站在那山上一看，雨后初晴，整个青岛显得亮闪闪的。没多久黄昏湮没一切，小青岛灯塔亮了。我们登上一只海船，船平稳地、缓缓地向胶州湾驶去，这时海上已经一片夜色苍茫。我从船上回头，只见小青岛灯塔的红光像红宝石在一闪一闪地闪光，在漆黑夜幕上显得特别好看。我再从夜航船上看青岛，灯火次第放明，先是栈桥那一长串灯光摇曳着长长倒影，而后又看到整个山城，一层一层，齐放光明，我白昼欣赏过的山城美景，此时向我展现了万家灯火的绮丽景象。我觉得那每座灯火下好像都有人望着黑茫茫大海中这只船，他们可曾知道这船上有一个人也正把无限情思，维系在他窗口那一点灯光上。我站在船上，迎着海风，夜色越来越深，黑成一片，分不清天和海。我好像不是坐在船上，而是翱翔在天上，迎着飒飒天风，望着瑰丽灯火，胸中荡漾着说不出的一股深沉而又豪迈的情意。船行很久，进入胶州湾了，突然又下起雨来。开始只是星星雨点，落在脸上，颇觉舒爽。不久，风大起来，雨大起来，船在骤风急雨中返航了，船在颠簸、在摇荡。但我衷心感激，不正是这骤然而来的风雨，给这次夜航增添了意外浓郁的诗意吗？我从船楼下到前甲板上，海天漆黑，昂扬的船头劈开海浪，雪白的浪花飞得很高，一直飞上甲板，扑在我的脸上、身上、脚上。乘风破浪，奋勇前进，这不是我们生活中最崇高至上的境界吗？我再抬起头望青岛，大海山城，灯火交辉，整个青岛像一面灿烂发光的王冠，特别是海边上从这一端到那一端的绿色的街灯，一盏盏灯汇成一条绿的线，映在微微荡漾的海波之上，就如同连在一起的一串翡翠流苏发出绿的闪光。青岛在雨雾之中，就像一幅绿色的水彩画，湿漉漉，雾蒙蒙，至此，整个青岛向我展现了她无穷的美的魅力。我凝然注视着这夜的青岛，这时，我到青岛以来看到的碧绿的树，碧绿的山，碧绿的海和碧绿的夜，融作一片。这凝然一团浓郁的、水灵灵的绿色将永远渗透我的心灵，在我心灵中悠扬飘荡。

烟台山看日出

我到烟台,住在烟台山上。烟台山正好面对着大海的东方,是看日出的好地方,不过,我一会儿到威海,一会儿到蓬莱,来去匆匆,却也忘记了看日出这件事了。

我从长山岛回来,那天海上刮起了六级风,傍晚缘烟台山前沿转了半圈,当我一转过山径,看见烟台那道十里长堤时,突然为一种大自然的神威所赫然震慑了。整个大海,波汹涛涌、万马奔腾,一直向海堤冲来。在堤岸上迸击起的无数巨浪,冲天而起,旋卷飞腾,这边喷上去,那边落下来,这边落下来,那边又喷上去。巨风在海上任性地奔驰,大海在肆意地沸腾翻滚,海发怒了!这一夜,听着海风呼啸,倒引起我一种希望。我想,经一夜风吹,明天一定会晴空万里,我可以看见日出了。

黎明前,四点多钟,我就悄悄起来,走到烟台山前面正对东方的岩头上。天还是黑漆漆的,只是在极目的海线上露出小小一片红色曙光,它该预示着太阳即将诞生了吧?可谁知在我凝然伫立的时候,红色曙光忽然黯淡了。我又是担心,又是盼望,依旧站立不动。不久,海天之际果然闪出一片红光,一轮红日一下子飞跃而出,海面上立刻映出金红色的光。我正高兴万分,不料,一刹那间,红日却被一层乌云吞没了。我又等了很久,回答我的只是一片海天苍茫,几只海鸥在默默飞翔,我终于失望地走回住所。不久,另一位看海的人归来告诉我,一个姑娘坐在礁石上静静地读书,海风吹着她的头发,浪花在她脚下絮语,那神情美妙极了。这倒叫我从懊恼中悟出一个道理：海上的人是任何时候都没有失望的。因为无论有没有日出，海对于他们来说都是美的，只有这样执着地热爱，才是在心灵中永远燃烧着希望明灯的人。

因此，第二天，虽然又起了个绝早，但我并不带任何期望，只凭着脚步漫然走去，看到海天之交那片红彤彤的光，我坚持站了一个小时，终未见到日出，甚至连红光也悄然逝去了。我回去漱洗一阵再出来，却从高大的冬青树上面，看见血一般殷红的一轮红日已经升上高空。

连着两天的早起，都没看到日出。这天夜晚，从广播中听天气预报次日是少云转多云，有雨。这一来，我真有点扫兴，我怕在这里终于看不到海上日出了，因为再过两天我就要离开烟台了。当然，这种心情我没对任何人说，因为我主观上还希望事情也许不会那样的吧！于是，第三天我又起个大早，走出房门，抬头一看，漆黑夜空群星灿烂。急忙走到高耸大海岸边的悬崖之巅，看东方那一片曙光，它今天有些特别，火一样殷红，我再仔细凝视，从曙光直线望上去，在高高黛色晨曦之上，有一弯两角上翘的月牙，月牙与曙光之间有一颗闪闪发亮的启明星。这时还是黑夜茫茫，那片曙光只把整个大海映成朦胧的朱红色，真使你从心中感到无限庄严壮丽。我两眼一直凝望着微茫闪烁的启明星，好像一切希望都维系在这颗星上面了，我的心在微微颤悸，我唯恐有一片乌云、一抹暗雾，漫然展开遮掉一切。随着晨曦发亮，天空也由漆黑慢慢地变为深蓝、深灰，启明星就像有意躲闪似的，越来越发隐约难辨了。晨光初动的时刻到来了，月牙和启明星都淡然消逝了，继之而来的是海平线上涌起一脉发亮的雄浑浓郁的紫雾。我屏息静气，目不旁顾，就像整个宇宙罗列于我的胸前。我看见的是光明与黑暗的搏斗，我看见光明像强烈的呐喊一样从黑暗中迸射而出，这是何等地震撼人心啊！正在我期待时，从那紫雾中，红日突然出现，先露出顶端一角，然后缓缓而升，一颗扁平的红球完完全全呈现在我的视野之中，它通红，并不发亮，美得任何语言也无以形容。与此同时，海上也映出同样一轮红日的倒影，它在轻轻摇荡，这时整个海天凝然不动，只任由那海上的红日静静涌现、明亮……终于火红的太阳霍然飞跃上升了。太阳一下子变得金黄灿烂、闪闪夺目，而海面上的倒影倒还是赤红赤红的，不过它渐渐拉长，沿着海面向我这边伸展。天变成淡蓝色，就像蓝色瓷片那样，太阳再上升变成灼人眼目的银白色。此刻我看看我的周围，在岩石上、树叶上、人面上，都染印上温柔的光泽。海上日出的倒影，粼粼闪闪，随着波涛而摇曳不定，像是一条宽阔的大道，人们好像可以踏着它到那个红日跃出的神奇地方去探个究竟。太阳升上高空，强烈的阳光一照，大海升起朝雾，整个烟台、芝罘岛、崆峒岛都笼罩在朦朦胧胧的白纱之中了，海天那样平静、那样温柔、那样美。

　　我平生有过许多次看海上日出的机会，但却都未曾看见，特别是在印度科摩林海角那一次，蒙蒙云雾遮住东方，使我遗憾终生。后来，有一次我从飞机上突然看到日出奇景，我写了《日出》那篇文章，从那以后又度过了几十年漫长的岁月，现在我终究在烟台山第一次看到海上日出的瑰丽景象。我那样高兴，那样喜悦。当我从静止中恢复过来，我多么想同我逢到的每一个人拥抱。我要告诉他：我看到了海上日出！我看到了海上日出！我看到了大自然最惊人、最美的那一刹那；我看到宇宙向我露出甜蜜的微笑。这不是普罗米修斯把天火盗给地上，而是宇宙把生命的火焰一下洒满人间，那宇宙的微笑告示着：物的萌芽、生长、成熟，一切一切新的希望是这样诞生的、开始的。

　　一天过去，天没有多云，更没有雨。我又约所有的同行者，在第四天的黎明一起去看海上日出。这大自然的赐予，应该由大家分享的啊！这第四个黎明的日出更加美丽，朝霞把大海照得红艳艳的，太阳由海平线升起像一个胭脂红的红球，因而海面倒影也就更红得动人。大海是最辽阔无边的了，因而海上的日出也就最光辉灿烂。

武夷风采

　　大自然是伟大的创造者，他常常以惊人之笔，把人引入深邃的美的意境。我总算是游历过一些名山大川的人了，但我不能不说，武夷一下把我的神魄吸慑住了。

　　我是一九八四年十一月十日到达武夷的。北国飞雪，南天清秋。一片红色余晖，映照出武夷山脉烟海苍茫，长天辽阔的神姿。忽见一巨峰迎面而来，雄浑奇伟，拔地擎天，状如袅娜升腾的蘑菇云，在朦胧暮色之中，倍觉苍劲，原来这就是进入武夷的第一峰大王峰。这时，一阵清风从山顶上飒然而至，当我想到"此大王之雄风也"，心中不觉升起一种庄严肃穆之感。

　　谁知神龙一现，夜幕骤临，武夷山水似乎并不急于使我一睹风采。夜气有些儿清凉，在寓舍饮上一杯醇香的乌龙茶，倒也取得一丝暖意，不过，午夜嫩寒寻梦处，飞来九曲玉玲珑，这一夕我是在悬念中度过的。拂晓急起，推开窗门，哪里知道白茫茫浓雾，遮天盖地，一无所见，武夷山在哪里？九曲溪在哪里？可是，当我踏上游程时，我却深深品味到这大雾的美妙之处了，如甘霖滋润万物，如水墨濡染江山。当我缘着崎岖的小径走去，忽见一石门，为宋代遗物，久经风霜的侵蚀，使得门上浮雕形迹模糊，荒山野石，更觉古朴，一根藤须从上面垂下，微微拂动，仿佛在向来人招手。而后，来到云窝。这时，我特别领略到：一峭岩，一曲径，一树梢，一竹叶，无不凝结满晶莹的水珠。特别是当我攀登到一处山峡深谷时，从芭蕉叶上，雾珠竟雨水一般滴流而下，叮咚作响。雾，你武夷的雾啊！你在美化人间，诗化人间，你使一切朦胧、隐约、清幽，我才明白古人以雾里看山为一绝，确有精到之处。我攀上峰顶，极目远望，突然间看到茫茫云海之上，三个山峰，竟像从海里踊跃而出、腾空而起，阳光有如千万支强烈的聚光灯把山峦照得红艳艳、亮闪闪，我一时之间完全浸沉在虚无缥缈的梦幻之中了，我觉得那山峦——迎接第一线阳光的使者，确像在低唱、在微笑。于是，漫漫浓雾就此渐渐隐退了。

人赞武夷曰丹山碧水，我就概括我两日之游，说说山，谈谈水。

我穿过迂回曲折的岩洞，听尽琴弦急语的泉声。久久伫立，为一座险峰镇住。峰壁上紧贴着一片森然直上的苍崖，像一支利剑，但，它的半腰却横裂三痕，令人望之悚然，好像只要一阵风一吹，就会崩裂而下，但，这正是武夷山奇绝的特色。当我走进茶洞，这片茶园四周耸立着七座巍巍大峰，有如一口深井，据说只有在太阳西下前的瞬间，一线阳光忽然凭空而下，其璀璨、其艳丽，无与伦比。当我方沉醉于遐想之中，忽然仰头一看，一座高峰耸立面前，这就是天游峰。我看上山的石梯，狭窄、曲折、壁陡，实在令人望而生畏。我不想上了，同行的人也不要我上了。但，徐霞客说："其不临溪而尽九曲之胜，此峰固应第一也。"这句话吸引了我，鼓舞了我，我还是奋力而上。我虽未能穷万仞之巅，而只登临其半，但眼前忽地豁然开朗，山卷狂涛，溪流万转，尽入胸襟。我在迎着灿烂的阳光、吹着飒爽的清风，一时之间，呼啸苍天，扶摇大地，真有游天之感了。

这儿的山有这儿山的风格，它既不像黄山那样万山萦回，也不像庐山那样一山飞峙，它像天上的造物者偶然抛洒下无数碧螺，万峰千岩，如剑如笏，朝天耸立。我一看到这儿的山就想起青铜雕塑。所以这样，一因其色，一因其形。红层地貌，人称丹霞，于春苍中露出赤红，确实叫人联想到万古风霜，铜色斑斓；岩体崩解，岩如断壁残垣，危绝奇峭，山如肌肤怒张，孔武有力。总之每峭岩，每峻岭，都像由一个巨大艺术家，凭他敏捷的才智，豪迈的心灵，挥动雕刀，铿锵劈刻，处处显得矫健、粗犷、苍劲、神奇，从而给人一种动态的美感。当我回过身来看时，但见天游峰顶，万丈悬崖，一片飞瀑，直泻而下，日光闪烁，微风摇曳，像碎玉，像飞雪，就更给这凝聚的峰峦，凭空增添了几分意气、几分生机。人们告诉我，如果夜宿天游峰顶，在晨曦到来的时刻，看白茫茫的云海，像大海波涛，旋卷翻腾，待朝阳骤临，霞光绚烂，像姹紫嫣红，万葩齐放，那才真是瑰丽壮观呢！

　　如果说丹山是武夷的铮铮神骨，碧水便是武夷的悠悠心灵。我们下午就乘竹筏一泛九曲溪了。好心的主人特别安排，逆流而上，这样可以按照序列，可从一曲游到九曲。溪名九曲，其实水随峰流，峰逐波转，何止百转千回。岩石凝紫，溪水湛绿，两岸山崩峰裂，铁熔铜铸，形成曲曲折折的幽涧深谷，溪上水清如镜，一眼望到底，河底的石卵清晰可数，日光云影，闪闪浮动，真像有千万片水晶在震颤，在闪烁。当我沉醉在一片浓绿之中的时候，突然从一泓深潭上看到倒垂着一片乳白色的山影，随着碧波荡漾，真是动人。我连忙翘首仰望，但见整个山体洁白如玉，在苍苍层峦叠嶂之间，愈发显得像是一个亭亭玉立、脉脉含情的少女。啊！仙女峰！仙女峰！我曾仰望长江上的神女峰而惆怅，我曾凝眸石林中的阿诗玛而慨叹，但我以为武夷的玉女峰的确是美得惊人，它不但婀娜多姿，而且神情飘逸。当我们的竹筏已浮游而进，我还屡屡回顾，它使我想到我在巴黎卢浮宫中默默观赏维纳斯那时刻，我心中所升起的亲切、喜悦、完美的人和对生命自由的庄严的向往。九曲溪一曲一折，有时清流浓碧，波光粼粼，有时乱石堆滩，急湍飞鸣。千山萦回，一流宛转。回头望，望不尽乱山丛立，有如长江三峡；向前看，看不完明山丽水，又是一曲新的画廊。竹筏浮至回曲，忽见一株红艳艳的杜鹃，从崖头垂下，凌风嫣然。武夷回天天怜我，小阳春里露深情。你，杜鹃，我一个月之前在云南边境亚热带丛林中，冒着浓雾，涉过激流，向扣林山奔驰时，曾为那满山遍野浓艳艳的红紫色而精神一振，谁料如此之快，又在这僻静的幽谷中重逢，好像春之神真的回天有术，给我以深泽厚爱。但真个使我整个神魂为之震颤的是游到五曲。在岸上凌空飞来一座平坦的、浩荡的巨崖，它上凌青天，下临碧水，这就是仙掌峰。而奇特惊人的，是在这一半铁青一半赭红的崖壁上，冲击出数十道均匀齐崭的圆形棱柱，仿佛在天风飒爽之中，如见古希腊神庙的廊柱，我再细看，这峰崖倒映水中，那些圆柱就像千万条游龙在随波荡漾，真令人有虎跃龙腾天上人间之慨！上到八曲，乱滩纵横，万流迸裂，声如雷奔，浪花飞雪。过了芙蓉滩，山势迂回舒坦。到了九曲，已经是夕阳明灭乱山中，暮霭低垂，紫云缭绕了。

　　这一夜，我久久沉思，不能入睡，我与其说带回一身九曲清气，不如说带回一颗水晶的心，那些染满污泥浊气的人，怎能懂得一碧如染的清流，那样纯净，那样澄澈，那样柔和，而又那样百折不挠，勇往直前，是多么可珍贵的情趣?！

　　由于诞生了上叙这一种信念，因此，第二天清早我就奔驶向武夷深山的原始森林。不过，好心的主人，不言不语，却把车开到一处停了下来，我一看路边石碣上赫然大书"灵岩"二字。啊！仅仅念念这个名字,就给人多少神灵、多少圣灵、多少幽灵、多少山灵的憧憬呀!我们沿着崎岖小径进入山洞,抬头一望,洞顶就像是神话中的巨灵神用利剑劈开一条隙缝,一线天光从上泄漏而下。如若说这黑森森的洞窟使人想到炼狱,那么这一缕微芒就恰似神光了,中世纪诗人但丁如果到了这里,该给他的《神曲》增添多少奇思妙想啊!出来看看这座灵岩山,山崖边上长满像似吊兰的垂草,谁知原来这都是百合花,若是春天,雪白的百合开满崖边,阵阵芬芳,不正是你灵岩的心香一瓣吗?!上了车,车越开越快,进入一片绿的黄金世界。断涧残崖,千回万转,森森古木,染透碧空。深壑之中,乱石如云,溪水有时聚为深潭,水绿得那样浓,就像浓醇的薄荷酒,从石缝中喷出的激流像飞腾的冰雪。绿的阳光,绿的风和白的水,白的浪花,溶织交汇成为一曲交响乐,萦回漫卷,悠然飘荡。我到这武夷深山之中,为了寻找九曲溪的源头,但更重要的是寻找我们今日中华民族神魄的源头,我怀着隆重心情,想一瞻武夷最高峰黄岗山。"风卷红旗如画",遥想当年,中国工农红军从井冈山像一道铁流汹涌而下,就在这武夷山一带荒林野莽中展开游击战,排挞天地,叱咤风云,开创了英雄的土地革命战争一个大时代。当人们指着路边似乎还带着林木芳香的、新筑的木屋,告诉我这里就是从前的红区人家时,我的眼睛有些湿润了。想一想,今天的一朵白云,一盏鲜花,一座新兴的建筑,一个富裕的农村,一星灯火,一片青云,一个微笑,一番美梦,这每一幽幽心曲般的小径,哪一条不是从那血雨腥风未有涯的艰难岁月中开辟而来。我寻到九曲源头,这儿水清澈得就跟没有水一样,而粼粼日影又让你感到水在轻轻飘浮。这时,一个神奇的幻想,在我心灵上倏然一亮。我站起来,我听到一阵阵轻幽而宛转的鸟鸣,我看到色彩艳丽的蝴蝶在上下翻飞，这时，我的灵魂，已不仅在清泉之上徘徊，而随着九曲溪、下崇溪、奔建溪，直泻闽江，飞临东海。我站在这高山之巅，望长天浩荡，大地苍茫，一刹那间心驰万里，神骛八荒。我想从南平而来的几百里，山凝浓碧，树摇新红，溪流像歌声飘过土地，一峰一壑都是绝佳景色。如果，以武夷山风景区为核心，以南平、建瓯、建阳为外围，以原始森林区为靠背，这将是一个多么辽阔而广大的绿王国，这将是一个多么珍奇、奥秘、自然、美丽的大公园。当我这样想时我自己也笑了。我仿佛忘记了自己的年龄，怎么把信念延伸到下个世纪？不，不需要那么久远，如果谁只想把美据为己有，而不想为后人栽培，谁就没有美的品格，谁就不配说美。何况在我们飞腾的大时代，当然不会点石成金，但理想总可变为现实。我完全有理由相信这一点，因为，我在这儿接触的每个人，都对武夷充满爱，而爱是最伟大的动力。请你想一想！这些山，这些水，这些籁籁竹林，这些苍苍古木，这儿春暖时，不仅深谷里飞出兰花的幽香，流水也飘浮着兰花的香气。这儿冬寒，茫茫的大雪变成琉璃世界，而一片片白梅林洋溢出醉人的芳香。一个动物学家步行一里之遥，就听到上千种鸟的鸣声，这儿是鸟的天堂；一个植物学家说，而今流传遍世界的红茶，最早从这儿诞生，这是天然植物园。百多年前，这儿就成为外国生物学家的宝库，至今，巴黎、伦敦、夏威夷的博物馆里还珍藏着从这儿采去的稀有动植物标本。那么，今天，这莽莽苍苍的大自然，这诗，这美，一切都属于我们，我们为什么不开发这绿色黄金的矿藏呢？更重要的是，这儿不仅凝聚着中华民族神魄的过去，也凝聚着中华民族神魄的今天和未来。因为我们瑰丽的大自然，就显示出新时代山河的大千气象，舒展着新时代天地的蓬勃生机。

我一回到寓处就倒头入睡。醒来一看表，下午三时。但我一想到明晨即将告辞而去，我就不愿放松最后一片时间，再一探武夷绝境，便驱车北行。就这曼陀、天心、霞宾等山的名字已足以诱人。当我游罢水帘洞，啜一杯泉茶，淋两肩雨雾，转过山头，放眼一望，但见前面深黑色的深谷巨峡中照射过来一片斜阳，有如一片蒙蒙银雾在微微颤动，实在太美了！我们盘旋而下，深入壑中，只听涧水琮琤，且随山回路转，鹰嘴岩赫然出现面前，使我心神不觉一震。三十六峰峰峰美，我爱鹰嘴岩神魄奇。它像一只鹰仰天欲飞。你看，钩形的鹰嘴下，赭色胸脯，陡然壁立，使你感到它随着呼吸在微微起伏，全身黑苍苍的脉络向后倾斜，如丰满的羽翼翔翔欲动，山脊上一片小树棵恰像翎毛微耸、悚悚凌风。我在山根下坐了很久，我觉得正是在最后一刹那间我看到了武夷的神魄。这一鹰嘴岩，使得整个武夷千山万壑，都活了，都动了。雄鹰即将凌空而起，傲视人间，睥睨东海、悠然盘旋，漫然呼啸，于是整个武夷则如大海狂涛，汹涌澎湃，飘摇动荡，不可遏止。这时，落日金光，闪烁长空，我觉得山在微微地震颤，水在微微地震颤，而我的心灵也在微微地震颤了。

秋风十渡

龚定盦弃官出京时，乘在一辆骡车上，遥望西山如黛，不禁愀然吟出一句诗"太行一脉走蜿蜒"，颇道出茫茫山势之美。

得感谢现交通工具之发达，我以一日之间，竟深入周口店以西，一临拒马河而深入太行峡谷。这里的山，这里的水，真是荒寒清寂，妍美绝伦，远隔尘烦，一片怡静。它们像讪笑人们远行万里，访胜寻幽，而不知曲径通幽就在身边。蓝天高爽，太行巍峨，远山如黛，倩影依微，近山似铁，紫色斑斓。而极富情趣的是在形似曲廊的大山深谷中，一条碧盈盈的拒马河蜿蜒其间，有的地方清澈见底，脉脉依人，有的地方湍流急瀑，状如飞雪，河流有时飘然远去，不见踪影，却令你听到叮咚玉佩般水响，像在幽幽诉说千载历劫、万古风霜。从一渡到十渡，一点一点引入美的境界。虽然到了十渡，经人指示：逾十渡之外，塔山仙池更美。到那里一看，河流忽然宽阔深邃，浓酽有如墨玉。河彼岸一片小白杨树林，在碧绿水面上投下一层金黄色倒影，粼粼闪烁，别有风韵。河此岸，雄伟的高山，不知何年何月山崩石裂，青色巨岩，滚滚而下，狼藉遍地，而山顶一尖峰如鹰嘴仰天而立，此境绝美，使我凝眸半日，无法作声。我登过黄山、庐山、天山、长白山，但领略江山雄伟者，莫过于我在晋东南登太行极巅，一夕一望，红到无边，千岩万坠，浩如沧海，使人胸襟开阔、壮怀激烈。如今我所在的十渡山谷，只不过是海的余波浪尾，但它终不失太行的神伟气魄，山如斧削，一片苍劲，望着那一层层岩页，仿佛那里面深藏着古化石代深藏下来的海啸声。沧海桑田，使人颇有"念天地之悠悠，独怆然而涕下"之感。

　　当我们从十渡折回到一渡，蓦然回身看处，在西斜阳光烛照之中，无边的柿林悬挂着无数火红的柿子，像亿万小红灯笼，一下把个山河装点得通明，苍茫的旷野，老劲的山峦，仿佛都熠熠燃烧起来了，啊，真是说不出的一股深沉的诗意呀！秋光何等浓郁妩媚，未见青霜，未闻落叶，但这一派烂漫红彩已把一片感觉不到的秋风深深吹入我的心底了。

白蝴蝶之恋

春意甚浓了，但在北方还是五风十雨，春寒料峭，一阵暖人心意的春风刚刚吹过，又来了一片沁人心脾的冷雨。

我在草地上走着，忽然，在鲜嫩的春草上看到一只雪白的蝴蝶。蝴蝶给雨水打落在地面上。沾湿的翅膀轻微地簌簌颤动着，张不开来。它奄奄一息，即将逝去。但它白得像一片小雪花，轻柔纤细，楚楚动人，多么可怜呀！

它从哪儿来？要飞向哪儿去？我痴痴望着它。忽然像有一滴圣洁的水滴落在灵魂深处，我的心灵给一道白闪闪的柔软而又强烈的光照亮了。

我弯下身，小心翼翼地把白蝴蝶捏起来，放在手心里。

这已经冷僵了的小生灵发蔫了，它的细细的足脚动弹了一下，就歪倒在我的手中。

我用口呵着气，送给它一丝温暖，蝴蝶渐渐苏醒过来。它是给刚才那强暴的风雨吓蒙了吧？不过，它确实太纤细了。你看，那白茸茸的像透明的薄纱的翅膀，两根黑色的须向前伸展着，两点黑漆似的眼睛，几只像丝一样细的脚。可是，这纤细的小生灵，它飞翔出来是为了寻觅什么呢？在这阴晴不定的天气里，它表现出寻求者何等非凡的勇气。

它活过来了，我竟感到无限的喜悦。

这时，风过去了，雨也过去了。太阳用明亮的光辉照满宇宙，照满人间，一切都那样晶莹，那样明媚，树叶由嫩绿变成深绿了，草地上开满小米粒那样黄的小花朵。我把蝴蝶放在盛满阳光的一片嫩叶上。我向草地上漫步而去了。但我的灵魂里在呐喊——开始像很遥远、很遥远……我还以为天空中又来了风、来了雨，后来我才知道就在我的心灵深处：你为什么把一个生灵弃置不顾？……于是我折转身又走回去，又走到那株古老婆娑的大树那儿。谁知那只白蝴蝶缓缓地、缓缓地在树叶上蠕动呢！我不惊动它，只静静地看着。阳光闪发着一种淡红色，在那叶片上颤悸、燃烧，于是带来了火、热、光明、生命，雨珠给它晒干了，风沙给它扫净了，那树叶像一片绿玻璃片一样透明、清亮。

我那美丽的白蝴蝶呀！我那勇敢的白蝴蝶呀！它试了几次，终于一跃而起，展翅飞翔，活泼伶俐地在我周围翩翩飞舞了好一阵，又向清明如洗的空中冉冉飞去，像一片小小的雪花，愈飞愈远，消失不见了。

这时，一江春水在我心头轻轻地荡漾了一下。在白蝴蝶危难时我怜悯它，可是当它真的自由翱翔而去时我又感到如此失落、怅惘，"唉！人呵人……"我默默伫望了一阵，转身向青草地走去。

日月经天

过了七十七个中秋节,今年才从大自然中发现一种奥秘,得到一种启迪。夜间入睡之前,到窗前又最后看了一眼,月亮已经升向中天。蔚蓝的天空中一轮又圆又大的银盘,晶莹皎洁,一尘不染。她已经脱去刚初升时那金黄色辉煌的外衣,变成一个缟裳素裹的美人。

我很喜爱月亮。在战场上,在大海边,我觉得月亮有一种女性的温柔与妩媚,青天与素月相映,像水晶一样透明,总给人一种清爽之感。中秋次日,黎明即起,走上楼顶,我忽然仰首西望,立刻为一种奇景所吸引,淡淡的月亮高悬西天,中秋节日似乎依依未去。在我缓缓漫步中,看到它冉冉下降。这时,西山的轮廓给晨曦照得非常清晰,云层重叠,浓淡有致,看来是月亮的清光最后照明山岭。这时整个西方出现一派黛青色,真是美极了。不料转瞬之间,我猛然一惊。西面空中颤抖着、闪耀着一种火一样长条、方块以及千点万点,像无数巨龙在飞腾,在跳跃,红极、亮极,有如鲜血在流动,这不是人的血,而是宇宙的血吧?!

我转身向东,发现太阳还未露出地面,但它已将强烈的红光,从地平线下直射西方。我才明白,那些火蛇、火龙、火炬,正是生之先导的红光照在西面的玻璃楼体、玻璃窗上,于是闪出那么多辉煌、明亮……我为这庄严而神奇的晨之诞生所震慑着了,我觉得这是生命的呐喊,天地的呐喊。

等到太阳带着火与热升上来,西方那一切鲜红的海市蜃楼顿然消失了，原来那胭脂一样鲜艳的晨光也不见了，于是人世间的一日就在呐喊之后而平静地诞生了。这时，西天上悬着的月亮，东天上跃出的太阳，平列在一条平行线上。一面火热，一面清凉，十分壮观。

这日月轮回，阴阳邅变，使我悟到一个道理：

运动中的永恒，永恒中的运动。

这是大自然的奥秘，不也是人生的奥秘吗？

光彩，声音，冷与热，灰暗与壮丽，一切一切的美都是在运动中活跃、存在。人的生命可以消失，但人画的壁画、人雕塑的石却永远永远带着画家与雕塑家的生命闪现着亘古不熄的光泽，而这些光泽也是以无比之美在闪烁运动着的，因而美就显得更美了。

那年在意大利，我在罗马新城参加一次作家的聚会，而后乘车返回罗马古城。时近黄昏，天却明亮。忽然我看到东面天空上一个月亮，西面天空上一个太阳，在这苍凉的罗马，此刻我心中感到庄严壮美，我仿佛神游于久远久远以前的罗马神魄之中。那景象是罗马最后留给我的永不磨灭的印象，我在一篇文章结尾处写道：

"日月同辉，罗马永生。"

而现在我要说的是日月同辉，宇宙永生。

美，往往在一刹那间出现，你抓不住它，它就消失了。

中秋节过后，几个黎明，我还想寻觅那美的瞬间。虽然我还看见西天上那轮苍白的月亮，但东方和西方都给雾霭遮着，月亮向雾霭中落下，太阳从雾霭中升起，因此，那黛青的晨曦、火红的闪烁都不见了。但无论如何，这也说明一切美都在运动中变化，一切美都在运动中升腾，又在运动中隐没与消失。不过，这隐没与消失不就意味着再一次飞腾、升起吗？

漓江春讯

漓江，在我心中早已是一个缥缈的美神了。我倾慕她，但我没有看到过她。正因为这个缘故，在从雷州半岛到桂林的路上，我一直提着半边心。因为人家说去年天旱水枯，怕不能行舟呢！当我在暮色苍茫中，一脚踏上桂林土地，我便忙讯问这事。当我得到肯定回答时，我是何等地高兴，何等地欢愉啊！

这夜，在朦胧梦中，只觉得纤尘不染，一身青碧，直透心底……谁知第二天安排的是七星岩和芦笛岩，似乎有意给我制造个悬念，让我对漓江多一重思慕。

游漓江的这天终于来到了。我这个白发苍苍的人，仿佛又回到青春年华，去会见钟情的少女，当我从象鼻山码头一踏上船，我的心神就随着漓江的一曲心灵而回环宛转了。从游船上层甲板上纵目，真是江天一碧，一览无余。船行开始，只见象山、穿山、塔山峙立东西两岸，漓江夹在中间真像一袭翠绿的罗衣，柔情荡漾，随波飘舞，迎面对我展开一幅娟秀的图画。江天朝晨，奇幻无比，日影云影，扑朔迷离。我只顾观赏风光，却不知不觉落起雨来，啊！烟云漓江，这不正是我心目中久已向往的朦胧诗意吗？于是，群山都隐没在云烟缭绕之中。茸茸的草是绿的，丛丛的树是绿的，森林的山是绿的，悠悠的水是绿的，而这一切绿色都给一面茫茫纱幕遮着，于是我感到这云雾也是绿的了。不料一转眼间，太阳又破雾而出，在江中倒映出一个赤金色的圆球，于是两岸竹木也就在水面上簌簌颤动了。但白雾浓郁，谲幻奔腾，毕竟一下又湮没了一切，制造出一个弥漫朦胧的世界,雨下起来了,雨点洒在我的脸上,我感到舒爽,感到清凉。人们指点给我看,右面一座壁立的山峰,灰白的峭崖,杂着苍碧的林木,说:

"这是斗鸡山!"

可是雾霭迷茫,我却无从细看那昂冠展翅的雄姿了。

一下人们又告诉我:

"这是净瓶山!"

山岩如一只横置巨瓶,瓶口倾入江中,似正在汲饮江水。

不过,我心中真是感谢天、感谢地,使我一睹漓江烟云,无论斗鸡山、净瓶山,这时都如同水墨画家,用淡笔、浓墨、披离错杂染出一幅鲜生生、水灵灵的画,这时一切一切确实使我心神迷醉了。

雨愈下愈大,旅客们急忙向篷子下躲避。我却兴起在巴黎雨游塞纳河的豪情,就飞旋在岩壁上回响,好像是那几个浣衣的人,正在放声歌唱,其实,"此时无声胜有声",四周静得本来一点声音也没有。我想也许是刘三姐在那处山坡上徘徊,那处水波上浮荡,从而在放声歌唱吧?那几个浣衣少女也好像在侧耳倾听,其实我们看着这荡漾的游船像是船在画中,而我们从游船上看她们不也是人在画中吗?

江面宽阔了,江水清浅了,船渡过漓江上的险滩,船底在滩礁上磨擦出沙沙声响。江上一只只竹筏,往来穿梭,悠闲飘荡。春风裹着云雾,云雾卷着春风,远近山峦,层次分明,万笏耸立,十指朝天,特别是远处群峰隐约晴岚雾影之中,山势如万马奔腾,气象十分雄伟。两岸碧草茸茸如同铺了松软的地毯,左面出现一个大村镇名大墟镇,为广西名镇之一,横着一座白色石拱桥,据云为明代遗物，右面出现一峰石磨盘山，巨大圆岗之上，草木葱茏，如锦如绣，衬映出黑色崖壁，更觉古色斑斓，惊人心魄。特别是乌黑的石壁上留下一条条黄色印痕，想必是由千万年水瀑急流冲刷而成，这黄色条纹，在碧绿江面上映出千条万缕，颤悸飘摇，如龙如蛇，奇幻缥缈。江急船荡，由开阔的江面又转入迂回曲折的画廊，向遥远的前方望去，千山万岭林立于云雾之中，苍苍莽莽，迷迷蒙蒙，近处坡顶岩头却开绽了一丛丛杜鹃花，如同千万点鲜红血滴，千万滴雪白冰凌，想一想，北方还是冰雪载途，而南国却已鲜花怒放，这不是漓江给我送来的最早的春信吗?!

　　船驶过黄牛峡，两面悬崖峭壁森然罗列，江流蜿蜒曲折其间，一下使我想到长江三峡，武夷九曲。江弯一转，风声烈烈，汽笛长鸣，进入峡江，仰望高山之巅，苍天浩渺，一鸟盘旋，似乎有意引导我们进入漓江佳境。我忽然发现，紧靠江面的石壁之上，垂下一簇簇大小、粗细、弯转、曲折的钟乳石，有如游龙嬉水，直垂江中。昨天看芦笛岩那钟乳悬垂在洞窟之中，现在这些钟乳却悬垂于山岩之外，真是人间奇景。江流忽窄忽宽，忽深忽浅，峡中乱滩如森林密布，船得从中迂回绕道而行。

　　从旅客中传来一阵嘈杂声，人们都在齐首仰望，原来右面山顶上展现了望夫石。在丛乱山峰之上，高处一石状如夫，稍低不远处一石如妇，咫尺相隔，翘首遥望，他们经历了亿万年风风雨雨，而两情难舍，永远依依。这不由得使我想起长江上的神女峰，武夷山的玉女峰，人们总在风物迷人之处，留传下千古忠贞之爱。令人抒念，令人臆想，这到底是人间留给漓江，还是漓江留给人间的情愫呢？转过峡江一弯，忽见一座山峰如一片巨坂，雄浑陡峭，直插江中，人们管它叫银幕山，这个现代化的名词倒也形象地形容了这片悬崖，它平坦得确如拉开的银幕，灰白色的崖壁，在这绿丛丛世界里，显露出一种柔和的闪光。经人介绍原来这里就是出名的半边渡，古人有诗称道："此地江山成一绝，削壁垂河渡半边。"

　　早晨看了烟云缭绕的漓江，中午看了飒飒清风中的漓江，而在过桃源、下杨堤、出二郎峡后，我又看了晴空万里、阳光灿烂的漓江，漓江一日可谓三绝了。所以说三绝，绝就绝在，如无烟雨，我就不能领略朦胧之处；如无长风，我就不能体会那缥缈之姿；如无阳光照射，我就不能饱览画山之胜了。不过，在到画山之前，我已为两面崖壁所迷醉，一山一山，临江而立，面平如画。经无数年风雨剥蚀，苍桑变幻，崖壁上留下的纹路，层次分明，线条清晰，而又古色斑斓，形迹模糊，确实令我想到一幅古代的浮雕。我在印度的阿旃陀的石壁前流连忘返，我在敦煌石窟里也曾浮想联翩，但无论汉代石雕、唐朝陶彩，都没这大自然的美妙神奇。一路行，一路看，迎面看到画山。画山平直如更想让漓江急雨，淋一身碧绿。山的倒影不见了，树的倒影不见了，翘首望前，只见随了船的航向，那连绵不绝的奇峰峻岭，都像模模糊糊的影子，在随着船移动，而满天的云雾，就像春风中大团大团的柳絮，遮住了枝头的嫩绿，云雾弥漫，影影绰绰，任由云雾的飘荡，突兀峥嵘的群山，好像都在缓缓远翔。我俯首江心，雨悄悄地落着，落着，只见柔如丝绢的波面上，洒下千万个黑色的小雨点，转眼之间，随同雨势骤增，每一个雨点又漫展为一涡一涡碧绿的涟漪。

　　　　万笏奇峰吹倒影，一波欸乃自天然。
　　　　多情最是茫茫雨，洒透青江春色寒。

船驶入漓江的深潭，正在这时，一阵大风突然飘飘而下，甲板上的布篷被吹得哗啦啦紧响。船随弯转，江面辽阔，忽然间，我发现整个漓江都震颤起来，这是怎么回事？原来是两岸密密匝匝、高耸云天的大竹林在风中飞舞。我一生从来没有看见这样多、这样大的竹林，而且是凤尾竹，在高大坚实的竹竿之上，那些细软如丝的竹梢，无风时也会微微颤动。现在狂风吹处，自然就凤尾一样飘摇飞翔起来，于是竹林变成一片绿色的浓烟，这簌簌浓烟投入江面，江水又把自己那天生碧绿染透浓烟，因而整个大自然，众多形态，万千姿容，便把整个漓江闹活了。风一吹，山峦上的烟雾淡了些，前方的悬崖，两岸的峭壁，给雨洗得生气盎然，无限明媚。

我觉得漓江的美，美在水，也美在山，人家都说"桂林山水甲天下"，我想如果不看山，就不知道甲天下的桂林的风骨，但，桂林的水更是多情，如果不看水，就不理解甲天下的桂林的心灵。当我从雨的漓江，进入风的漓江，我仿佛才领略到这山水的深情密意。据说在据今三亿七千万年至三亿二千五百万年前的中一晚泥盆纪，桂林还浸没在汪洋大海之下，现在突露苍天，挺拔大地都是当年沉积海底的礁岩，黑色森然，山势奇特，凸凹相连，绵亘无际，有的一峰突起状如腾空的蘑菇云；有的峻峭挺拔，玲珑剔透，状如倒置钟乳，苍苍古老的容颜，像在向人们诉说着古老往昔的风霜雨雪，沧海桑田。那柔得像丝绒、绿得像碧茶的江水，有几处绿得发蓝就像蓝宝石溶在水中，发出晶莹的光泽，水和山比起来，倒似乎带着一种青春气息，由于它那样纯、那样净，载浮着群山倒影，就像一面镜子，江水青翠，山影浓碧，粼粼飘浮的波光，把这深浅的绿色，分得那样分明，又合得那样融洽，这漓江的山和水，于是在我心灵中形成苍颜鹤发与明眸笑靥相交织的景象，仿佛有一曲古老悠远而又明媚清新的乐声，在我的心、山的心、水的心上微妙地震颤开来。

> 潇洒落长风，远山云雾重。
> 舟行天水外，竹篱有无中。
> 筏到人争渡，林深鸟倥偬。
> 江急波浪紧，花绽一坡红。

你看那密密竹林中，半遮半掩的几家瓦舍，你看那从村舍引向江边的曲曲折折的石径，已有几个年轻的妇女正在江水中浣衣，一个少妇手臂挟着一只木盆，又从石径上姗姗娜娜向江沿走来，在竹影江影的绿的衬映之下，这是多么富于情趣啊！忽然之间，在春风拂荡之处，仿佛有委丽宛转的对歌的歌声，在水面上削，巍耸江边，我觉得像整个宇宙一下展布在我的眼前，这巨大无涯的石壁之上的浮雕似的斑痕，人们说画着姿态各异、神像逼真的骏马，我倒觉得简直使你想到云霄天汉，日转星移，而且，有的发赤，有的发白，有的发黄，斑斓色彩，染点江山。这真是一幅鬼斧神工、造化无穷的壁画；这是古往今来，多少画家也无法画出的画；这是自太古以来留赐给我们的，也是现实，也是梦幻吧。漓江不再喧嚣，不再激荡，只从画山下静静地流了过去，把偌大个画山倒映在水波之上，使你感到渺无声息，万籁俱寂。好像这漓江也有意让你倾一副心灵在这神奇绝迹之上，你叹息也好，你称道也好，但最好还是默默无言，心神怡静，和这江、这山，把怀古之幽情，对美质之倾慕，融而为一，在璀璨阳光之下，任你的心、你的身，都投入漓江，我是多么想化为一掬流水，日日夜夜，天长地久，永远在这儿漂流荡漾呀！

很久很久以后，从梦幻中唤醒我的是两只小小竹筏。这时，灼灼阳光照得到处闪闪发亮，小小竹筏带着一竿鱼鹰，鱼鹰的羽毛闪出乌紫色亮光，有一只展开翅膀，跃跃欲试，准备扑入碧绿江流，那情景是十分耐人寻味的；还有徘徊在柔软的草地上、浮游在浅水中露个头角的灰色水牛，也真个天然。我立刻想到这不是李可染的画中景物吗？"江山代有才人出，各领风骚一百年"，一道漓江，陶冶了多少画家。人们从漓江的山、漓江的水，裁得几分颜色，便成为绝代风流。这漓江不正是给予天上人间以无穷恩赐、永世珍奇吗?！船在平静的江流上，静静地曳着柔波，闪着阳光，向阳朔驶近了，它好像对人们说：我已经把你们带过那绿蒙蒙的神奇世界了。

谁知，恰在此时，我忽然被一个最美的景象所吸引了，这就是碧莲峰。峰临江兀立，碧绿葱茏，整个儿像一朵含苞欲放的花蕾。这花蕾倒映江中，像花在春风中、阳光下，缓缓绽放开来。我忽然觉得这一日江情，一天青碧，都是上天通过这碧莲峰倾入江中，而使江更浓更绿了。于是，这一天就在我心灵中永远留下一个碧绿的梦，我但愿不再从梦中醒来，永远浸沉于漓江之美。

半竿鸬鹚意苍茫，水似柔情情更长。
看到碧莲峰倒处，一天倾碧染漓江。

燃烧的红月季花

这是我的一次偶然的际遇。

满园的月季花,真是姹紫嫣红,逗出一个热闹的阳春。在休息室里歇了一阵腿,趁同游的画家泼墨作画之际,我便踱出室外。我的目光一下为一株盛开的月季花所吸引,这花红得像灼亮的红霞,实在令人惊叹。正在这时,身旁一位同志对我说:"这株花叫广岛之子。"怎么?这个名字,使我从赏心悦目之中,突然感到一阵轻微的震颤。他却径自说下去:这是一位日本朋友特地送来的。原来这日本人四十多年前作为军医随军侵华,后来,日本军国主义投降了,他回到故乡广岛,故乡的热土已成为原子弹爆炸的焦土,他就在焦土上搭了一个小小的帐篷,给人医治原子病。人们都说经过"黑雨"淋透的"死灰"是永远灭绝生命的。不料有一天,他忽然看见从土地里生出一根夹竹桃的嫩芽,他真是喜出望外。啊!生命,生命,多么顽强的生命啊!这个深含内疚又惨遭毁灭的人,他就下定决心让死灰里长出最美最美的月季花,于是他便展开了一场人与自然的搏斗。

听到这里,我的心神已飞向遥远遥远的东瀛。那是一九八四年,我到了广岛。我在和平纪念馆的玻璃柜里就看见失去沃土光泽的死灰,我的心当即为一种剧烈的悲痛所攫夺。原爆慰灵碑前有一炬熊熊燃烧的火焰。当记者把麦克风送到我的口边,要求我说几句话时,我说:"这是心灵之火,生命之火,圣火是永远不会熄灭的,圣火在醒警着我们:绝不允许灾劫重临。"当时,一位广岛母亲跟我谈到她目睹原子弹爆炸的惨状，她的丈夫化成灰烬，她的儿子化成灰烬，只要空气微微一荡，那灰烬就消逝而去。她哭着把头伏在我的胸上说："……我们的人在中国也造过孽，我们对不起中国人民呀！……"可怜天下父母心，这一位广岛母亲的泪永远留在我的心间，默默地，默默地，年复一年。谁知今天在这儿，在我们的大地上，却盛开着广岛死灰里生长出来的红月季花，这莫不是那位广岛母亲的眼泪，有意在这里放射出光焰吗?！

是的，随着日换星移，这位医生从死灰里培植出来的月季花愈开愈好。他把广岛月季花分送世界各地，月季花与多少人结下深厚的情谊。这医生从中悟出一个道理："花是没有国界的，因为花渗透人类心灵之爱。"不知是不是原子弹爆炸后遗的祸害，医生得了不治的癌症，已经动过六次手术。他想是他该到中国来的时候了，他必须在有生之时交付他欠下的罪债。他以为中国还是几十年前那样贫瘠破败，谁知他到了中国一看，在上海、西安、北京到处一片月季花馥郁芬芳，于是他把这株命名为"广岛之子"的月季花留在北京。他说：他不一定能再到中国来了，但愿这广岛的孩子能够看到中国更加美好的明天。

今天，寒风凛冽，冷气袭人。

我读薇拉·凯瑟的小说，一个句子跳入我的眼帘："现在树枝变得真硬，你要想折断一根枝条都会把手碰伤。然而，在那冰冻的积雪底下的树根处，生命的奥秘还是安然无恙，和人心房里的血一样温暖；春天还会到来，啊，一定会来的！"于是我的思路又回到那次那偶然的际遇上去。当我这样想时，我不知那位癌病患者是否还在人间，如若在，他应该还会继续把死灰里复活的月季花向世界各地分送吧？

人啊，在历史长途上，你留下过多少晴空朗日，又留下多少暴雨狂风。那一朵灼亮的红霞又出现在我的眼前，可是，当你为月季花的姿色所迷醉时，你有没有想过，也许那是死难者的鲜血浇灌沃养出来的缘故吧！但正因如此，月季花是顽强的、茁壮的、圣洁的、惹人喜爱的。让月季花开遍人寰，像火一样燃烧着未来的光明吧！

1991年重返哈尔滨霁虹桥——东北解放战争时期，作者每次赴前方与夫人汪琦分手告别处

第三辑　读书写作

天涯何处无芳草

——序

《芳草集》是一九七八年至一九八一年间,我写的散文的结集。我想就这集子里一些文章谈谈散文创作问题。

爱克曼有一天跟歌德说:"在拜伦的作品里我也经常发现把事物活灵活现地描绘出来,在我们内心引起的情绪也正和一位名手素描所引起的一样。特别在他的《唐·璜》里有很多这样的例子。"

歌德说:"对,拜伦在这方面是伟大的,他的描绘有一种信手拈来、脱口而出的现实性。仿佛是临时即兴似的。我对《唐·璜》知道得不多,但他的其他诗中有一些片段是我熟记在心的,特别是在他写海景的诗里间或出现一片船帆,写得非常好,使人觉得仿佛海风在荡漾。"

毫无疑问,这种描绘能力,不但诗人、也是散文家最基本的本领。但是我觉得仅仅描绘得栩栩如生,还不是艺术。艺术在于创造,关键是想象,作者通过自己思想、感情、人格、精神赋予现实以生命,不仅写出现实风貌,而体现出现实的神魄,这现实才属于你,这才是你的创作。当然,这不是一切出自主观臆测,问题是客观事物如何感染、熏陶、培养了你,你才有你那样胸襟气质把握现实,进行创造。宋人马子才的一篇论司马迁的文章,有很精辟的见解,他说道:"醉把杯酒,可以吞江南吴越之清风,拂剑长啸,可以吸燕赵秦陇之劲气,然后归而治文著书……"道出了伟大现实生活陶冶了你的心灵,你的心灵又主观能动地提炼事物的精髓,才能把生活反映得比真实生活更深、更高、更动人。

我觉得，一个作者的风格取决于作者的经历、修养、人格，以及美的欣赏的能力。

从我自己来讲，我诞生于黑暗旧世界，我的思想开始形成时，就满怀国破家亡之恸；同时，那又是"五·四"之后大觉醒时代，因此，"剑外忽传收蓟北，初闻涕泪满衣裳""王师北定中原日，家祭无忘告乃翁"……每一读之，辄涕泪纵横，击节称赏。这中间有慷慨悲歌，但也有幽恨哀怨。当我接受了马列主义思潮影响，投入革命的激流，冲入战争的搏斗，我有了崇高的理想与信仰，我受到血与火的锻炼，我的情感思想变了，美的观点也变了。自然，不是旧的一切都抛掉了，而是经过了扬弃，我所爱的，我所写的，就不同了。于是，我的经历，我的修养，我的人格、精神、气魄，融而为一，成为我的风格。一道万里长江，古今诵咏者何止万千，"两岸猿声啼不住，轻舟已过万重山"是一境界，"大江东去，浪淘尽千古风流人物"又是一境界，我写长江自不敢跟人比，但我写长江激流勇进之美，这是我所得之长江，我所爱的长江，我的长江之美。

一九六一年，我在南京作过一次讲演：不能说画家在山水画上画一片红旗，这才算是社会主义艺术；我认为问题是把社会主义山河大地的蓬勃的生气表现出来，就是没有那片红旗，也更美好，更深邃地反映了社会主义新的精神。哲学上讲自在之物，自为之物。我觉得只有从客观到主观，再从主观到客观，才合乎辩证唯物主义美学原理。作者第一义是从客观现实生活出发，但经过每一作者属于他的特定的思想、感情、人格，不同的作家就贯注不同的生命而艺术地塑造客观事物。因此，散文就像每朵浪花都属于大海，每一点艺术创造，都是作者的血水浇灌的鲜花，你的作品都有你的生命烙痕，无论多少，只有如此，这才是你的艺术创造。正是缘着这个途径，我写《昆仑山的太阳》，写社会主义山河之美，就是写社会主义祖国之美。我经历了很长久的思考，我寻找到这个题目，就表达了我的主题。

一九八〇年，飞逾了喀喇昆仑山，我访问了法兰西与意大利。意大利的文艺复兴，法兰西的法国大革命、巴黎公社，都在人类文明的历程上，显出火的闪光，响起嘹亮的钟声，我久已心向往之。可是由于到法国是参加一个国际会议，在巴黎逗留期间，虽也访问了圣母院、罗浮宫、巴尔扎克和罗丹的故居，登临埃菲尔铁塔，一览巴黎之海，但由于未能深入探索，只能写几篇速写，回国半年之后，为巴黎公社一百周年写了《巴黎公社的呼啸》才作了一点弥补。在意大利则全身心渗透于观察、思索之中，加之我对米开朗琪罗的热爱，我探索了罗马的内心，特别由于我发现了从古罗马英雄到反法西斯英雄之间相通的途径，就打开了我的心灵之门。《罗马》《翡冷翠》《米兰》《威尼斯》四篇，我都注入了我的心灵的咏叹。我没有只客观描摹古罗马废墟，而是给予以活的生命，不但使人仿佛听到角斗士铿锵的剑声，而且也听到今天意大利人的动听的歌唱。因而，我写的美丽的意大利，是我的美丽的意大利。我觉得我尽我所能地完成了我的创造。

我还想就《春雪》这篇文章，再深入一点，谈谈我写散文的体会。这篇文章虽短小，却是在一个巨大历史背景上产生的，这就是八十年代第一春。而这新的年代的开始，又是我们实现四化的伟大转折的开始。大家也许记得，也许忘记了，这个春天下了三场春雪。落第一场雪时，我就开始思索，通过洁白、温暖的雪，来表达这个大时代，但我没写出。又下了第二场雪，我还是写不出来，只在第三场大雪落下来了，我一次又一次观察、体验，苦苦思索，只当我站在正在落雪的白杨树下，听到水落到泥土里的声音，我才一下抓住了事物的精髓，豁然开朗，完成艺术构思。这倒使我想起王国维在《人间词话》里讲的第三种境界："众里寻他千百度，蓦然回首，那人却在灯火阑珊处。"我写散文常常苦苦思索，百思不得其解，而后，偶然得之，一触即发，便成文章。这里面有创作的灵感，当然，绝不是什么圣灵，或者主观存在的神秘的灵性的；它是现实生活、积累、丰富、联系、比较、思索、突破，是从现实生活辛勤劳作中爆发的思想闪光的火花。

　　作为这篇序的结尾，我还要归结到一个词句："天涯何处无芳草"，我的意思是在茫茫生活海洋中，到处都有思想闪光的火花，像美丽花朵，萋萋芳草一样长遍天涯海角，问题是你能不能发现它，把握它，表现它，如果你能够做到，它就属于你的。为了纪念散文创作的一个新历程，我名此集为《芳草集》。

海天夜话

——序

海涛声渐渐平静，一轮圆月一下隐没在苍茫云雾之中，一下又把皎洁的光华投向人间，一切都很宁静，从苹果林深处送来淡淡清香。

我们坐在阳台的藤椅上。

"你非常爱海，我看过你有关海的散文。"

"是的，——海有一种魔力，当你着目于那一望无际的汹涌波涛时，一切世俗的尘烦、卑微与萎缩，就会涤荡一尽，她使你的心灵净化，感情升华，你的整个心胸就敞开来与大海紧紧拥抱，你感到雄浑、辽阔、庄严、伟大。"

我停下来，我的眼光为一只那样巨大的飞蛾所吸引，它在飞翔，回荡，扑着窗上的灯光，它好像在奋力捕捉光明。

我想了一阵，我对朋友说：

"你记得《约翰·克利斯朵夫》中那段话吗？"

"哪一段？"

"有关莫扎尔德与贝多芬的，——你听：……莫扎尔德像属于水的一类：他的作品是河畔的一片草原，在江上飘浮的一层透明的薄雾，一场春天的细雨，或是一道五彩的虹。贝多芬却是火：有时像一个洪炉，烈焰飞腾，浓烟缭绕；有时像一个着火的森林，罩着浓厚的乌云，四面八方放射出惊心动魄的霹雳；有时漫天闪着毫光，在九月的良夜亮起一颗明星，缓缓地流过，缓缓地隐灭了，令人看着心中颤动……"

"春雨，火，讲得多好呀！不过，这是音乐。"

"是的，音乐、美术、文学是相通的……"

"你是讲作家、艺术家的心灵？"

"对，我常想一个问题，一个作者的人的气质与他所创造的艺术的气质的问题，在音乐方面我爱贝多芬，在艺术方面我爱米开朗琪罗，在文学方面我爱托尔斯泰……"

我的朋友打断我的话：

"可是有的火一般的作品里也有春雨。"

"你说得对……"

我听了一会儿草丛中秋虫悄悄地低吟，我接着说：

"我觉得艺术的构成是复杂的，一篇散文，就整体来说是雄伟的，或说浩瀚的，但是并不排斥里面也有纤细与精巧——就像交响乐所有乐声都戛然停止，一刹那间只响着一阵委婉的笛声——你会觉得它在你心灵中缭绕，那样美得透顶！……而她使整个旋律更加雄伟，更加浩瀚。因为没有起伏跌宕，也就没有交织错落；没有鲜明的对比，也就没有巧妙的衬托。"

夜深了，月为灰色云所遮掩，我站起来，我望着天上翻滚沸腾的云海，气势那样神奇、浩渺，就像茫茫宇宙整个涌到眼前。

"就拿海来说，一朵雪浪花，有时像一朵白兰花那样晶莹小巧，但整个大海是那样辽阔，无边无涯，气象森然。关于海，我想读一段我评论小说的一篇文章中讲过的这样一段话：

"文学中描写大海的太多了。不过，罗逖的《冰岛渔夫》是海的哀歌，海明威的《老人与海》笼罩了迷惘的灰暗。当我读丹纳的《艺术哲学》，在谈希腊雕塑的部分倒使我眼睛亮了一下，'我正月里在伊埃尔群岛看过日出：光越来越亮，布满天空，一块岩石顶上突然涌起一朵火焰；像水晶一般明净的穹隆扩展出去，罩在无边的海面上，罩在无数的小波浪上，罩在色调一律而蓝得那么鲜明的水上，中间有一条金光万道的溪流。傍晚，远山染上锦葵、紫丁香和茶香玫瑰的色彩。夏天，太阳照在空中和海上，发出灿烂的光华，令人心醉神迷，仿佛进了极乐世界；浪花闪闪发光；海水泛出蓝玉、青玉、碧玉、紫石英和各种宝石的色调，在洁白纯净的天色之下起伏动荡。'你看，希腊的海多么美呀！但这是一种表现恬静的喜悦，心情的开朗的海，然而这种明净未免使生活过于宁寂了。作为流浪汉的高尔基，初期作品中写的海是绚烂夺目的，'海——在笑着'，已经成为描写海的经典名言。特别在他的《海燕之歌》里，他写出了大海的豪迈与雄伟，但那是横扫旧社会的浪涛滚滚、电闪雷鸣。真正海和人融为一体，通过人的性格、命运，写出了海的性格、神魄之美；又通过海的性格、神魄之美，闪耀出我们这个大时代磅礴浩瀚、无限光明的，还是《迷人的海》。"

"你这样，是不是排斥了过去的作品？"

"不，人类文化是有它继承性的。不过，人，是社会的人，他写的作品就不可能不烙上他那个时代的印记，而人类历史是发展、前进的，——我们是主张历史唯物主义的美学观的，《冰岛渔夫》有它那个时代的美，《老人与海》有它那个时代的美，——关于美，当然还要具体分析，在同一时代，不同思想、感情、艺术观的人，又可获得各自不同的美，——至于谁代表了那个时代的精神与神魄，就看他的血液、心胸、整个生命与时代的贴近的程度了。总之，我们的人写出我们时代的海，同样的海涛，同样的浪花，同样的狂飙，同样的巨澜，但不同时代，注入不同的色彩，不同的音调，不同的生命，不同的光辉。"

"你是在讲时代的海洋！"

"对，我的意思是说，没有大海的心胸，就写不出大海的神魄，而一个伟大的时代，会给予那个时代的大自然一种特有的妩媚，气势，——你该记得人民大会堂那幅《江山如此多娇》吧！——那上面没有红旗或其他什么革命的装饰，而那磅礴的生气，就充分反映出我们时代的蓬勃生机……"

"它是属于我们时代的特殊的美。"

"生活是最伟大的，它任历代变迁，令人探索，永远无穷无尽，从这个意义上说，没有时代，就没有历史。"

"你自己怎样写海？"

"我现在手边正在编一个集子，就叫《海天集》。"

"这是你的成果？"

"不，这是我的追求。里面确有几篇写海的，如《翡翠城》《烟台山看日出》《海天情》《怒海狂涛》《海燕》《海歌》《海峡风雷》；但我起这个书名，还因为有另几篇：《延河水流不尽》《伟大的创业者》《巍巍太行山》，如果说前几篇是写自然的海，那么后几篇是写人生的海，这两者的融合，就闪现了我们时代的一点光彩，响出了我们时代的一点声音。当然，这只是我的追求，——我用这个书名，不过说明我在追求开阔的胸襟、广阔的心灵。当然，这只是我的追求，你要知道，追求是无尽的，因此，追求永远是开始……"

夜，太静了，而且月光又像朦胧的银纱织出的雾一样，在树叶上、廊柱上、藤椅的扶手上、人的脸上，闪现出一种庄严而圣洁的光。海似乎也睡着了，我听到轻柔的浪花拍在沙滩上的微语。

刘白羽和他主编的《世界反法西斯文学书系》

我的朋友说:"这夜很深,可是我们的夜谈似乎永远不能完结。"

"是的,请让我读一首诗给你:

　　海天风雨信苍茫,电火雷云转过场。
　　极目青天一望处,片帆刚好对斜阳。

"你想,在海天之际,一片白帆给太阳照得鲜红,是多美呀!……而帆是永远鼓风前进的,——我愿把这本小书献给沿着生命航道鼓帆前进的自由而亲爱的人。"

夕阳红到无边

一阵袅袅的秋声在我记忆中回响……

我从年轻时起就有一种特殊的敏感,当天空和大地还炎天如火、赤日铄金,我却可以从太空中洒然而落的一丝清风,便意会到爽朗秋天的来临,从此扫却一身黏腻,换得一身清爽,实在令人怡然陶然。而从那一阵清风起,我觉得那一颗太阳也就不同了。

抗日战争时期,我在太行山上,有一个晌午我从一个山垭口走出,我原是每天都在此时此地打这儿经过的。可这一天,我突然感到晶亮的太阳光变得那样柔和起来,在高耸云天的松林上,在水波潺潺的溪流中,这种柔和的光相互映照,使人心神为之欣喜、震颤。从那金色的阳光中,我闻到熟透了的庄稼的芳香、天空的芳香、大地的芳香、太行山千山万壑的芳香。这是秋之芳香。经过了半个世纪,这一偶然的欣快还洋溢在我的心际。

我常常想:我为什么这样喜欢秋天?就因为它让人头脑爽朗、意绪清新吗?的确,每到这个季节,我的整个灵魂便像浸在清凉的泉水之中,无限的情思、灵感就油然而生、不可遏止,于是进入了写作的旺季。不过,秋天给予我的不只是观感上的,而更重要的是意念上的。秋天是大地的收获季节,也是我的收获季节,我的创作是收获季节,灵魂的收获季节。我想,我得感谢秋的恩赐。

北京的秋天真美,天高云淡,清风潇洒,西山红叶如火如荼,这又是一番灿烂,而灿烂中包含着清幽。今天,是早春天气,我坐在香山饭店四楼住房里,编完《秋阳集》,通过落地大玻璃窗望出去，山深林密，日影迷蒙。在这幽极、静极的时刻里，我忽然听到那样熟稔而又爱昵的一缕纯真、婉转的声音……我不知道这声音从何而来。我看了看，小收音机没亮红灯，电视荧屏也一片灰白。我没有动，我坐在原地没有动，我瞧着暖和的太阳，我忽然发觉这声音来自我的心底深处：——余音袅袅，不绝如缕。它一下把我带回更远更远的记忆的王国。那大约是一九二八或一九二九年，我的少年时期，我在小学课堂上，由一位音乐老师，弹着风琴教我们唱歌。教室是老得长了绿苔的老屋，屋顶上又覆盖着古槐的浓荫，因此，在我记忆中那是碧茵茵的。请读者原谅，允让我的思路再野马由缰地驰骋一下吧！前几年看电影当我听到"长城外，古道边，芳草碧连天……"的歌声，一下子，唤起我青春的梦幻、青春的灵感，因为，这是我少年时很喜爱的歌。不过，且慢，像有一束明亮的火焰突然在我的记忆中亮起，由此我想起我还学过我更爱的一支歌，可是整个歌儿我想了几十年也想不起来，但是这歌的第一句，却一直深深镌印在我的心扉。后来，经历过多少战火之熊熊、风雪之漫漫，踏遍山河，历尽险关，这一句歌我却无法忘记。特别是这十多年，这句歌，就更时时响亮、回荡，这句歌就是"夕阳红到无边"。在我当年学唱这首歌时，便为这一句所倾倒，我的心胸一下飞越出那旧礼教的狭窄牢笼，烦琐的污浊市井，我像一只苍鹰向高空搏击而去，那红漫漫的夕阳红得何等艳、何等美、何等令人心醉。是的，秋风、秋阳、秋晖，也许正是一个年过古稀的生命的象征吧！不过，我以为作为一个作家，当他似乎可以望见死亡的峰巅的时候，他有的绝不是衰败、颓丧，而是深沉、练达，就像一轮秋天的太阳，不是火爆而是澄静的。至此，我想我应该把我前面所叙说的种种关于秋之意念归拢一下，找出关结。

难道我说的只是大自然中的那颗秋天的太阳吗？

我说：是，也不完全是，因为更重要的是我心中有一颗秋天的太阳。在《碧萝窗下》那篇文章里我曾谈到孤独问题："现在我是一天一天争夺时间，我要蘸着我的生命与鲜血为了我的理想而搏斗，对于人世的烦琐，我已不屑一顾，只从创作的孤独中得到深深的慰藉，我认为真实的创作是需要孤独境界的。"一个作家承受不了孤独就不能潜心创作，更何况正是在这种创作的孤独中，孕育着最大的领悟、最深的思考、最重的激情、最活的灵感……而这些，与深沉、练达、安宁、幽静都是分不开的，可以说这不是一般的人生的孤独。而是超逾人生的美学境界的孤独，我这样理解：茨威格为什么说罗曼·罗兰是一个"伟大的孤独者"。关于这，爱因斯坦有一句话讲得多深刻呀！"这些天来，我独自一人住在乡间，安静的生活，刺激着创造性思想的产生……我想到灯塔管理员的工作。"回想自己碌碌一生，浪费生命，到晚来领悟到这样一种意境，也可以说是我自己的美学的凝聚吧！

从一九八四年至一九八八年，不知不觉间，又写了几十篇散文。我希望它既有秋阳的宁静，又有秋阳的温暖。它可能不是我的一段时间的收获，也许是我一生中的收获，为了纪念我的"古稀之年"，我便把它定名为《秋阳集》。

最后，还是让我回到从儿时一直深深潜藏到现在的那句歌吧！"夕阳红到无边……"这一句后面是什么，怕至死也想不起来了。不过当我凝视着香山上空这一派夕阳时，我莞尔而笑了，又何必苦苦寻思，只这一句也足够了。因为我看到的夕阳确实是红得如此瑰丽，红得如此庄严。

多么美的声音啊,是的,一阵袅袅的秋声在我记忆中回响,也在现实生活中回响。

宇宙的声音

宇宙有声音吗?
我常常问自己,
但我无以回答。
因此,终此一生,我永远、永远地寻觅着,寻觅着。
我曾从万仞高空的舷窗俯视喀喇昆仑山,迷茫的冰雪,苍凉的山岭,那是何等令人心为之怦然而动的惊天动地的神魄,但这一切伟大得那样沉寂。我曾在印度洋上航行,那些日日夜夜,看着无边无际的白浪滔滔。有一夜,我站在甲板上,忽然看到远远有一处红红闪光的城市,你不知道对远航人来说,能盼到一个落脚处,该是多么知足,于是我目不旁瞬,凝然注视,但谁知距离近了,才知道是一阵海上暴风雨,霹雳闪闪发出冲天的大火,当我看到一些炸碎的木船板从我的船旁流过,我不禁一阵凄然,这些木船板的漂流,不就是痛苦的灵魂的漂流吗?在这时我感到我接触到宇宙,但是,我没有听到任何声音。在祖国母亲长江那三天三夜,望白云凌绝壁,看风正一帆悬,急流如天公造地时,板块猛冲,乱石滚滚而下,其势不可遏,其气不可扼,我得到我的美学,激流勇进,但这是艺术哲学而不是宇宙的声音。在抗战时我曾九渡的黄河,民族发祥地的大自然之雄伟神奇,正如人生之瑰丽辉煌,它奔腾,它呐喊,它凝聚着我们世世代代的金戈铁马,歌舞升平,但这是历史的声音,还不是宇宙的声音。我的寻觅的脚步来到战争。朝鲜半岛整个给用红、用血涂出残酷、暴虐而又英雄、壮烈的战火,从碧绿的大同江到碧绿的汉江,我穿过无数次炮火封锁线,我驶过熊熊燃烧的村庄和森林,炮弹如大雨纷纷而下,爆炸的碎弹片像亿万蝗虫嘤嘤飞散,发出天崩地裂般砸烂钢板的声音。但是,这不是宇宙的声音,因为我相信宇宙的声音是崇高而美的,这狂野的屠戮的声音,是无耻而恶的。不过在那战争的年代里,我的心灵有过多少次颤动,有一次最剧烈的颤动,是火红火红的子弹从头上飞掠而过,我匍匐在地面上,我的眼光突然落在一棵小草上,它碧绿碧绿,生机勃勃,可是一下我震动了,我看到小草上沾着一滴血珠,从方向上来看,这是我们的人流出的生命的血浆,在那一刹那间,心潮一下向上翻涌,我似乎接近了宇宙的声音,但,还不是,这是人世间的呐喊与呼号。于是,我的寻觅的脚步,向美的境界移去,在印度的阿弥陀佛佛像前我摸抚着苍凉的石壁,我把脸贴上苍凉的石壁,我想听到一丝古老天竺的梵音,但那荒凉的石窟一片寂然无声。我来到罗马的斗兽场废墟,一层又一层地登上最高层,我望着这些土黄色的石墙石阶,我似乎感觉到有一片古老的幽灵在我头上悠悠浮荡,但我既没有看到奴隶流下的血渍,也没听到野兽厮搏咆哮的声音。我在巴黎进入巴黎圣母院,我一面踏着为岁月磨光了的黑色的大理石的楼梯台阶向上一步一步攀登,我轻轻摩挲着黑色大理石的墙,很静,很静,静得如同把我的活跃的心灵整个嵌镶在巴黎圣母院这一整块大理石浑然一体之中,我到了楼顶,我仿佛看到那面貌丑陋而心地善良得像净水一样的圣者的搏斗的场所。但我向下俯视,当然我寻不到赤红赤红烧熔的铁水倾流而不留得一点残痕微迹,我只觉得美丽的爱斯梅拉达的袅娜的身影,在飘摇,在飞荡,不过,在我寻觅的崇高与美的神圣的殿堂里,我看到宇宙的闪光,却没听到宇宙的声音。

只有在今天。

在我八十初度的今天。

这是"天街小雨润如酥,草色遥看近却无"的春天。

这是"小楼一夜听春雨,深巷明朝卖杏花"的春天。

这是"深巷买樱桃,雨余红更娇"的春天。

这是塔克拉玛干大戈壁喷出地火熊熊燃烧的春天。

这是浦东的东方明珠以深情的灯光照向波涛汹涌的太平洋的春天。

今天,天气非常晴和明亮,蔚蓝的天空上飘浮着几朵发亮的白云,我在花园里散步,碧绿浓荫中飘来一阵甜蜜的花的芳香,阳光穿透还未换季的衣服,令我觉得有点微热,我缓缓走着、走着,走到一排银杏树前,突然我看到树上小巧玲珑的树叶一起像银铃般轻微摇起来了,我觉得有一阵清风从巍然缥缈的高高的天穹之中萧然吹到我一下敞开来的心灵之上,我感到微妙,感到轻柔,感到纯净,感到圣洁,我一下醒悟过来。"此时无声胜有声"——我像受到了宇宙的爱抚,这种无声的声音不就是宇宙的声音吗?

是的,在我八十初度的第一个春日,我寻觅的终于寻觅到了,这是人生中难得一次的相遇,我知道了这不是天籁也不是地籁,而是我的心籁,没有这种心籁,哪怕就是宇宙的声音向你拂来,你的听觉也不会将它捕获的。

散文自白

散文像是一片轻云飘飘自如的文体。由你信手拈来，不拘一格。如鲁迅指出："散文的体裁，其实是大可以随便的。"但散文外形虽散，其实内涵严谨，布局、立言、用辞，都要经过一番苦思，反复酝酿，灵感一触而发，行云流水，自然形成。

做一个有自己独特风格的散文家是不容易的。不同的散文家有不同的散文风格。风格不是刻板的、固定的，如若万人一面，千篇一律，还有什么独特的风格呢？就是出于同一作家之手，不同篇什，也各有不同妙处。前不久，我发表了《冬日五则》，有论客说与《长江三日》不同了。好像我"变法"了，我"返璞归真"了。其实所写的境遇不同，内心意境不同，表现出来的境界也就不同了。长江一泻万里，激流澎湃，与我征战的风霜，信仰的坚强，所造就的心灵相撞击，自然唤起我庄严雄伟的大气，潇洒江山，自得其所；《冬日五则》缠绵病榻，昏热沉沉，自然不能发出天啸地鸣，但冰天红日，一团血红，仍然是我胸臆中之神韵，属于我人的风格，文的风格。作者有所爱，论者有所爱，如论者必以自己所爱，砍之、伐之，以适自己，这种"削足适履"只能造成一种模式，还有什么自由奔放、独特风格？我写散文，除了前面所说人生经历形成的胸怀，还有得之中外散文的熏染，从《楚辞》，到唐宋八大家，到"五四"文学，到外国文学，我读得很广泛。当然，我有所爱，有所不爱，这是由于我的为人。这两者，人生与文学千流汇海形成我的风格。

我以为论家史评，不可斧凿。现在对散文有一股思潮，必欲使散文归到不识人间烟火，南无阿弥陀佛。习古不可泥古，千万般古更不能泥于一古。庄子的《秋水》是大好文学，如偏颇推之至极，那又将屈原《天问》般黄钟大吕置于何地？我们是革命作家，写的文中必然有革命的血液与呐喊，我的信仰的火焰，就是我的文学的钟声。我以为每个散文家为人之境界，形成为文之风格；而因人不同，各极其美。散文是美文学，"红杏枝头春意闹"是美的，"落日照大旗，马鸣风萧萧"也是美的。我谈文而引诗，散文中有诗这一点正是我的散文观。

我认为散文的路子还是开拓得广阔一些好，芳草青青，百花怒放，才能使散文繁盛起来。龚定盦诗云："不拘一格降人才。"我看也可用之于散文，不知可否？

1966年亚非作家紧急会议，作者陪同毛泽东、刘少奇、周恩来接见参加会议的代表

晚霞谈文录

我希望这不是我的最后一个散文集,但是,也有可能是我最后一个散文集了。

一九三六年,我在王统照先生主编的《文学》上发表了小说《冰天》,同时又在黎烈文先生主编的《中流》上发表了散文《从黄昏到夜晚》。这两个刊物都是鲁迅先生所支持的,算来距今已六十五年了。现在,二十世纪三十年代发表作品的人已经寥若晨星了,我老了,但还能每天写几百字算是很幸福的了。当我编这文集时,昂然回首,沧海桑田,悲欢苦乐,有如大海波涛在我心灵中汹涌澎湃,我仿佛从金色海螺听到海的呼啸,我知道这里发表的都是一个垂暮之人的心灵自白。

近来,有人提倡写美文了,我欣赏,我赞成,同时也引起我的一些深邃的思考。

何为美文?如何写出美文?这是一个不能不联系到美学的问题。黑格尔的《美学》是必须要读的,但我认为美学绝不是学者书本上的东西,也就是说美学不是死的美学而是活的美学,因此我认为一个作家必须有自己的美学,可惜,在我们作家中,有有自己美学的,也有没有自己美学的,这是要写美文首先要接触到的一个根本问题,这是能不能写出美文的至要之津。作者为书作序,当然要谈自己,我现在就这个问题讲述一些浅陋之见,个人体会。

首先,我觉得是作家要有高度的审美观。这一点可很不容易,要有各个方面的熏陶,长期的培养。一个散文家,首先是读散文,而后才能写散文，终其一生，笔不停挥，手不释卷。拿我自己来说，我熟读古文，让我最欣赏，给我影响最大的是屈原的《离骚》，至今他那行吟泽畔的雄浑悲切之音还时时在我心灵中回荡。对唐宋文章，我喜欢的是李密的《陈情表》，"臣无祖母无以至今日，祖母无臣无以终余年"之句，每一读之涕泪纵横；当然也喜欢读王勃的《滕王阁序》，"落霞与孤鹜齐飞，秋水共长天一色"，状景抒怀可谓绝境。后来转到外国散文，除卢梭的《忏悔录》外，特别是屠格涅夫的《猎人笔记》，真不知读了多少遍还在读，甚至在火车上也临车窗而翻阅，望车窗外之绿色而唏嘘，我从中吮吸了多少乳汁。当然，一个作家必须热爱文学，但只有文学，还不能融成美学修养。我爱艺术，除了字画之外，我酷爱陶瓷，开国之初隆福寺地摊上无数珍宝，俯拾即是，特别是一些洁白如玉的宋瓷，我置之书架上，每日赏心悦目。令人痛心的是在"文革"抄家时，当着我的面，把一只一只宋代瓷器砸得粉碎，我痛心，我无言，这砸的是我的生命呀！从此我断绝，也不可能再得到中国古瓷了。于是转向国外，我赴日本访问，一位烧瓷的朋友将他精心烧制的雪一般白的一个瓷杯赠我，然后又得到一个油光锃亮的小黑瓶，但这是余音袅袅了，我十七次到海外，收集到不少精致的小艺术品，每一展示，还能意趣盎然。至于外国艺术，我崇拜的是米开朗琪罗，我出国，使我得到最大美的享受莫过于意大利，从罗马到佛罗伦萨，我几乎目睹了他的全部雕塑真品，使我如醉如痴，不忍遽别，但我也欣赏梵高，他的金黄的向日葵，在我心中永远怒放，他那旋转的热带太阳，使我觉得整个宇宙在转动。我喜欢音乐，从贝多芬的《命运》到肖邦的钢琴曲，柴可夫斯基的《悲怆》，我近来在听亨德尔的《弥赛亚》。我是无神论者，但我从古典音乐中享受到一种神圣的沉静肃穆之美。正是这些文学艺术各个方面的融会贯通，使人产生了自己的审美的水平。有人说到一个人家的客堂或书房，便可窥见主人的审美水平，正是这种审美水平，使你产生你自己的美学，才能落笔有神，如得天助。

其次是人生的造化，人的一生像是一条长河，它有时静如止水，有时勃然狂泻，遇到岩石它则白浪滔天，蜂拥而起，遇到春风则温柔拂面，波浪涟漪。由于各人有各人不同的心境，"大漠孤烟直，长河落日圆"是一境界，"潮平两岸阔，风正一帆悬"是一境界。古人云："读万卷书，行万里路。"这与毛泽东的"深入火热的斗争"有相通之处，却是历经沧桑风雨，才能吸纳百川，使自在之物成为自我之物，所谓的胸中自有丘壑是也。人是发展的，时代是变迁的，人到老年，回首平生，方知九曲回肠，悲欢离合，都沉淀在自己命运之中，熔铸而成为自己的美感。曹操横槊赋诗，乃发慨当以慷之语，项羽无颜见江东父老，乃发悲痛之音，盖都出自心臆，从而恢宏大度，气象万千。就我个人来说，我如不参加战争，就没有今天的我。当我在东北苦战，冰封雪冻，在"关门打狗"之战略部署下，最后一战将两个美械军全部歼灭；当我走过辽沈大会战的战场，硝烟飞袭，战痕累累，真是"秋风扫落叶"，那是何等英雄的气魄；而后南下作战，历尽艰辛，从松花江零下四十度到长江的零上四十度，泥泞跋涉，炎阳似火，我横渡长江，进军湘沅。我深深体会到战争有两个方面，正如恩格斯论战争，既有拉枯摧朽，也有创造新生。最重要的是亲自看见炮火，听到枪声，多少先行者用鲜血染红大地，多少牺牲者将生命永铸千秋，正是这生命，这鲜血，造就了我的人生，锤炼了我的性格，改造了我的为人。战后一位当年在延安同听毛泽东延安文艺座谈会讲话的领导人问我,参加了战争有什么收获,我说减少了过去的腼腆,而增加了现在的坚定。正是这种经历凝成我有了自己的美学。布封所说风格即人。人的无涯的经历形成作家的灵感,有人不懂得灵感之妙处,我则以为灵感是写美文的必然之路,因为灵感绝不是痴人说梦,也不是醉汉呓语,也不是来无影去无踪的奇迹,它是丰富的现实生活的升华,在写作过程中,一触而发,泉涌而出,便成绝响。我常说:我写的长江是我的长江,要不是战争的造化天机,改造了我的性格,也就改变了我的风格,长江顺流而下,"两岸猿声啼不住,轻舟已过万重山"。只有我胸中神魄,才与长江的神伟一拍即合,我通过三峡之美,江流之险,从而探索出长江的灵魂,正是我胸中造就出我的美学,我的美学就是激流勇进之美,这是我的美学高度概括,我的永恒的人生信念与我的艺术哲学。

再其次是人品与文品,文品是《文心雕龙》至要之论,对于作家来说,养我胸中浩然之气是也。在西方文学中,我非常喜欢的是赫尔岑的《往事与随想》,这是一部长篇的美文,我爱它,是多年以前巴金译了他回忆录的一部分,成为一个小册子,名为《家庭戏剧》,我不知读了多少遍,流下多少泪,但中国没有这部世界文坛名著。巴金晚年译了第一卷,终于因体力不支而作罢。一九九〇年我到上海去看他,在书房内畅谈甚久,这好像是我最后一次到他家,他已有帕金森初步病相,临别他迈着碎细的小步,亲手从书柜中取出一函台湾版的《巴金译文选集》赠我。我回到北京读了他写的序,其中有一句话使我受到深深触动:"赫尔岑的回忆录还有四分之三未译,幸而有一位朋友愿意替我做完这个工作,他的译文全稿将一次出版。这样我才可以不带着内疚去见'上帝'。"从此我给人民文学出版社总编辑每年写一封信,写了三年,《往事与随想》全部出书了,我为之狂喜,立刻买回,通读一遍,写得太美了,太动人,太深刻了,不能不令我为之热血沸腾。为什么写得这样好,原因是赫尔岑是俄罗斯的大思想家、大政治家、大文学家,被迫流亡海外,只有赫尔岑之人才能写出赫尔岑之书。《人间词话》云:"太白纯以气象胜,西风残照,汉家陵阙,寥寥八字,遂关千古登临之口,后世惟范文正之《渔家傲》,夏英公的《喜迁莺》差足继武,然气象已不逮矣。"何谓气象,气象何来?我云:千秋风雷,万古沧桑,惟毛泽东"苍山如海,残阳如血"堪与媲美,甚而过之,以毛泽东之人,成毛泽东之诗自不逮言。我这里想说几句范仲淹,其《渔家傲》:"塞下秋来风景异,衡阳雁去无留意,四面边声连角起。千嶂里,长烟落日孤城闭。"令乡情之深切,边塞之豪情达到极其壮美之高度。正因为是这样一个元戎统帅,一望洞庭,即云"衔远山,吞长江,浩浩荡荡,横无际涯,朝晖夕阴,气象万千",已得洞庭神魄。我在陕北见一处摩崖上刻有一行大字:"范小老子胸中自有百万甲兵。"正是这胸中甲兵一拥而出,从洞庭之景追洞庭之灵魂。"先天下之忧而忧,后天下之乐而乐。"虽成千古绝响,岂人品之极致,文品之极致,美文之极致矣。

"五四"文学革命之旗一举,散文横制颓波,纵横天下,自成亘古风流,至今炎炎不熄,我以为鲁迅的《秋夜》是美文,巴金的《鸟的天堂》是美文,贾平凹的《丑石》是美文,李存葆的《大河遗梦》是美文。但人是发展的,时代是发展的,一个作家的美学观也是发展的,我国山川之秀美,大地之雄浑,人文之巍峨,日月之精华,美的物造就美的人,美的人造就美的文。辉煌灿烂,青出于蓝,以待未来,以待后人。

川端康成的不灭之美

一九九三年三月十四——十五日

读完《川端康成散文选》,仰头望着窗外几乎看不见的细细雨丝,我心中漾出一种说不清楚的惆怅之感。

这是怎么回事呢?

也许是北京初春的细细雨丝牵连着东京初春的细细雨水,从而又牵连到我和川端康成的最后一面吧!那是樱花季节的一个夜晚,在福田家的一次宴会上,我和川端斜对面坐着。整个宴会时间,只有我和他是沉默无言的。在我的印象中,他总是这样凝注着炯炯的双眼一声不响的。至于我,我的确为日本自然之美所陶醉了,我在我的名片上写了四句诗,其中两句是:"忽惊楼头一片雪,华灯刚照最高枝。"是写窗外一树繁盛的樱花给灯光照得像一片白雪的情景,那真是太美了!宴罢纷纷握手告别,川端似乎也没什么话,事隔二十八年之后想来,谁知那竟是我们最后的一面呢!

我读过散文集译者叶渭渠写的《川端康成评传》,他将这个探索美的人写得非常完美,按道理说我在这里没有什么可以再说的了。可是,想到东京那一夜晚的细雨,又勾引起川端散文中写的伊豆的雨,我的心灵里又似乎还有些意绪扼止不住。

伊豆一组散文中,我觉得最幽美的是《温泉通信》,而它一开头写的就是雨:

"疑是白羽虫漫天飞舞,却原来是绵绵的春雨。"

写得多美啊,日本樱花季节常常落着如丝的细雨。海洋气候那样温暖、柔和。我常常想日本的自然之美形成日本文化之美,如文学、花道、茶道,都莫不含有日本美那近乎女性的幽静与柔媚。在《温泉通信》稍后一段,写道:"凌晨二时光景,打开浴室的窗扉,本以为在下雨,谁知外面却是洒满月光。白色的雾腼腆地在溪流上空飘浮。"雨月呼应,美到极致,他不无感叹地说:"我常常感到雨后月夜,格外的美。"在《日本美之展现》里就把日本的美说得更明白了:"我询问一个前来日本学日本文学的意大利人:'你对日本最深刻的印象是什么?'他即时回答说:就是感到'绿意盎然'。他这么一说,我觉得比起意大利和西方国家来,日本的确是绿意盎然。日本的绿色,比西方和南亚各国那种青翠艳丽的色彩,显得深沉和湿润。但静下心来继续观察,或许会感到世界上再没有像日本的绿色那样丰富多彩、千差万别、纤细微妙的了。春天的嫩叶那样青翠欲滴,秋天的红叶那样鲜红似血。别的国家恐怕也没有像日本那样种类繁多的花草树木吧。不仅花草树木,山川海滨的景色、四季的气象也是如此。在这种风土、这种大自然中,也孕育着日本人的精神和生活、艺术和宗教。"叶渭渠的评传中多次谈到"绿韵"两个字。我觉得川端在《伊豆天城》中有一句话:"伊豆的绿,绿得带上黑油油的光泽。"对于日本的绿韵我也深有体会。有一次,在箱根听了一夜风雨,早起却是日光明亮,我乘车下山,从密布高山大壑的森林上,看到一丛丛嫩绿,在深绿树叶衬托之下,这些刚长出来的新绿,像无穷无尽的嫩绿的小花,真是美极了。

几次跟川端康成见面,除了在镰仓他家里那一回,明窗净几,款款倾谈,我发现他其实是一个热情的人;另外几次相聚,他总是用纤细的手指夹着香烟,慢慢吸着,像在考虑什么,在他周围的人似乎都不存在一样。在十年浩劫中,我一人住在牢房中。不知怎从报纸上看到川端康成死的消息，我头上像炸了一声惊雷，一时心情十分悲恸。可是那时我是没有写作自由的。但二十多年间，川端的形象总在我神灵中闪现。今天，在一九九三年第一场绵绵春雨中，我应该好好纪念纪念他了。他是一个单薄瘦弱的人，我每次看见他都是穿深色的和服，从照片上看，在斯德哥尔摩领受文学奖时他穿的也是和服。我不能说他是一个美男子，但他又真是一个美男子，当然，这不在他外形上，而在他的灵魂上。他的脸庞清癯中显出一种刚健，向上扬起眉毛，特别是那炯炯闪光的大眼睛，总是向前注视着，好像他要把整个宇宙看穿看透，把整个人生看穿看透，我想这就是我这位异国故人的独特神貌。一个人的外表不是独立存在的，它和这个人的内心世界分不开。读了叶渭渠的评传，我才理解，熔铸成川端康成之美的，有多少艰苦与悲哀，谬误与迷惑，突破与创新。当他从新感觉派回到日本传统，在东西文化结合点上寻找到他自己的道路，才创造了具有日本美、东方美的艺术。

当我回忆川端康成时，我觉得在这散文选里成为美的高峰的，还是《我在美丽的日本》和《美的存在与发现》。我又仔细地阅读了它们，我才发现川端心灵中蕴藏着的日本古文化之美有多么深，多么厚。他站在斯德哥尔摩讲坛上，他有意地向全世界传播日本之美。他先从道元禅师的和歌开始，还谈到日本的画和茶道。我很欣赏他说的，要使人觉得一朵花比一百朵花更美。茶道大师利休也曾说："盛开的花不能用作插花。所以现今的日本茶道，在茶室壁龛里，仍然只插一朵花，而且多半是含苞待放的。……要在许多山茶花的种类中，挑选花小色洁，只有一个蓓蕾。没有杂色的洁白，是最清高也最富有色彩的。"这最后一句话达到一种美学的崇高境界。我访问龟井胜一郎家，在他客室里我一直注视着壁龛瓷瓶里那一朵白茶花——真是美极了！谁知那一次也是和龟井的诀别呢?！但，无论从龟井到川端、到谷崎润一郎，他们都在美国文化冲击下，维护着日本的神圣之美。上面我讲到川端穿和服就不是偶然的，那是孕育着一个国家的美的自重与自尊。谷崎润一郎跟我谈到自己是真正的东京人，可是现在不想到东京去了，东京在战后变了，那里不像自己的家乡了。谷崎这话以及谷崎隐居热海，川端隐居镰仓和川端穿和服，我觉得这中间总有一点什么根源吧。

如果说《我在美丽的日本》说的是和服，川端在夏威夷的讲演《美的存在与发现》则更多谈到《源氏物语》，首先谈到他怎样发现美，而且他这个讲演就是从这里开头的："我在卡哈拉·希尔顿饭店住了将近两个月。好几天的早晨，我在伸向海滨的阳台餐厅里，发现角落的一张长条桌上，整齐地排列着许多玻璃杯，晨光洒落在上面，晶莹而多彩，美极了。玻璃杯竟会如此熠熠生辉，以往我在别处是不曾见过的。卡哈拉·希尔顿饭店阳台餐厅里的玻璃杯闪烁的晨光，将作为由堪称常夏乐园的夏威夷和檀香山的日辉、天光、海色、绿林组成的鲜明的象征之一，终生铭刻在我的心中。"——多么敏锐地发现美的眼光呀！而川端有这样细致的敏感，是与受日本文学的陶养分不开的。在上叙开端之后，主要是谈《源氏物语》，特别描画了浮舟。我在东京看过山本富士子演的《浮舟》，深为这一悲剧所感动。川端在国外旅行也时刻将《源氏物语》带在身边。我读日本文学也不少，总括起来我感到日本文学中常有一股清淡、纯真而染有淡淡哀愁的美。我想这与紫式部这位女作家写《源氏物语》而开拓整个文学道路有关。继承这一脉络，川端恐怕是最突出的一个。在他的小说《雪国》《古都》中都有那么一种浓郁的抒情和哀情。要是说到壮美，也只是悲壮而不是雄壮，川端自己就说过：

"镰仓晚期的永福门院的这些和歌,是日本纤细的哀愁的象征,我觉得同我非常相近。"在我写的《东山魁夷的宇宙》那篇文章中我曾说过:"我的确喜爱川端的作品,每读辄有一种清淡、纯真的美吸引了我。那像影子一样内含的魅力怎样也拂它不去,融化在我心灵之中。我实在为川端之美所感动,它像一湾清溪在缓缓流着,没有色,没有影,没有声,只有一个清澈透骨的美。"从美学角度来看,这种哀愁之美,不但存在,而且渗透在广泛的文学领域之中。当然,日本有日本美的特色。在近代日本作家中,川端无疑是这种东方美的追求者,也是获得者。

不论怎样说,川端这种美的追求与探索是伟大的。

川端引用泰戈尔的话:"一个民族,必须展示存在于自身之中的最上乘的东西。那就是这个民族的财富——高洁的灵魂。"川端自己也说过:"提高美的民族,就是提高人类灵魂和生命的民族。"

写到这里本来可以停止了。但我还要谈一下这选集中一篇特殊的,而又关系着川端整个生命结局的散文《临终的眼睛》。前两年读了这篇东西,我曾经写了题名《人生的眼睛》的短文。可是,在《临终的眼睛》中公布:"无论怎样厌世,自杀不是开悟的办法,不管德行多高,自杀的人想要达到的圣境也是遥远的。我不赞赏芥川,还有战后太宰治等人的自杀行为。"而声言不赞成自杀的人,自己却自杀了。

难道他是有意为了完成悲剧之美才自杀吗?我以为未必如此。但,总是与美有关的。作为一个美的探索者,他探索的美是无穷无尽的,但他再深入去探索,怕已经无能为力了。如果是这样,我们可以说川端是美的创造者,也是美的殉葬者。反正川端不能再活过来解答这个问题了。不过,不论怎样说,川端康成在这个世界已经留下了川端康成之美。

  川端康成说过:"美,一旦在这个世界上表现出来,就决不会泯灭。"因此,川端康成的美也就是不灭的美了。

东山魁夷的宇宙

一九九○年一月十九——二十二日

这真是一个令人高兴的日子，睡醒午觉，一位青年朋友已等在客室里，他给我送来叶渭渠译的《川端康成散文选》，还有唐月梅译的东山魁夷散文集《探索日本的美》的译稿，实在高兴，我像把美的世界一下都拥抱在自己的怀中了。

刚好不久之前，在《世界文学》上读了东山的《巨星陨落》，读罢之后，仰望窗外暮雪纷飞，颇有沉寂之感。这一篇至情至性的文章是东山写川端的，不是不知不觉间也写了东山自己吗？川端之死是一九七二年的事，当时我被关在十年浩劫的监牢里，不知在哪儿看到一行消息，我的确像受了雷轰一样的震惊，不过仔细想来这似乎也是必然的吧！我是先认识川端本人（一九六一年樱花时节）后接受他的作品的。我的确喜爱川端的作品，每读辄有一种清淡、纯真的美吸引了我。那像影子一样内含的魅力怎样也拂它不去，融化在我心灵之中。我实在为川端之美所感动，它像一湾清流在缓缓流着，没有色，没有影，没有声，只有一个清澈透骨的美。这种文学在纷乱的文学世界里，透露出人生与自然的美的素质，这实在是难能可贵的。我说它展示了东方之美，其实也正因为这个缘故，不已经进入世界之美的宝库了吗？东山我是见过面的，不过第一回见面是何时何地，我实在记不清楚了。不过，我手边珍藏着东山亲笔题赠的《东山魁夷的宇宙》两本画册，其中收有唐招提寺障壁画——《山云》《海涛》，那肯定是一九七七至一九七八年的事情。因为一九七八年我西访敦煌，小住兰州，写过这样一段话："落了几日雨，一个下午，我静静地望着窗口，窗中间巍然耸立着碧森森的皋兰山，这整个窗口就像给烟雨淋得湿蒙蒙、绿茫茫的一幅画，一阵惊喜微颤过心头，这是多么美妙的东山魁夷的画呀！"同对川端一样，我为东山的创造之美所沉醉了，不过一个在文学、一个在美术罢了。

如果是这样，我可以说东山这篇文章，以东山的心解释川端的心，就更加贴近了探索美的跋涉者深邃的心了。我永远记得在镰仓小巷深处川端家的会见，宽敞的院落里只有几株大树、一片草坪，这豁达、明净，也许正反映着川端的心境吧！川端留给我的印象是神情严谨、沉默寡言，不过从东山的文章看得出川端的心灵是炽热的，灵魂是发光的。也许正因为东山与川端都是美的探索者才能理解这样深切吧！在川端家那次交谈中间，他站起身到里面取出两位日本画家画帖给我们看，从而谈到中日两国文化的交融。我没有发现他的笑容，但他谈这些话是很温暖的。川端最突出的一个表情就是他凝了雪亮的双眼注视着——不是一种美的向往在吸引他吗？……这两部画帖不知是不是东山文章中谈起的玉堂、大雅或芜村的珍品呢？……川端探索到美，体现了美。我觉得他的美近似晚唐诗人的美，一种清幽疏雅的美。而现在在《巨星陨落》中就把这位美的探索者的心灵邂逅写出来了。美是永无止境的，因此为了美而跋涉的人必然是苦心孤诣，从而产生一种空寂的意境，这是不奇怪的。也许正是在这一点上使东山与川端灵魂相通的。在这篇文章里，东山引用川端那句话，真使我惊叹不止。他说："有一件事却留在我心中，没能写到文章里，那就是东山风景画中那种内在的魅力，精神的苦恼和不安的寂福（佛语：寂灭为乐）和虔敬，在画面上没有表现出来而隐藏在深处。"没有孤高的探索精神，能有这样深刻的洞察力吗？在这里川端不也正像一面镜子一样照出东山吗？东山这位艺术大师给我的印象是纯朴敦厚、静谧安详的，用川端的话来说是"东山为人谦逊、严以律己"。东山说过："我所理解的作品的强烈，绝不是在色调、构图或者描绘方法，而是在画中蕴含着的作者的内心强烈的激情。"从画与文看来，东山内心正是充满强烈激情的。通过东山这篇文章，我不但对川端，而且也对东山有了更多的理解，这的确是一个既意外也不意外的收获。

　　我是先接触东山的画，而后在一个偶然的机会里读到东山的几篇不长的散文。如果说他的画《路》《青响》《夕寂静》《冬华》《晚照》打动了我的心，那么我读过的那几篇散文，连同我现在在唐月梅这些译稿里读到的散文，同样打动了我的心。关于东山的文学，我在一九八八年十一月二十五日《人民日报》发表的一封信里谈过这样的话："多年以来我有一种见解，而事实往往证明这见解是正确的，就是诗人与画家写的散文，常常如热带浓郁的芬芳，别有一种颤人的情致。前者我可以举出聂鲁达，后者我可以举出东山魁夷。"为此，我曾多方向出版社呼吁出版东山魁夷的散文集。唐月梅翻译过川端的《我在美丽的日本》，介绍了川端之美，现在她译出东山的《探索日本的美》，介绍了东山之美。对我这样一个眷恋的人来说，这是太大的幸福了。当然美是不能据为己有的，我必须把这种美推荐给广大读者。

　　我常常想：一个文学家、艺术家终其一生都是在永远不停不停地探索着：

　　　　探索人生的无穷的奥秘，

1978年,邓颖超(前排中间)接见日本作家代表团井上靖(前排左五)、白土吾夫(前排左三)等,陪同接见的有王秉南(前排左四)、刘白羽(前排右四)等

探索自然的无穷的奥秘。

而两种奥秘的会合点是艺术家的心灵，只有通过心灵的净化，而后通过心灵的映现，就是人类的辉煌的创造。因此每一个真正的艺术家的作品，必然有着各自独特的心灵闪光。

比如川端和东山不但是密友而且是探索美的跋涉之途的旅伴。不过，在我细心咀嚼之下，我觉得东山的美与川端的美是不同的，他们都探索到美但又有每人不同的美的风度，如果说川端的美是清淡纯真，那么东山的美是深沉宁静。我想不能说这和东山亲密地、入神地接触大海与高山没有关系吧！东山在唐招提寺画障壁画《山云》《海涛》说是受了鉴真的人格的昭示，那么，又何尝不是东山的心灵的反响呢？我希望读者好好读一读这部散文集的文章，它们不但表述了美的共性，也表述了美的特性，东山这里的一些散文可说是打开美的窍门的钥匙。东山说道：

……我画的是作为人类心灵象征的风景，风景本身就阐明人的心灵……

……我确信倘使没有人的感动为基础，就不可能看到风景是美的……风景是心镜……河川、大海也一样，可以说这个国家的风景象征着这个国家国民的心。……

……从此以后，在我所邂逅的风景中，我仿佛听见同我的心相连的大自然的气息，大自然的搏动。……

为什么从东山的画到东山的文都有一颗温暖的诗心，不就因为他的作品都有他的心籁的呼吸吗？

写到这里，我想应该说明一下"东山的宇宙"这样一个问题了。我在这里说到宇宙，还不是从容量上说，东山的艺术与文学囊括了人生的灵魂和自然的灵魂，更重要的是从内涵上来考虑。我用这样一个题目，其实不过为了说明一个细致、深邃的问题，就是在这个宇宙里，既有主观与客观的融合，也就有爱与美的融合，从而具有巨大的创造力。请想一想，如果没有一颗挚爱的心，如何能发现美；那么，如果不是一个美的灵魂，怕也不能有这纯真的爱心吧？用作者主观的意蕴贯注给客观景象，的确，这是以自己的血液与生命来燃烧画色与文笔的。这颗心就是一个宇宙。它吸收了万象，包罗了万象，又给了万象以艺术的生命与光辉。这里面有日月星辰，风霜雨露，高山大海，一条土路，一株小草，一片雪花……这不是用"人生"或"世界"这样的字眼所能形容的，这是茫茫然无涯无际的大宇宙，而值得注意的是这宇宙之所以能通向无穷无尽的人的心灵，我想是因为东山有宇宙一般的心胸，由这宇宙的内核发出的热、发出的光滋润了万物，因而也就滋润着读者们的心田，从而在文和画里凝聚了东山所特有的爱与美。

不能说这些散文是画的解说，那样就降低了东山文学的独立价值，尽管一者用画、一者用文来表现，我以为都是东山从自己攀达到的高峰之上谱写出的心灵自白。

在这个集子里有一个句子唤起我的醒悟：

　　……冬天到来之前，树林燃烧起全部的生命力，将群山尽染，一片红彤彤……

从年龄上说，东山是长者，但我也已过古稀之年，我理解，我相信未来，我想就用东山的这种美意来结束这篇序言吧！

第四辑　远天怀人

我们的心灵在延河

　　写完《风风雨雨太平洋》这部长篇小说的最后一句，我实在抑制不住把头俯在手背上，流下眼泪。

　　书中人物的命运、心灵，和着我突然亡故的亲人的灵魂还在我心中盘旋、回荡，我一时之间无法解脱。四年之久，我苦苦写着，时时觉得他们和我之间在共同呼吸、共同前进，从而有所寄托。现在写完了，我觉得他们好像飘然而去了，一种沉重的失落感压在我的身上，我还有什么呢！

　　我亲爱的伴侣、战友汪琦走得太突然了，头一歪就停止了呼吸，这给我的打击太大了，我完全陷于瘫痪不拔之境，我心里只反复想一句话："活着还有什么意思?!"世界上是有真情在的。301医院的于霞君主任要人带话，劝我住院，从此我在病房里过了半年之久。开始，我拿着报纸只一看大字标题，头就昏了，神情悒郁，头脑昏迷，我的生命缓缓向深渊里降落。于霞君主任特别请了专家组的神经科专家罗毅教授。有一天，她迈着轻缓的脚步走进我的病房，给我做了十分仔细的检查，然后，她跟我谈话，她劝我一天写一两行，她说你们一生写作的人，如果停止下来，脑力衰退比不写的人还快。最后她说："治你的病我有信心。"经过她几次检查，几次谈话，我才明白，这一位杰出的神经科专家，也是一位杰出的心理学家，她和我的谈话就是治疗。五病室所有同志都为了我从病痛中挺拔起来而维护我、劝导我、鼓励我，希望我坚强自己，挺拔自己。我根据罗毅教授的叮嘱，每天写一点，谁知半个多月，我写出一篇短文，寄给《人民日报》，很快就发表了，这是从他们那儿传给我的一大信念。罗毅教授那句"我有信心"点燃了我的生命火焰，我痛苦，但我奋斗。有一次罗毅教授又来看我，我告诉她："我可以写五百字了。"她说："好了，就停留在五百字。"正是这五百字，唤起我文学生命中的第二度青春。我想既然每天可以写五百字，我为什么不写我酝酿已久的那个长篇小说呢？何况这个长篇小说是我和汪琦一道构思的，我们俩常常坐在客厅里交谈，是她提出我没有写一部以女性做主角的书，正是这个意见使我塑造了《风风雨雨太平洋》这部长篇小说中的主角王亚芳，但是酝酿几年，总不能落笔。不过我想写抗美援朝这个题材，经过几十年历史的沉淀，到了新的历史，新的时代，如果还是按照跨过鸭绿江，进行剧烈战争，取得胜利这个旧的公式来写就没意思了。经过长期思考，我意识到必须写一部规模宏大的书，把抗美援朝战争提到世界意义上来处理。因此决定以抗美援朝战争为主线，上溯一百多年前的华人在美国修铁路，下延到现代中、美社会生活，这样，这一场震撼世界的战争的含义，通过人的命运、历史的命运，提高到正义战胜邪恶的人类哲学的高度，不局限在朝鲜半岛，扩大到太平洋——就是扩大到全世界。文学是以感情动人的，通过一条爱情线索，写出坎坷困苦，悲欢离合，从中展现出中华民族伟大的神魄，这样从今天的视角写几十年前战争，我称那场战争为美国的滑铁卢之战。我为这部小说确定这样一个设想，在时间的跨度上、地域的跨度上，必然要采取时空交叉的手法，不过，这是现实主义。我认为现实主义不是永远一成不变的，福楼拜的现实主义就不同于巴尔扎克的现实主义，何况又前进了一个半世纪之久。现实主义只有吸收新的创造，才有新的生命。这是人生的现实、历史的现实、悲剧的现实，

80年代初,作者在家中与夫人汪琦合影

不过这不是悲哀,而是悲壮的现实。人,伟大的人,可以战胜一切,创造一切,正是这精神的凝聚,也许就是我这部书的主题。我同汪琦商谈数年之久,但总不能下笔,写散文开端难,写小说开端也难,谁知当我从苦涩的灵魂中崛然而起时,我却很顺利地写了开篇。

我写这部书有利的条件,是我参加了抗美援朝战争,我熟识在残酷暴虐战争中不屈不挠的朝鲜人民;我到美国看到美国正反两方面,我结识了很多善良友好的朋友,也看到根深蒂固的种族歧视的恶势力;当然,我也从那场惨暴战争中看到我们中华民族不可战胜的凝聚力,我理解到这是整个世界、整个人类的命运和运动。可是当我构思的一个大世界在我面前展开时,我还需要一些具体、生动的细节,特别是哈佛大学,我没有亲眼看到过,就不得不乞求于第二手材料作为虚构的素材。于霞君主任作为交换学者是住过哈佛的,我要求她跟我谈谈波士顿。但作为一个大的科室主任,不断有危难病人需她抢救,可是她还是热心地满足了我的愿望,她说:"我介绍一位比我还熟悉的人跟你谈。"不久,有一位年轻的白衣天使到我这儿来了,这就是"神经科主任王鲁宁"!

我握住她的手,我不无歉意地说:

"你是忙人,我怎忍占你时间。"

"我老师(指于霞君)给我任务,我一定要完成。"

如果说罗毅教授给了我人生的生命,那么王鲁宁主任则给了我创作的生命。她诚挚、她热心到我病房来,跟我谈了多次,而且给我找了画册和书籍。

我还需要国内上医科大学学神经科的材料,恰好我的保健医生蔡建辉的妹妹蔡艺灵正是这样一位专家,她抽出宝贵的时间,详详细细跟我谈了她自己的经历。

我掌握了这些材料，以每天五百字的进度，进入了这部小说的写作。我有了寄托，心情从悲恸中渐渐解脱出来，我的脑子完全扑在我所塑造的人物的命运、造化之中，我写到悲恸处常常流下眼泪，不过这不是失去亲人的悲哀，而是我所写的人物的命运的触动，当然在我塑造的人物的命运中也含着亲人的命运。但我在创造我自己的一个世界，我的心胸越来越开阔。我的病症也渐渐好起来了，我在医院住了半年，有一次罗毅教授来了，我跟她说：

"罗教授！我想我可以出院了。"

她说："你回去行吗？"

我明白她的意思，我真是万分感谢她，她让我写作，就是让我转移思念，我已经足够的坚强了，我就说：

"我可以了。"

果然，我回到家里，没有一个休息日，坚持每天五百字。这四年里，我特别要感谢郑秋囤主任，非常关心我，给我特殊关切。我每次住院，一边治疗，一边写作，每天这一小时就如同跟我失去的亲人对话，我从中得到莫大的安慰与鼓舞。我以顽强的毅力，整整写了四年。到1998年3月，这一天，当我写到结尾处，我感情澎湃，无法抑制，我违背了罗教授的规定，一口气写了一个上午。我写完了，但我觉得对话四年之久的亲人忽然离我而去了，我一下扑倒在书稿上，我太苦太苦，太累太累，但我写完了！

当我把全部校样看完，《风风雨雨太平洋》全部完工，我打电话给罗毅教授，我向她报告全部书完成了，我也没有隐瞒，把那一个上午突击的遭遇也说了。我说："最后一天我没听你的话。"

她听了说："那是很危险的，以后不能这样。"

1990年金婚在杭州

她那温和而关切的声音还在我耳鼓里回响。

我放下电话，回到沙发上，我潸然流下眼泪。我迈过神圣的门槛，完成了我的使命。

是的，这部书是用血写的。但是在我的心血中凝聚着汪琦的心血。她生前为这部书提出很多精辟的意见，在我写作中时时触发我的灵感，我一面写一面觉得她在看着我，投出期望的眼光；有时在梦中还跟她商量着一个细节、一种情思，是她精心、执着的品格，给予我以创作力量。她不在人间了，但我的心灵还受着她的扶持写出我最后的一部长篇小说。我拥抱了一个大宇宙，我剖析了一个大宇宙，是它告诉人间：什么是崇高，什么是罪恶，作为人应当选择什么样战斗的道路。当然只要我生命在，我的心火就会燃烧，我一定活到底，革命到底，这是我们的人格，我们的理想，我们生命的霞光。

汪琦去世已经四年了，但是我们的情感还像延河水一样在我心中清波荡漾，正是在延安茂盛的波斯菊的清香，培育了我们深深的情爱。如果这部书里留有她的品德与风度，也就算我对她的纪念，对我的誓言。我用一句话表达我们共同的信念，这句话就是：我们的心灵在延河。

上海的春风

2001年,新世纪的晨钟声里,我有上海之行。

我所以去是因为再过一段时间,我和巴老结交就六十五年了。如果等到三十年代见面的那一天再去,我就失去了和巴老共同跨入辉煌光大的新世纪的第一年的机会,因为前些年巴老几次跟我说:"老朋友在杭州见见面。"于是我终于接受了他的邀请,有一次他在西子湖边度夏时,我也到了那里,临别,我们都说:"一同携手进入二十一世纪!"现在进入新世纪了,我们不应该携手同行吗?

原来,我只想去两三天看望一下巴老就回来,谁知金炳华同志把我要去上海的事报告给市委,这一来事情就弄得隆重起来,一切由不得我了,上海同志的热情非常感人,他们另外设计了日程,小林也说:"刘叔叔来,怎能只见一次面。"

我下飞机到了住处,休息一下,就由上海作协党组书记任仲伦同志陪同径直到华东医院巴老的病房,小林一见就说:"爸爸知道你来,老早就醒来等着了!"我立刻朝升起来的病床走去,我把手刚刚伸到他胸前,他的一只手就紧紧握着我的手,我没想到他的手是那样有劲,当然我理解这是他的感情的表现,这是他的语言的表现,这是他的生命力的表现,巴老不是衰弱的,而是坚强的,他一生的力量凝聚到今天。小林在旁边拉起他的另一只手说:"那样握着刘叔叔太累了。"哪里晓得他这只手过来,并没放松原来的那只手,就这样两只手紧紧攥着我的两只手不放——这是我们之间漫长的六十五年的深深的真情啊!我原来还叮嘱自己不要激动,现在心灵之中一下潮水一样波澜激荡。我仔细看他，他虽然病重但并不衰弱，脸是健康的润红色，眼珠很明亮，脑子很灵活。这时周围忽然一阵骚动，当我说："巴老！我想你。"原来多时不能说话的巴老，现在却突然冒出一句话："我……也想你呀！"这简直是奇迹，我忍不住眼泪哗的一下流了下来。

我爱江南之春，这次三月来，温润而柔和的春风吹在我的脸上，整个心身觉得舒畅极了。我明白这不是一般的春风，是新世纪的第一阵春风啊！有一天，我们到浦东，在如长剑锐立天空的东方明珠旁，一左一右多了两个银色巨大圆球，原来是国际会议中心，我们走入准备给外国元首居住的左一圆球高楼，临窗用餐，我的眼前脚下就是黄浦江。这条上海的母亲河，浩浩荡荡，蜿蜒曲折，这天天清气爽，阳光闪耀，黄浦江连通像万重高山一样银色的浦西，像一条飘带在春风中袅娜飘荡，使我想起巴黎的塞纳河，贝尔格莱德的多瑙河。黄浦江，你是世界上一条最美丽的河流。上海真美啊！

我去看了老战友陈沂、马楠，啊，马楠并不像传说的那样，并不坐轮椅，走得很好，倒是陈沂明显地衰老了。来到这里就有回家之感，算起来，我们在太行相识至今也六十五年了，那时马楠才十九岁。临别，马楠送我到门口，说："还要再见一面。"果然过了几天，想不到两位老友竟到我住处看我，他们请我吃饭，在饭桌上只有我们三人，我们谈的时间很长，亲密无间，言之不尽，将过去几十年风雨沧桑中回避不谈的都谈了，这真是交心之谊。

张瑞芳、周小燕来，我留她们在我住的总统套间的华丽餐厅里吃饭。

请靳以夫人陶肃琼同南南来，谈了一上午，留饭。

我原来以为杜宣可在家里见面，谁知他也在华东医院，我去看他，病房窗台上满是芬芳的鲜花。

上海变化太大了，完全是副新世纪面孔，一切新建设真是"山阴道上目不暇接"。一个夜晚，我去了大剧院，北京没有大剧院，上海有了，我为此而骄傲。建筑气势宏伟，又精雕细刻，最使我动于心、醉于魄的是他们引我到走廊上，从这儿俯视人民广场，楼丛中一大片绿地，万千灯火如碧海群星。我们还到了上海博物馆，最动我心神的是青铜巨鼎，仿佛如见千古巨人。

使我享受上海春天之美莫如浦东领导约我畅游世纪大道。啊！春天真的到了，白玉兰花开放了，在碧绿草地之上如一点一点雪花，江南春色，玉软香柔，他们请我到一家江南饭店吃饭，我最喜欢吃上海菜，在北京也找上海的馆子吃，这次真是饱餐上海风味。最使我如痴如梦的莫如叶辛精心安排的城隍庙百年老饭店，吃到最美的上海本帮菜，浓郁的香醇的上海饮食文化，使我倾心一醉。

上海空中的春风就是上海人心中的春风，我很感谢市委副书记龚学平在东亚饭店为我饯行。是的，我爱上海的春风，但我不能把它带回北京，可是我可以把上海春风深藏我心灵之中，让它永远明亮。

上海此行，看了巴老三次，最后是向他告别，当我辞出到病房门口，他还高高举起右臂向我挥手。

1995年作者在华东医院,送巴金《刘白羽文集》

红　烛

岁暮天寒，远天怀人。

这几天我的心灵深处，总闪着我最好最老的朋友靳以的温暖的微笑。靳以微笑是他脸上的热情，是他心地的善良，虽然他离开我们几十年了，可这笑容总告诉我他还活着，他的生命之火还在燃烧，这可能与他的女儿南南刚刚寄来她写的《从远天的冰雪中走来》(靳以纪传)有关。我坐在沙发上看书，不知不觉窗外已经大雪纷飞，我爱雪，这雪又把我和靳以联系起来了。

靳以是一个非常热情的人，他的热情就像一团火，是他人生最大特点。他年龄比我大六七岁，但是一见如故，书信不断往来，他的友情犹如春天的风、夏天的雨滋润着我的心田，融合着我的情谊。一九三六年三月我在《文学》上发表了第一个短篇小说《冰天》，他给我写信更多了，总是督促我多写。一九三六年底我收到他一封信，约我一九三七年元旦到上海见面，离我们在北京一见已经一年多了。我收到信立即动身去上海，上海家家关门闭户，过着新年，整个一片寂静。我在德邻公寓安顿下住处，就到文化生活出版社，给靳以留了封信，告诉我的居处。谁知下午，靳以就来了。他的胖胖的脸上涨满红晕，显然是急急忙忙奔走出来的，靳以还是那样，说话很快，没有坐下，就说："咱们去吃饭去！"我们到了北四川路一家广东菜馆，巴金已在一只桌前等我们，使我十分惊诧，也使我十分高兴。饭后，巴金忽然说："你可以出版一个短篇小说集！"我怅然说："可是我一篇剪报稿都没带来。"巴金递过一沓稿纸，原来他已经为我编成小说集《草原上》，他说："只需要你再看一遍。"这时我才理解靳以要我来上海的深意。我在上海住了十几天，靳以差不多天天来看我，为我举行了多次聚餐会，认识了黎烈文、芦焚、孟十还、雨田，从二十世纪三十年代起，我们结成文学上一个友谊集团，我同靳以、巴金特别亲密，叫靳以方叙，叫巴金芾甘，从此以后靳以实际上是我的兄长，我有什么事都跟他商议，他也帮助我安排生活。比如一九三七年春天，我和张天翼住在葛琴故乡，江南三月，草长莺飞，一片碧绿，住了一段时间大家分散了，我到哪儿去拿不定主意，就到上海找靳以商量。我原有意在上海找个亭子间，靳以不赞成，他说："上海文艺界太复杂，我看你不如回北京专门写作，你写稿子寄给我，我给你安排。"就这样，一直到一场民族大流血爆发，把我们推向各自的道路，靳以自称这是他的一个转折点。他写的一篇文章《从个人到众人》，是具有远见卓识的。就是在复旦大学，与广大热血青年相结合，使他成为一个进步教授。同时，他一直又不停地编辑刊物，通过这条线，他又与文学青年密切联系，燃烧起胸中的火焰，决定性地走向了革命道路。

仰头一看，不知不觉天上已落起绵绵大雪，我的眼光，我的心思又转到冰雪中走来的人。也许由于靳以在天之灵的召唤，我拿了手杖，乘电梯下楼走入神圣洁白的世界。我同靳以都是北方人，而且都到过冰城哈尔滨，我们曾经好几次互说那个圣彼得堡式的地方，我们都爱那里，而且我觉得火一样灼人的冰冷。今天，我在雪中慢慢行走，雪花一扑到脸上就化为了水点，冰雪把大宇宙冲洗得如此清新、净化。一边走我仿佛一边就跟身旁的靳以谈话，谈着我的爱心，忽然间我觉得从天上掉下一本《圣经》。我记得靳以的一篇文章,《从个人到众人》,我听到他的心籁,我听到他的血流:"我首先从他们那里得到勇气,也得到这么多年所从来没有得到的慰安,在我的生命中,这是一个极大的转折点,使我一个人投身到众人之中和众人结合成一体了。"他是一个一直寻火的人,在抗日战争炎炎烈火、艰险危难中,他自己的生命之火与广大人民之火相互融合,正是这铸就了靳以这个追求革命的人。

他给我印象很深很深的是他跟我谈他要求入党的如饥似渴的心情。由于张春桥之辈的故意为难,拖延数年不能解决。他跟我谈起此事,非常痛苦,他脸上焦急的表情,使我非常感动。我把这件事向组织上报告,后来中央有关领导部门进行干涉,他入党了。一次他为了《收获》的事到北京来,一见到我他本来红红的脸更涨得通红,紧紧握着我的手,我也异常地为他高兴,我们是亲爱的同志了。

前几天又读了一遍靳以的《红烛》,他非常深刻地写出革命者的人生。"红烛仍在燃烧着,它的光越来越大了,它独自忍着那煎熬的苦痛,使自身遇到灭亡的劫数,都把光亮照着人间。"这里说的不就是他自己吗?我仰望苍天,落雪纷飞,他的灵魂还在天穹闪动着微笑,他就是红烛,红烛就是他,他消磨尽一生血泪,照红了人间。靳以!你这不熄的红烛呀!你没有离开我们,你还与我们同步前行。

鲜艳而铁一般的新花

1987年4月5日,一个晴和的春日,我和默涵、雪垠到北京医院看望曹靖华同志,祝贺他九十岁诞辰。我放轻脚步,进入病房,惟恐惊醒卧床病人。谁知一看,曹老却端端正正坐在沙发上。他的儿女苏龄说:"听说你们要来,从早晨八点,就坐在这儿等你们了。"老一代人敦朴、严谨、谦逊、热诚的风范,立刻感动了我。

我1935年和曹老相识于北平,距今已52年。那时,我虽已在报刊上发表文章,但还是一个19岁的幼稚青年,曹老已是几个大学的出名的教授,可是,他对我那样平等相待,真可说是"忘年之交"。那还是"一二·九"火热斗争的年代,我们常常聚集在中国大学一个树荫笼罩、光线幽暗的厅堂里,纵谈天下大事,一种爱国主义热情冲击着我们,那会上对于国民党黑暗统治的抨击是很激烈的。我留下最深刻印象的是,1936年高尔基病逝的噩耗突然传来,这位无产阶级伟大文豪是我们的精神支柱,他的逝世当然掀起我们内心的悲痛,我们要设法悼念,但在国民党白色恐怖之下,又怎能容许做出这种活动。后来想出一个办法,就是在美国势力控制下的燕京大学举行这一集会。当然这是对黑暗统治的一次示威行动,去参加集会还是要冒着生命危险的。但会终于开成了,我和曹老从头到尾,站在楼上,一位年轻人发言时,由于感情激动竟号啕大哭起来,那是多么庄严、深沉的国际主义情义回荡在人群之中呀!这回在病房里,我谈起这件往事,曹老两眼一闪,带着豪迈的胜利快感说："对，我们追悼了高尔基。"

　　接着，我们又谈起当年一些熟人，曹老对人总是那样敦厚、虔敬，他好几次讲："吴承仕（当时中国大学文学系主任）做了很多好事。"自然，也讲起齐燕铭，曹老说："他那时很活跃。"燕铭临终前，我和曹老都到医院和他作最后诀别。燕铭已完全失去知觉，我们望了一阵，就在病室外哀痛地、沉默地坐了很久。夜深了，医生向我们示意，终须要走了，曹老却不肯走，径直又往病室走去，大家知道如果去了，他一定会号啕大哭，便劝阻了他，他对故人的情意是何等地深重啊！

　　曹老不老，一讲起话来，还是头脑清晰，神情焕然。他的面型，他的体态，没有变化，眼光还是炯炯发亮，只是头发白了、眉毛白了。从他的病，他跟我们谈起一段早年的回忆。他说他是"十月革命"后第一批到苏联去的，同行者有刘少奇、王若飞。不料一入苏联国境，就由于红军和白军正在西伯利亚交战，铁路断绝，他说："我们是凭着两只脚，走到海参崴的。"后来，在去列宁格勒的火车上，第一次看到戴红五角星的苏联红军，红军得知这一批中国人是中国共产党介绍来的，立刻亲切备至，热情欢迎，把他们从普通车厢请到头等车厢里去，进行各种款待。可是，那是苏联饥馑和困苦的年代。曹老在列宁格勒大学教书，生活十分清苦，就得下了这个哮喘的毛病。他说："我现在住院还是治这个毛病，苏联医生当时的诊断，跟北京医院医生说的一样，因为科学是一致的。"

　　要讲曹老从精神上给予我的哺养，还要推到更早的1931年。那时我在上中学。因为酷爱新文学，我几乎天天到东安市场书摊上去，日子一久，跟一个书商就熟识起来。我从他手里偷偷买了两本禁书，这就是鲁迅译的《毁灭》、曹靖华译的《铁流》。我还记得那灰色的封面，精美的装帧，尤其是毕斯克列夫给《铁流》作的那几幅木刻插图，我真是爱得不能释手。当然，这样的书，就是在家里也得藏起来，等夜静更深，才在昏黄的煤油灯下阅读。瞿秋白在给鲁迅的信中说："《铁流》和《毁灭》的出版，应当认为是一切革命文学家的责任。每一个革命文学战线上的战士，每一个革命的读者，应当庆祝这一胜利。"我当时只是一个朦朦胧胧对革命向往的人，但正是从《铁流》里，我看到一幅新世界悲而壮的图像，我听到一曲悲而壮的歌声，《铁流》点燃了我年轻心灵的火焰，所以，曹老是我的老师，虽然我没听过他讲课，但这部书却把我从那时引导到现在。我相信《铁流》这火焰是不会熄灭的，它会永远照亮人们前进的途程。

鲁迅、曹老这一辈人，是永远令人肃然起敬的。在那黑暗的年代里，他们茹苦含辛，舍生忘死，一点一点地播散着革命火种。《铁流》《毁灭》的出版是不容易的。将苏联革命文学引导到中国来，就是为了烛照中华民族的灵魂。1930年，鲁迅应神州国光社之请编辑了一套"现代文艺丛书"，其中就有《铁流》。后来，国民党反动统治的压迫愈演愈烈，书店害怕不敢出，这时，为真理而执着战斗的鲁迅，坚决进行抗争。1931年，鲁迅致曹靖华的信里说："但兄之《铁流》不知已译好否？此书仍必当设法印出，我《毁灭》亦已译好，拟即换姓名印行。"书店不肯出，鲁迅就自己拿出一千现洋来印。我们常常记起鲁迅拿到青年买他书的钱，还感到那青年身上的体温，因而每当提笔都想到对青年的责任；那么，用自己呕心沥血换来的一千现洋印苏联革命文学书籍，输送给广大青年，不是我们也能够从书页上感到先生的体温，不是同样感人的吗！是的，这就是坚韧的战斗，默默的战斗，而曹老与鲁迅之间的深厚友情，也就是在这无涯的苦战中建立起来的。

不记得谁问："曹老，你从苏联回来，怎么没到上海而留在北平？"

曹老说："有很多人劝我去上海，可是我在北平有许多事好做，主要是东北大学，那里有党组织领导。我在那里教书，我们挤不进北大，那里有胡适之。当时，学校经济拮据，说没有工薪钱，我说，你给我钱我不一定来，你不给我钱我一定要来。"

九十老人这朴实的话，真是金石之言，掷地有声，这正显示了曹老的风格、骨气、士风之如何可贵。

曹老说，鲁迅在上海，我在北平，可我们通信很多。我原来住在小汤山养病，是范文澜把我拉进城到女子文理学院教书，当时发生了日本飞机投炸弹的事，鲁迅写信说：你在小汤山住得很平安，你一进城日本飞机就来炸你了……"他说炸我来了！"说到这里，他笑起来，笑得那样爽朗纯真。病房中谈话，曹老几次说到东北大学，我想这同那里全是由白山黑水之间逃亡出来，有着血泪斑斑国仇家恨的青年，不能说没有关系吧！其实那时，鲁迅也是劝曹老在北平的。1933年10月31日鲁迅信云："我也以为兄在平，教一点书好。"1935年5月22日鲁迅信云："上海所谓'文人'，有些真是坏到出人意料之外，即人面狗心，恐亦不至于此，而居然握笔作文，大发议论，不以为耻"，从中好像透出一点信息，是希望曹老不加缠在那些明争暗斗之中，而能在北平做些踏实工作。曹老虽然不像鲁迅在上海那样要侧着身子战斗，以防后面的暗枪；他除了不辍地翻译苏联文学，还与"一二·九"运动中那些热血青年紧密联系起来，进行着另一种坚实的战斗。

抗战爆发，我逃出北平，听说曹老舍不得他那些藏书，要加以安置处理，还未出来，着实为曹老着急、担忧。从那以后，中华民族进入了血与火、生与死的大搏斗的年代。我们再见面是1944年在重庆，我住乡间，曹老在城里，只在一些集会场合见面。新中国成立后，我在中国作家协会工作那段时间里，茅盾、老舍、曹靖华都是书记处成员，作协有关外国文学工作就由曹老承担，他主编《世界文学》，因此我和曹老经常有接触。由于这些位老作家身上具有的崇高美德、长者之风，书记处会议的气氛，总是那样彼此尊敬，十分融洽。大家不是为了这一人，这一派，都诚诚恳恳为着中国社会主义文学大目标而工作。这一天，在曹老病房里，我又想起这段往昔，还不免心潮澎湃，因为在与他们相处时，我确很受熏陶，很受感染。我以为以鲁迅为首那一代作家良好的风尚，至今还是我们应该学习、继承和发扬的。尽管每人有每人个性：鲁迅横眉冷对，茅盾深沉平静，老舍幽默含蓄，曹老纯朴敦厚，但他们有一个共同之点，就是都有深厚谦逊、品格高尚的美德。因此，从"五四"以来，我们革命文学队伍的风气是好的，保持而延续这种风气很重要。当我发现文学界某些不正常的、消极的现象时，常常十分感慨地想到作家的人与文这个问题。这是我这次到病房来看曹老，一下从1935年想到现在，感触最深的一点。我觉得愈是大河流得愈广阔、深沉、平静，愈是小河就愈喧哗、跳荡、嚣闹。我觉得有好的人品，才能有好的文风；是令人灵魂崇高，还是令人灵魂卑贱，这不能说不是有关社会主义文学发展至深至大的问题。应该说，这一次到病房来，曹老的精神又一次教诲了我。

曹老写了很多优美的散文，这一次我自然也谈到这个问题。

曹老白眉一挑高兴地说："出版社要再版呢！"

当年，他送给我一本散文集《花》，由于它的丰富的内容，还由于它精美的装帧，我爱如至宝。

书名的"花"字，是郑板桥的字，真美，一下点活了整个封面。

曹老笑着告诉我：

"郑板桥这个字是我们托人寻找来的。"

《花》中有回忆鲁迅和秋白的血泪文学，也有抒写大自然之美的文字。《花》这个书名就说明曹老有一颗爱人，爱生活，爱大自然的纯真的心。1981年，我患腰痛病，医生嘱到广州从化做温泉治疗。见到曹老，曹老说："去吧，从化那里真是花海啊！"他说这话时，眉宇间透露出一种深挚的爱。这说明，他散文中的花，正是从他心灵中生长出来的花，这些花说明曹老对生活的爱心的深化。我想，一个人如果没有这种爱心，也不可能几十年如一日地默默战斗吧！

苏龄说，曹老昨晚摔了一下，今天有些颤抖，平时比今天还要好。可是，这次见面，曹老如此精神焕发，也还是出乎我意料之外的。他不肯放我们走，我想他胸中还有很多激情要向我们倾吐。但是，我们怕他太累，还是握手告别了。苏龄要送我们，我劝她留下照顾父亲，她说："不行，我不送你们到楼下，他是不依的……"

这天阳光格外灿烂。

我坐在轻驶的车上，我默默想起鲁迅在《铁流》编校后记里说的一句话：

"鲜艳而铁一般的新花。"

这讲的何止是《铁流》，曹老本人不就是"鲜艳而铁一般的新花"吗？我祝愿这花开得更加茂盛。

奔腾的大海

——怀念柯仲平同志

在我无穷的记忆之中，有一个永远美好的记忆，那就是对老柯的记忆。

如若可以把自己漫长人生经历中所结识的人比作群星，那么，老柯是其中一颗有着独特风采的、发亮的星。当我沉静下来，沉静下来，怀着深挚的友情与怀念，我想寻求一个简洁的形象来形容老柯。我曾经称他是风与火的诗人，但我觉得不贴切。经过久久的思索，我觉得足以表达老柯的精神世界内心木质的，还是奔腾的大海。

我为什么用奔腾的大海来形容老柯，这得像从茧里抽丝那样，从心灵深处抽出回忆，连同着悲痛的回忆。缅怀故人，这总是充满辛酸和痛苦的。为了不让心真的碎了，去年，我曾写了两句诗："年来几许伤心事，多将笔墨奠亡灵。"我曾下决心决然不再动笔写这类文章。鲁迅写过一篇《为了忘却的记念》，其实是永远无法忘却的记念。果然如此，那么，我宁以默默的怀念寄托我的哀思，也就够了。而今夜月光如水，在沉静中，却出现了老柯的形象：他总是洋溢着粗犷甚至狂放的神情，在满脸黑胡髭中，有一双聪明与智慧的大眼睛，这脸庞上有一抹亲切、甜蜜的微笑。他永远豪迈地迈着大步，伸出有力的双手，把你狠狠拥抱起来，而后，推开一些，仔细端详，哈哈放声大笑起来……

老柯！多少次分别后再见的时候，你这种神姿，仿佛今天又活生生地出现在我的眼前了。但你是永远永远从这世界上消失了,但你的精神却永远永远像火焰燃烧着天地。

我认识老柯是我刚到延安的时候,老艾(艾思奇)带我去看他。而他个人使你毫无选择余地,一见之下,彼此之间就把整个心都交付对方了。老柯像镜子一般纯净,像火焰一样炽烈。当他用大手沉重地拍着你时,使你感到这个人这样牢固、可靠。如果说一个人入了党,才有了自己真正的生命,那么,我这真正生命的到来,是和老柯紧密联系着的。

1938年,我陪同美国朋友卡尔逊到华北我游击区辗转五个月,硝烟战火,狂风暴雨,抗日战争的烽火,锤炼了我的心灵。回到延安,一个秋夜,老柯把我叫到院里,来到一株老梨树下,我脊背靠着树身,他一手撑在树枝上,他的声音那样庄重、那样柔和,一下使我全身血液凝聚起来。我静静地听他说:"白羽!……党考察了你,决定吸收你入党!"泪水从我的眼眶中流了出来,我一时说不出话。我不仅仅是在冒着战争的狂轰滥炸,到处流浪漂泊时,我没有家;就是在封建礼教旧社会里,吃着母亲的奶长大,我也没有家。而现在,我找到了家,真正的家,真正一生的归宿,这个家就是党啊!从此,延河的水,高原的风沙,山谷中的花朵,蓝蓝的云天,都有了新的光彩。如果说我心灵是有一团共产主义之火,这火是老柯亲手点燃的。

老柯是用满腔热血写诗的人。延安大轰炸后,我们大家挤在南门外一眼窑洞里,老柯、柳青、林山、我等十几个人睡在通铺上。每到夜晚,在一盏微微黄晕的麻油灯下,老柯把他写平汉路工人的长诗朗诵给我们听,随着诗情的进展,他时而神情悲怆,时而满面春风,那真是毕生难忘的夜晚啊!老柯常常登台朗诵,在一些同志拖长声音悄吟浅唱时，老柯的朗诵别具一格。老柯是个火一样通明透亮的人，他朗诵时，袒露出豪迈的心胸，他站在台口，两腿像两根铁柱，挥着大张开五指的手掌，整个形态完全融合在诗的意境之中，有时微合两眼，低回吟味，有时像火山爆炸发出霹雳般最强音，他的精神威力一下镇住全场鸦雀无声。老柯朗诵完全是忘我的。我记得有一次在合作社里吃饭，他站立起来朗诵，另外一张饭桌上，有几个女孩子叽叽笑起，老柯突然停止朗诵，伸手一指，猛喝一声："你们这些女子！不要妨碍我崇高的朗诵！"

古人论诗有所谓"歌杨柳岸晓风残月"和"铁板铜琶，唱大江东去"，老柯自属后者，不过他已发出新时代的呼唤，没有一点矫揉造作，而是长江大河，一泻万里。老柯常常即兴吟诗，出口成章，虽讲韵律，不计工拙。其实老柯写诗是仔细斟酌、反复推敲。还是在延安城内教堂住时，夜深了，我们睡醒一觉，还看到他窗上灯光亮着。我亲眼看到他，把写得不满意的稿子丢在一边，一遍又一遍重新写过，一个章节不知要写多少遍。

他是一个真正人民的诗人。在我们这些到延安来的文艺工作者中，老柯是远在延安文艺座谈会前，就走着深入群众的正确道路极稀罕的一个。我们成立了"文抗"（中华文艺界抗敌协会延安分会），他留在"边区文协"，他经常带领秦腔剧团到乡间去。他身披短皮袄，头扎羊肚毛巾，脚踏土布鞋，留着一把长须，完全是个老农民样子。他与边区人民血肉相连，从《边区自卫军》到《刘志丹》都是他深入人民生活的结晶。他的诗确实发出人民心声，老柯为他的诗真正呕心沥血。特别难得的，是从他的诗中看出他的真性情，里面掺不得半点弄虚作假。老柯诗如其人，是纯金，哪怕这金还没铸成形，但从粗犷中发出金的闪光。

在延安那段时间，我和老柯相处，我常常寻思着了解老柯。我1938年访问敌后，为神圣的人民战争所吸引；入党后，我要求到河北去打游击。我觉得在民族生死存亡关头，留在后方写写文章，没实际意义，我要求投入战火之中真正作血与火的搏斗。老柯很支持我的要求，经中央组织部批准，我途经太行山，北方局却把我留下来交付了写朱总司令传的任务。我没能到河北去打游击，又回到延安。这时，杨家岭"文协"那地方改为"文抗"，老柯搬到一条深深的山沟里去。有一次我到他那儿去，他畅谈他流浪的经历，谈到夜深，我就留宿那里。清晨起来，老柯和我站在窑洞前的坪场上。这时，整个峡谷都为弥天大雾所掩盖，那乳白浓雾，使你觉得我们不是站在西北高原之上，而是站在茫无边际的大海之滨。这时，我突然由海的幻想，一下想到老柯这个人。他胸襟开阔，热血沸腾，我觉得比拟老柯最恰当的是海。那天我写了一篇文章，叫《海的幻象》，在《解放日报》上发表。对这篇文章，有同志说看不懂，我完全同意，确实看不懂，因为我没有在这里面具体地点明老柯，其实我以海拟人，想的是海，写的是老柯。

我敬爱老柯，可是在战争中，长期分手，天各一方，再见面，已是解放以后了。由于对刘志丹的不公平的诬陷，使他写的关于刘志丹的万行长诗，不得不毁了重写。那些年，他的生活道路、创作道路是历尽艰辛、坎坷不平的。但，老柯强如磐石，坚如硬铁。他写到最后一息，他没有写完。不过我要公正地说，错误的历史，毁灭了一部本可光耀人寰的巨著，这是我们生者永远的悲痛！老柯的逝世是突然的，不过，对于老柯是不能以眼泪来纪念的。老柯确实是一个高举着火炬，穿过暗夜，寻求光明，和光明拥抱的诗人。当他一旦获得光明，他便在光明中消失了自己，光明中有他，他化为光明。他的生命没有止息,他活的时候是奔腾的大海,他死了也还是奔腾的大海。大海无比深,无比阔,永远汹涌澎湃,永远奔腾呼啸。

追踪岭南派

我不知从什么时候开始迷醉上岭南派的艺术。

最初大约是看到一幅高剑父的山水画,前面是一派积雪的岩石,从石丛中拔地而起——给狂风折断的老树秃柯,远处云雾弥漫,露出雄健坚挺的群峰,在苍莽浑厚之中,逗人心意的是那枯木长出劲柯、细枝,而在一树枝上,蹲着一只白鹭,这一点染,使得全画生气盎然。这幅画给我的印象太深了,我反复地观摩,打破了我南方是杏花春雨,北方是易水萧萧的这一故有的观念。这沉雄奇伟的画风,使我开始了对岭南派的追踪。

可惜我的追踪太晚了,有一年到了广州,我立刻赶至画店,决意搜集岭南派三位开山人的书画,我得到了高剑父一副对联,笔墨纵横,韵味雄浑,联曰:

海吸长河远,
天包大地圆。

这气势何等逼人,何等催人。

另得陈树人一幅画,画的是一丛水仙。陈树人在色彩上最喜绿色。他曾说:"宇宙皆绿色……非此沉静之绿,更有何色以当之。"这画中水仙的绿叶,绿得那样鲜、那样嫩、那样浓,衬着雪白的花朵,娇黄的花蕊,此画诚为陈树人风格之至美者。

使我怅然的是我没找到高奇峰。但我却觅到两只手掌大的一张残片，我戴上老花眼镜仔细辨认，竟是高剑父的一首诗，真太珍贵了，我喜欢得心跳。回到北京，我就托人去裱。谁知"文化大革命"灾难飓风狂吹横扫而来，我再寻那高剑父诗稿，早已不知去向，这是我一生一世追诗求艺中最大遗憾。原诗不大记得了，大意如黄仲则："为嫌诗少幽燕气，故向冰天跃马行。"虽无前句意思，但却写到跃马，写到冰天，画如其人，诗如其人，其气势也粗犷、奔放。我想如若那时不送出去裱，只夹在《四部丛刊》随便哪一册中（《四部丛刊》是造反派搁置一室中在门上贴了红封条，因而保存下来了），那么，现在高剑父诗稿必将悬在我书桌旁，这将是我珍藏书画中的灵魂。我得到了岭南派之魂，我又失去岭南派之魂，这实在是我的无涯之痛呀！

我对岭南派的追踪并未停止，不过，我追踪到的却是岭南派两位大师，这就是关山月、黎雄才。我们一九七八年在兰州不期而遇。关振东在《关山月传》中曾记此事："从龙羊峡回到甘肃兰州，碰到著名作家刘白羽，他们是老朋友，在这个远离首都的大西北边远山区见面，倍觉亲切。"事情是这样，当时我在兰州召开兰州军区和乌鲁木齐军区的文化工作会议，肖华当时是兰州军区政委，他执意要我去看看敦煌，而且派了专用的值班飞机送到酒泉，我邀请关山月、黎雄才同机前往，在飞机上我们高谈阔论，兴致极佳。有了此次同游敦煌之谊，好像已经断了线的岭南派，却如春风又迎面而来。在敦煌和关山月、黎雄才坐鸣沙山上畅谈。敦煌城内夜静，可闻山上流沙的声音，造化为人，人为造化，很有诗意。数月后黎雄才赠我一幅画鸣沙山的山水画，并记其事曰："一九七八年九月赴青海龙羊峡畅游青海湖至皋兰与白羽同志相遇同乘机往嘉峪关，复敦煌相遇同到鸣沙山、月牙泉，并西出阳关捡得小石以贻之。"

现在在我的客室中有关山月画的巨大的墨梅横幅，笔走龙蛇，苍劲雄健，浓淡冲撞，生气飞跃，画上写明为"一九九〇年开笔之作"。这真是难得的纪念。看了这幅画，人人称赞。有一次关山月来我家，仔仔细细地观摩了一阵，也谦和地微笑着说："这幅画没偷懒。"有一年我到了广州，在他的画室里看到画案上正在画而未完的榕林山水长卷同样是气势磅礴之作。

从高剑父到关山月，都充溢着岭南派浓郁的风格，雄健的神魄，岭南派的魅力为何如此令人倾倒，岭南派艺术的精髓究竟何在？这是我常常思考的一个问题。

关山月送给我一部《赵少昂、黎雄才、关山月、杨善深合作画选》，我反复揣摩，仔细观赏，仿佛风格各异，但气势同一，使我如出峡谷，骤临大海，既观其汹涌奔腾，渺无涯际；又见其波涛粼粼，浪花如雪；既窥功力之深，一草虫，一鸡雏，一花朵，精细入微，栩栩如生；又见气势之壮，一唱雄鸡天下白，苍松劲竹，云烟弥漫，力拔山兮，一笔千钧。

高剑父为岭南开山始祖，文如其人，气如其人，他是一个叱咤风云的革命家，又是一个锐意凌云的艺术家。这位黄花岗起义的英雄，统帅十万大军的都督，正如他自己所说"兄弟追随总理作政治革命之后，就感到我国艺术实有革新之必要，因此吹起号角，大声疾号，要艺术革命，欲创造一种中华民国的现代国画"，这是人与艺的必然的辩证的关系。高剑父说："虽以造化为师，仍以直觉自取舍、美化，由心灵锻炼一番，表现而出，作品里才有我的生命与我的灵魂啊！"说得多么好啊！客观的现实性，如不通过主观能动性，哪里说得上创造，更何说得上革新。高剑父的伟大处正在于他树立了岭南派的美学观、艺术家革新的美学观，总括一句就是

"笔墨当随时代",这正是岭南派的灵魂,这一美学传衍而下,至今,现实意义愈益明显。关山月说得很好:"画的尽管是亘古不变的名山大川,但表现出来的却是画家今天的感受,描绘的对象虽然是传统的翎毛、花卉,但反映出来的却应是清新振拔的时代气息和生活情趣。"有一个时期,有些画家在山水画上画了一些小红旗,以为这便表现了社会主义之美,我深不以为然。一次到南京,傅抱石邀我作讲演,我否定了那种公式的、表面的千篇一律的画法,我举出傅抱石、关山月合作而成的《江山如此多娇》,这上面并没一面红旗,只是一片茫茫大宇宙,上面悬着一轮红彤彤的太阳,但是它的豪放的笔法、鲜亮的色彩、宏大的气势,生动而活脱地画出了新中国的神韵,太阳照了亿万斯年,只有这一颗太阳才是社会主义的太阳,这才是新时代的艺术,新时代的美。人云"胸中自有丘壑",正是有高剑父的心胸,才创造出岭南派的风格。关山月画山水,画梅,画大河上下、长城南北,直至画美国尼亚加拉大瀑布,这一切都是客观现实,但在不同的画家摄入眼中,形诸笔墨,便成为他的瀑布。我曾说过:"我写的长江是我的长江。"关山月画出的尼亚加拉大瀑布则已不只是那个客观现实,而是关山月的尼亚加拉瀑布了,这里面带着关山月的血、泪与生命,这画已经是比客观现实更高远,更超逾,因而也就更美了。

何以状岭南派艺术,苏洵论韩愈文章"如长江大河,深浩流转,鱼蛙蛟龙,万怪惶惑,而抑遏蔽掩,不便自露,而人望见其渊然之光,苍然之色,亦自畏避,不敢觑视"。正足以说明岭南派艺术包罗万象,雄健浑厚的风格特色。但如从艺术上窥其奥秘,看来信笔纵横,意态凌云,但得来并非容易。黎雄才送我一本《黎雄才花鸟草虫》,各种虫鱼花鸟,写意精到极致,其中如一九三○年临高剑父老师之《留得残荷听雨声》一幅，一只翠鸟立于枝上，水上数点淡绿色残荷，使你感到滋润潮湿水汽。在我和关山月西北之行中，我几次看到关山月站在那里取出画册，凝眉注目，专心写生。我站在旁边，偶然看到一页龙羊峡急流的素描，那玲珑剔透、行云流水的波纹，非常生动，逼真，使我爱极。上面还有几点水渍，是雨中作素描滴落的？是黄河水飞溅上的？总之，给这素描增加了无限生机。可见他们的画并非信笔涂鸦而是在执着的基本功上，然后得其神韵，信手挥来，便是佳作。在艺术上，既然率先革新，必须中西兼蓄。高剑父说："是以历史的遗传，与世界现代学术合一之研究，更吸收各国古今绘画之特长，作为自己之营养，使成为自己血肉，造成我国现代化之新生命。"岭南派画家吸收了西方彩墨渲染，远近透视，而使国画面貌焕然一新，风姿更茂，如此文开篇说到那幅高剑父的山水画的远峦云雾，如我家陈树人的水仙，看上去简直是一幅西方水彩画，我家关山月那一巨幅墨梅，其浓淡、深浅，造成透视，使得一棵疏影横斜的老梅，前后有致，远近逼真。岭南派特别以气韵胜，这种满纸生辉的气韵，使我想到王国维云："太白纯以气象胜。"严沧浪云："如空中之音，相中之色，水中之影，镜中之像，言有尽而意无穷。"诗词如此，绘画亦如此，这正是"作者心灵的特异之表现"。而没有这一点心灵的撞击，便没有岭南派的画之高超、鸷意。

　　仔细探索岭南派画家之作，我以为有一问题还值得思考。"我师造化"是必须之法则，在这一点上丹纳《艺术哲学》中认为物质文明与精神文明的性质面貌都取决于种族、环境、时代三大因素之说，现仍有可取处。种族，上面说的继承，其中已含有民族的色彩声韵，说到时代，笔墨随时代一语，已成为岭南派最大特色。我在这里想说一下环境,"我师造化"必然地使我想到我这个北方人到了南国的那种焕然一新的感受。在国外,我很陶醉于热带风光,其热度的浓郁,其色彩的艳丽,使你觉得每一点空气都充满强大生命力,每一山川花木都庞大、茁壮、旺盛。这一点从梵高的画风可得到鉴证。梵高苦苦追索八年,只有当他来到法国南部地中海热带的阿尔,他立刻产生了特殊的感受,阿尔的太阳突然照进眼帘,使他的眼睛一下睁大了,这是个旋转着的柠檬黄的液体大球,它正从蓝得耀眼的天空中掠过,使得空中充满了令人目眩的光,这种酷热和极其纯净的空气创造出了一个他未曾见过的新世界,在此之后,梵高画上才有运动的热流、旋转的太阳,在此之后梵高才形成了梵高。我每到岭南,见到那血一般浓的木棉花,像古老哲人一样庞大而庄严的榕树,洁白如雪、香味芬芳的白兰花,都引起我的惊喜、我的热爱。从高剑父到关山月,生活在这样美的造化之中,能不受熏陶而濡染其笔墨吗?何况高剑父攀登喜马拉雅山,纵游东南亚各国,正如宋人马存论司马迁说道:"子长生平喜游,方少年自负之年,足迹不堪一日休,非直为景物役也,将以尽天下之大观以助吾气,然后吐而为书。"以此观之,岭南派其画、其书、其诗那种苍莽奔放,风流横溢,实属必然。

近日收到关怡寄来香港《大公报》一专页,见有关山月在壶口写生的照片,还有他画的《黄河魂》巨幅大画。关山月比我长三年,已八十三高龄,为画此画还亲赴壶口写生,实在使我非常感动。我从他的《轻舟已过万重山》《雨过山更青》已极为其流水线条的灵动飘逸而叹为观止。一下想到西北之行我看到龙羊峡速描之美妙,大有"曹衣出水,吴带当风"之妙,而"笔墨当随时代",《黄河魂》中可谓集关山月画水之大成的扛鼎之作,急流滚滚,线条的生动灵活，可谓满纸云烟，传出黄河奔腾呼啸、万里雷鸣的声音，我以为这是岭南派高峰之作。徐悲鸿所说："如黄钟大吕之响。"《黄河魂》巨画足以当之。我追踪至此，心大快乐。

  我拜访黎雄才。在他画室书柜中，忽然发现高剑父两个巴掌大的一首诗。我细读之，这不就是经过我手上的那一幅残片吗？黎雄才告我是高剑父后人赠给他的，莫非高剑父还另外写过一幅，还是经裱好后流传到高剑父后人手上？这一刻我真是愀然、怅然呀！黎雄才怜我恋恋之情，展纸濡墨，为我写了一幅"剑父师登喜马拉雅山诗"：

    烟雨迷离星影间，飞来岗翠湿征鞍。
    又驮残梦濛濛去，夜半冲寒上虎山。

  我相信岭南派的艺术将有更锐意的创新，更蓬勃的发展！

关山月更明

　　这电话来得太突然了，关山月离我们而去了。
　　这怎么可能？这怎么可能？我痴痴地坐在沙发上，一言难发，我的心整个悲恸欲碎，只是反复地想着那两句话：这怎么可能呢？这怎么可能呢？不久以前，他还在京举行梅花画展，开幕前一天晚九点多，他还到我这里来了，当时的形象还活生生闪在我的眼前。关老是一位谦虚、热情的长者，他每次到北京，都要到我这里来，这一次还像往常一样，坐在我家客厅的沙发上侃侃而谈，声音还是那么洪亮。我仔细观察，他的头发稀疏苍白多了，身子也显得有些瘦弱了，好像是衰老了些，不过他的精神矍铄，气宇轩昂，压倒了我一时的感觉，正如悬挂在墙上，他画的大幅墨梅那样苍劲有力，神魄飞扬，他画的梅花就是他自己。第二天上午，我为画展剪彩，哪里知道这一剪刀下去，竟是最后诀别了。黑夜，我从书房里拄着手杖走到客厅，望着关山月坐过的沙发，我一个人寂静地站在这里，仿佛这屋中还响着他的声音，关老！太伤心，太悲恸了。
　　我们相识于同瞻敦煌圣殿之行。
　　我得兰州军区派遣飞机之便，当时关山月、黎雄才也在兰州，也想去敦煌，刚好同行，我们分坐在这架指挥机军用地图长桌的两旁沙发上。关山月早年曾在夫人李秋璜陪伴下，在敦煌洞窟内，一盏青灯共度临摹之苦。飞机飞得很平稳，天上地下，一静无声，西北的天特别蓝，西北的云特别白，我是初度阳关，他则轻车熟路。他是一个明朗的人，坐在我身旁上下古今滔滔不绝，一下把我引入古老而又神圣的丝绸之路，使我回到古老的梦幻，我正随着一个驼群，行走沙漠之中，驼铃声响，诗意悠然，这都是关老所给予的。舍开飞机，关老鼓动我说："必须看嘉峪关，这个古城堡，正是从东海蜿蜒而来的万里长城的西端，是历代王朝控制西域的要塞。"从此我们进入大戈壁，虽是秋日，却炎天如火，戈壁发热，太阳燃烧，到了敦煌城，又一片凉风飒飒。在这里除石窟雕塑、壁画外，关老又给了我一个令我又惊又喜的消息。一天吃晚饭，席间关、黎两位盛赞阳关之美。我自幼最喜"劝君更尽一杯酒，西出阳关无故人"的出塞豪情，心向往之，谁知就在眼前，岂可失之交臂，第二天我就直奔阳关而去，果然一望无际的沙漠。一片是绿，一片是黄，一片是紫，天公造化，如一幅水彩画。我被公社人领上一个烽火台，他走到半路弯腰随手拾起一块黑块递给我说："这是汉砖。"我们坐在鸣沙山上听他们二位娓娓清谈，流沙有声，夜深人静可传达到敦煌城里。我和关山月情谊之深，就因为它是大自然的熏陶，古艺术的沉醉所凝结的。关老不但是画家还是诗人，有如天籁，一见如故。

　　我们两人都是人大代表，在开会休息时，总聚在一个小圆桌边，一杯清茶，谈上一阵。后来他每次到北京，夜晚都到我家来，我和汪琦热情地欢迎他，因为他总有新鲜事可说：他到西沙群岛了，到万峰耸立、小路难攀的张家界去了，到美国尼亚加拉大瀑布去了……他八十几岁高龄，常常出此惊人之举，我听起来虽津津有味，但也为他担心，每次谈到惊险处，我总劝他："适可而止吧！"他却微微得意地送给我一本这一回采风成果的画册，他十分幽默地说："向你汇报呀！"这一句普通话，却深含着岭南派的主张。我和汪琦不但常常欣赏他的画册，而且爱听他海阔天空谈大自然，义理精髓谈大艺术。有一次临行,他仔细观察了悬在壁间他画的大幅墨梅,我说:"这是难得的珍品呀!"他哑然一笑说:"你当着我面说好话呀!"我跟他分辩:"你看你写得清楚是一九九〇年元旦开笔之作,这不特别有纪念意义!"他看了一阵然后又幽默地说:"这幅画没有偷懒!"

有一年到广州去,我和默涵相约到他家拜访,见到了李秋璜,她可真是热情好客的人。我们三人围在客厅沙发上闲谈,她一刻不停,一趟一趟走进走出,还一边随我们谈话插上几句话,顷刻之间,茶几上摆满了广州的小食品。他们夫妇,同命运,共甘苦,情深如海,关山月的名片上总是印着关山月、李秋璜两个名字,天上人间,珠联璧合。关山月的家很宽阔、幽静,从客厅玻璃上望出去,院内一长排高耸空中的笔挺的树木,每一树身上都攀满碧萝,一天苍绿,使我怡然。不久,关老请我们上楼到他的画室,画室巨大空旷,他很满意他的画室,他说:"中国画家中怕还没有我这样大的画室。"三丈有余的画案上,展开正在画的山水长卷,山峰连绵不断,河水滔滔不绝,巨榕成林,木棉如火,正像他的每一幅画,真是大气魄、大手笔,展尽粤中气象。有朋自远方来,引起关老很大的兴趣,他举笔濡墨,在木棉枝头点出一些胭脂,我最爱木棉,今看他画木棉,一刹之间不觉逸兴遄飞。由于我盛赞树上繁茂的碧萝,李秋璜立刻动手折下一抱给我,这就是我书房窗上的满窗绿色。

我与关老友谊所以如此之深,一个根深蒂固的缘故是我至爱岭南派、追求岭南派,它是有热带的奇丽的雄伟,浓郁色彩。有一次关老到我处来,我特意把我珍藏的岭南派创始人高剑父的一副对联挂在餐厅请他看:

海啸长河远
　　天包大地圆

　　高剑父的大草，笔走龙蛇，狂飙飞扬，字与画同具岭南派特色。关老仰视了很久，点头称为珍品。我们聚首，谈岭南派艺术最多。

　　高剑父为岭南派开山始祖，文如其人，气如其人，他是一个叱咤风云的革命家，又是一个锐意凌云的艺术家。这位黄花岗起义的英雄，督帅十万大军的都督，正如他自己所说："兄弟追随总理做政治革命之后，就感到我国艺术实有革新之必要，因此吹起号角，大声疾呼，要艺术革命，欲创造一种中华民国的现代国画。"这说明岭南派是革命派。高剑父还说："虽以造化为师，仍以直觉自取舍、变化，由心灵锻炼一番，表现而出，作品里才有我的生命与我的灵魂！"高剑父的伟大处正在于他树立了岭南派的美学观，艺术革新的美学观，概括一句就是："笔墨当随时代。"至关山月变法，岭南派又可为之一新，形成了新的高峰。关山月说："画的尽管是亘古不变的名山大川，但表现出来的都是画家今天的感受，描绘的对象虽然是传统的翎毛、花卉，但反映出来都应是清新振拔的时代气象和生活情趣。"关山月与傅抱石合作而成的《江山如此多娇》，这上面并没有什么革命点缀，只是一片茫茫大宇宙，上面悬着一轮红彤彤的太阳，但是豪放的笔法，鲜亮的色彩，宏大的气势，生动而活脱脱地画出了新中国的神魄，太阳照了亿万斯年，只有这一颗太阳才是社会主义的太阳，这才是新时代的艺术、新时代的美。我很喜爱他的梅花，老干苍劲如铁，如山岩悬空，横枝如利剑横飞，我真喜爱他的梅花干,一笔一团浓浓黑墨,一笔是苍苍枯墨,其强劲攀着长天。他有两颗图章,一为"古人师谁",一为"从生活中来"。在关山月手下,岭南派有了大前进,有了大发展,又是一番创新。何以状关山月艺术?苏洵论韩愈文章:"如长江大河,深浩流转,鱼蛙蛟龙,万怪惶惑,而抑遏蔽掩,不便自露,而人望见其渊然之光,苍然之色,亦自畏避,不敢薮视。"正足以说明岭南派艺术气象万千,雄健浑厚的风格特色。

真是难料,一场凄惨的悲剧几乎同时落在我们两人身上。一九九三年十一月二十六日,李秋璜神归天宇,一九九四年二月八日,汪琦舍我而去,老年丧偶之哀,情亲难舍之苦,我们两人的命运何其相似也!那一年我们没有通信,没有见面,是呀!怎么会面?既不能掩面对泣,也无法谈笑风生,不如不见,不如沉默,把感情深深沉淀在心底。有一次他的女儿关怡给我寄来一封信,拆开一看,是香港《大公报》一张专页,我一看惊讶地说:"啊!真险呀!他怎么跑到那儿去了?!"关老坐在壶口边高耸云天的悬岩上,凝视猛烈汹涌的黄河瀑布在写生。显然是告诉我关老壮志依然。后来我连年生病住院,真感谢关老,他竟两次到病房来看我,两人相约,终生不贰,谨守忠贞。

他送我画,我无以酬报,刚好《心灵的历程》出书,我送他一部,那样近百万字的书,我不是想请他看的,只不过留个纪念而已,不料老人十分认真,竟完全看了,给我一信:

  刘白羽同志,别后时在念中!怪我久疏问候,请多多见谅!

  我近来因视力衰退,读书看报很费力,你的大作《心灵的历程》是一本最好的近代革命史,我一鼓气在读,到今天才算草草读完,我虽然没有你一生丰富的经历,由于我们是同时代人,所以读起来很亲切,很受感动,很受鼓舞!

从文集的序文和年表里得知你1916年出生,今年是八十岁大寿。现寄上《心灵的历程》读后感赋七律一首,楹联一副,不揣冒昧地寄上留念,聊表一点心意。如能将拙作见诸报端,则更能表达我对你的敬意!如方便的话,敬请你就近安排发表是盼,谨此顺致撰安。

刘白羽著《心灵的历程》读后有感赋此:

> 刘翁身世识秋冬,石上寒梅雪里红;
> 走西奔东烽火线,出南入北死生中;
> 革命征途光明史,人生正道造化功;
> 大地回春谁主宰?心灵经历鼓雄风。

以后他每来北京,夜晚总到我这里来谈谈,一直到今年梅花展前夜,还到我这里来,谁知这竟是最后一别了,我在悲哀痛苦之下,写了一封唁电给关怡:

> 惊悉关老仙逝,悲恸万分,苍天有情,我心泣血,谨将悼念之哀,敬献关老灵前,关老为民族之精英,艺苑之灵魂,贡献博大,永垂千古。

这些天,我的心灵无法平静,我将最后来我这里的那晚他赠我的梅花巨册《天香赞》放在书案，一页一页翻着看，那一幅《俏不争春》满纸亿万点红梅，郁郁葱葱，生气勃勃，那不是关山月铁骨铮铮、热血沸腾还活生生立在我的面前？有一晚我又看梅花巨册，情谊怡然，心情坦然，万籁一空，宇宙一净，我踱到窗前，仰头看见一轮明月，我想关山月留下的万卷丹青，不就如同这个月亮，普照着大河上下、长城内外，整个中华的天空大地，关山之月不是更加明亮了吗？

第五辑　域外风情

珍　珠

一

我不知道怎样才能对你说清楚我对于锡兰①的印象。

锡兰朋友告诉我，如若按照字意翻译出来：

锡兰——美丽的珍珠。

科伦坡——绿色的芒果叶。

这两行字就像两句诗，人们已经能以想象到锡兰是多么美丽的地方了。

当我从印度的马德拉斯，换了一架飞机，越过马纳尔海湾，第一眼看见那浓绿的锡兰岛时，我惊喜极了。开始我还当是碧绿的海涛呢，仔细看才知道这是大地。在这绿的大地上闪着河流和阳光。这立刻使我想起马克·吐温的那段记述："锡兰已在眼前。哎呀！真是美丽啊！以树木的性质和茂盛而论，这个地方是十足的热带风光。……'假如清香的微风轻轻地吹过锡兰岛，岂不别有一番风味。'——这句诗真是意味深长，美妙无比；这里面说明的意思很少，却含着充分的感情，而且还有东方的神奇奥妙的意味，有热带的甜蜜味道。"是听，当我第一步踏上锡兰国土，当我乘车沿科伦坡海滨大道疾驶，看到蓝色街灯像一串蓝宝石一样发光，印度洋雪白的海涛那样雄壮而又那样温柔地拍着海岸，我无数次感受到微拂

---

① 1972 年 5 月 22 日，锡兰改名为斯里兰卡。

的"清香的微风"。

我到达科伦坡,恰好是1961年1月1日,虽然餐桌上还需用电扇吹凉,但这是这赤道线边沿最舒适爽人的季节。

我们到霍拉格拉村去,那22英里路途,穿插在碧绿森森的世界里,而沿途,到处是新熟的菠萝,嫩绿的芒果,一串串结在巨大象牙般柄把上的香蕉和黄铜色的椰子,堆积如山。我被那种只有锡兰才能有的绚烂迷人的色彩所吸引了。我曾经游遍全印度,但我认为只有从马德拉斯到科摩林角那一带稍可和锡兰相比,而锡兰是整个给浓艳色彩绘成的。路两旁是一望无际的碧绿的椰林,而瓦特花一丛丛,一簇簇,红得像鲜血凝成的。锡兰的花在世界上是著名的,我在东方饭店售书柜上发现了一本谈花的著述,我到楼上去了一转,再下来时,它已经被比我更爱花的人买去了。但在真实生活中,这些芬芳的花朵,带给我的却是无法叙说的美感与诗意。在霍拉格拉村,我走到一株盛开的娑罗花树下,一阵幽雅的清香,使人迷醉,仔细地欣赏了一下:厚厚的多汁的花瓣雪白,有一点淡红的边,而花蕊是嫩黄的,就像白玉杯中盛了半杯蜂蜜一样,从中间伸出的花冠,像一条卷舌,舌尖上是一丛淡紫色的茸芽。后来我知道,娑罗、庙花,还有忘记名字的一种小花,在锡兰是高贵的花。庙花,在锡兰到处成片地生长,远望去像挂了一树晶莹的雪花呢。在锡兰街头,常常从一阵微风中闻到一股甜蜜蜜的香味儿,原来就来自庙花。不过庙花清早开放,到下午就成朵地落了下来。在阿努腊达普腊古城岩石庙外,我看到水池边庙花满地,洁白可爱,曾经拾起来装满外衣的两只口袋。当我向你介绍锡兰时,我不能不谈到花。我甚至这样想:如果要没有这些甜蜜的或者清幽的花香,没有这些浓艳的或者淡雅的花色,我真不知道怎样来表达这热带大自然的美呢，你简直无法想象，这儿的花，不是一朵一朵，一簇一簇，而一开就是密密层层的一片，在市街上从人家的屋顶上、墙垣上倒垂下来，白的雪白，红的血红，黄的嫩黄，紫的艳紫，宛如一片明霞，灼人心目。说它们是从土地里生长出来的，那是不足以说明真相的，你只能说它们是从太阳里喷射出来的，就像明晃晃的火焰从火中喷射出来的一样。

二

早晨，一只白鸽落在我的窗台上。从窗口望出去，阳光刚刚落在科伦坡的海上。蓝澄澄的海，温柔、闪光，一切都安静极了。这是写信最好的时光了。如果你是经印度而来的，和加尔各答的嘈杂混乱相比，你会觉得科伦坡太安宁太幽静了。自然哪，仅凭这一点，是不足以说明锡兰的特色的。要了解一个国家的人民，必须从历史深处剖析到今天。当然，这不只是历史课本上的，而更重要的是在人的精神生活中间。我来锡兰时间很短，我只能依据我所接触到的生活片段，来谈一谈历史的火花和今天的火花吧！

在亚非作家会议常设委员会会议开幕式上，我发现锡兰一种古老风习。会场中心安置着一座三尺多高的雕镂精致的铜台，中间是一个圆盘，顶上是一只金黄灿烂的雄鸡。圆盘里盛了油，浸了许多白棉灯芯。宣布会议开幕之前，由主持会议的锡兰朋友，邀请来自亚洲和非洲的各国代表，划根火柴，把一根根灯芯点燃，一朵一朵小火花放着光，真好看。人们告诉我这象征繁荣与幸福。我觉得把许多点火花聚集在一个圆盘里，这倒是很好的团结与友谊的象征。你看那一朵一朵小火焰，燃烧发光，多有意思呀！

现在，让我们转到另一次夜会上来。当幕布缓缓展开，舞台上一片漆黑。沉寂了许久，突然爆发出一阵火光。锡兰朋友告诉我："这一阵火光说明光明烧掉了一切邪恶与黑暗。"然后，舞台渐渐明亮了，悠扬的笛声、鼓声、歌声、脚镯的铃声响起来了，舞蹈开始了。这一晚，表演了锡兰两种传统舞蹈：一种是沿海地区的舞蹈——杰出的舞蹈家卡林加·奥贝万萨参加了表演；一种是山区舞蹈，又名康堤舞——著名舞蹈家吉里加尼塔和国际闻名的老鼓手姆鲁塔瓦都演出了。我觉得锡兰的舞蹈艺术如此优美，它那轻快、抒情的节奏和舞姿，全都吸引了我，我感到"清香的微风"一样的诗意。特别是舞剧中几段技术精湛的独舞，在这儿，生活的美感，突破神魔说教的剧情，而大胆地显露出真正艺术的闪光，这正是传统艺术中黄金一样的东西。这几天，那甜蜜的舞姿和轻逸的脚镯铃声，一直在我记忆中摇曳不停。

锡兰是个艺术色彩绚烂的国家。你从科伦坡、康堤街道上那些橱窗里看一看吧！你会觉得收集到橱窗里来的是一段彩虹呢。从15世纪就以珍珠、宝石、香料、象牙为出口贸易的锡兰，到现在，还出产各种艺术的珍宝：精致的银器，发光的铜器，颜色鲜艳、花纹精美的编织品，黑如炭精的乌木雕和洁白如雪的象牙雕，玳瑁，珍珠，还有五颜六色、晶莹闪光的宝石，这一切都标志着锡兰劳动人民无穷的劳作和创造性。而我觉得这些东西里面，都闪动着那古老历史时期就点燃了的劳动人民的智慧的火花呢！不过，我现在要介绍给你的，是我在锡兰看到的另一种火花。这是从锡兰人那火亮的眼光中，炽热的言谈中识别出的火花，这是燃烧在当代生活中、争自由的火花。你想想看：当我们乘车向榕树参天的绿色世界中驶进，从迎面碧绿浓荫深处，突然出现一束火焰，愈来愈近，一团红色，原来是一个骑在脚踏车上的普通锡兰人，眼光明亮，肤色黧黑，缠了一卷火红的头巾。这色彩鲜明的形象，使我想起赤裸着青铜膀臂在榨椰油的锡兰人，举着短刀攀援在树干上砍椰实的锡兰人。是的，在他们脸上，我看到雪亮的眼睛，我看到锡兰人民心灵深处那炽热的、为民族自尊感燃烧的火花。

你如果到锡兰来，你在这被称为"东方的珍珠"的岛屿上看见什么呢？让我现在告诉你，是什么造成我从飞机上所看到的浓绿的锡兰岛呢？这是锡兰人民惊人的劳动的结果，他们用双手把整个岛屿变为茶园、橡胶园、椰园。这里确实得用"惊人"这个字眼呢！当我访问皮杜鲁塔加拉峰时，我们绕着连绵的山谷走了那样多的路，我没有在路边看到一片荒草地，而盖满地面的是矮矮的茶树，他们确实用无穷的心血将大地织成一块完美的碧绿的花毯，但是他们的双手却是血渍斑斑。在这儿谁是主人谁是奴隶呢？谈到这一点，我不能不想起哥斯达黎加小说家法拉斯的那本书《绿地狱》——如果说那儿是香蕉工人的绿地狱，那么这儿是茶叶工人、橡胶工人、椰子工人的绿地狱。是的，对于那些侵略者是绿金子，对于劳苦人是绿地狱。马克·吐温在《赤道环游记》中描写殖民主义者的凶恶的鞭子，正是这鞭子，使锡兰人从古老历史时代到今天，都在为自己掌握自己命运而搏斗。我们居住过的、在科伦坡海湾上的饭店正说明锡兰的历史变迁。有一天下午，我站在门口，吹拂着海风，在等车子。一个老守门人，指给我看，这大楼最低层的一块基石上镌刻着一行字，说明它从前是一个兵营。守门的老锡兰人说："从那时我就在这儿做工，后来，它成为欧洲游客的居留地，现在，归锡兰人管理了。"但是一进大门向左拐，有一个秘密的地下俱乐部，据说那是白人的世界，禁止锡兰人入内。

有一天下午，我在科伦坡郊区一家人家做客。突然，凉风拂拂，抬头一看，天上飞满乌云，闪电倏然明亮，一阵隆隆雷声，带来一场暴雨。当时我想：整个印度洋会变得波涛滚滚吧！而波涛中的这个岛屿，在这严峻的雷电云雨之中，该是多么雄伟壮丽的场景啊！一刻钟后，雨过天晴，大地、树木、花朵、空气都变得那样清新、芬芳、鲜艳。我在归途上沉思着：不正像这暴风雨一样吗？锡兰人人经多少次面临着阴沉与险峻的时刻呀！1505年葡萄牙人入侵，1658年荷兰人入侵，1815年英国人霸占了锡兰全岛。是的，暴风雨总要过去，而充满阳光的生活便会到来。现在，在锡兰，一种新的潮流正冲击前进，唤起锡兰人的觉醒。

三

我们的会议在一个深夜结束了。看看表已三点钟，三点钟很好，正是黎明时刻，我们从科伦坡向亚洲和非洲的同伴们发出文学的战斗的呼号。

在完成这庄严任务的次日，我们这一群人，在几位锡兰朋友陪同下，离开科伦坡去旅行。这次旅行是从北面马纳尔湾海岸，到阿努腊达普腊，转入皮杜鲁塔加拉山区，而后从南面绕回科伦坡的。为了认识锡兰，我不能不把这几日行踪告诉给你。

1月11日，早晨，我向窗外熟悉了的大海看了一眼，大海还慵懒的没完全清醒过来呢！我们登上一辆旅行车，启程了。我们沿着锡兰西海岸向北行。左面车窗外，透过椰林看到印度洋。公路被两旁密密的椰林笼罩得碧绿，当阳光照耀的时候，到处都有绿琉璃一样的闪光。这地区为古锡兰的产粮区，曾经遍地种满水稻。英国

1950年参加新中国第一个文化代表团出访印度,团长丁西林(右三),刘白羽(右四)

人侵入以后，为了施行他们的殖民经济，把所有劳动农民驱赶去经营可以满足英国商人利润的茶叶、椰子和橡胶。锡兰红茶，在欧洲富豪们的银茶杯中闪着红琥珀似的颜色，而自给自足的锡兰的口粮仰仗着外来的供给，当然，这种供给是英国银行账簿上又一笔利润。于是，古代的灌溉工程荒废了，锡兰的稻田荒芜了。现在，在公路旁还时时掠过一片片荒凉的沼泽地，那都是从前的良田呢。可喜的是在椰林外，已出现新的稻田，稻穗随风荡漾，大地由于能给自己儿女提供奶汁而微笑呢！

近午，停车马哈威尔小镇。从路边小铺里挑选了几个"黄金椰子"。卖椰子的，举起锋利的小砍刀，一挥，削去了顶盖。我们每人捧着一颗就吸吮起来。这很有行军途中仰起脖颈从水壶里喝水之感。而清凉的椰汁，却真像甘露一样芳香爽人呢！丢下一堆空椰壳，我们继续前行。

中午在海滨的普特拉门饭店里吃饭。这时，阳光像火一般强烈，不戴墨光眼镜有点睁不开眼。但碧绿的草地上，像千万颗珍珠亮晶晶的闪光，刚刚落了一阵小雨呢！坐在饭店荫凉走廊的藤椅上，海风凉爽极了。一株株奶油瓶花逗人喜爱，花朵像一只只小牛奶瓶，花色像新鲜奶油一样嫩黄。这儿，充满乡村饭店的情趣，有几只苍蝇，在空中飞旋，有一只小猫咪呜咪呜，眯起两眼，向我们讨好。一顿丰盛午餐后，还吃了一顿蜜甜的木瓜。

我们离开海滨向锡兰岛的腹地前进了。两旁林荫浓碧，百花盛开，空中无数小白点，像是雪花飘飘摇摇，仔细看时，原来是成千上万的白色小蝴蝶，上天下地，到处纷飞，我们的汽车就这样从蝴蝶阵中间穿过。

下午4点多，到达了全世界出名的阿努腊达普腊古城，首先映入眼帘的是一座古老的碉堡似的南塔。这是公元前89—前77年的古迹。据说这里面保存着佛的遗体。原只当作一个土丘，三十年前才被发掘出来。这巍然的古塔，经历了无数年代风雨侵蚀，呈现一种深黑色，给人以肃穆之感。中国的名僧法显曾经访问过这个佛教盛地，从他的记载来看，阿努腊达普腊规模宏伟，都城方圆有16英里之阔。现在，新市区在古城之旁发展起来，而古城保护得很完整，遍布两千年上下的古迹。如青铜宫的1600根大理石柱，像万笏朝天，森然耸立于废墟之上。从几座遥相对峙、非常壮观的高大古塔，还可想见当年繁盛的气概。古城遮满高大的楠木林，日光，塔影，碧绿森森，十分美丽。我最喜爱的是那些断碑残碣上的石雕。一处古浴池前一座石碑上，一个满面春风的神像，做着舞蹈姿态。神像头上缠着七条眼镜蛇，手上握着一束禾叶，镌刻得栩栩如生，精美绝伦。石刻中常常发现各种各样的侏儒形小人，有如我们敦煌画壁上的飞天，装点在一片浮雕的各角或两侧，憨态可掬，令人喜爱。夕阳将下，楠木林笼罩在一脉淡淡的红影中。透过林隙看见一面大湖，叫阿贝湖，像玻璃一样闪光。人们说这是古老时代，人工挖掘的蓄水池，那样早，锡兰人就凭着他们的聪明与智慧，修建了水利工程了。

　　最后一抹夕晖为炊烟所代替，我们在新市区一片密林中的旅舍投宿了。这一夜，我有着在热带森林中宿营之感。树影森森，水声潺潺，黎明前，睡意蒙眬之中，听到各种各样鸟声协奏。

　　匆匆用了早餐，我们从阿努腊达普腊城，转而向南，进入锡兰腹地山区。如若说到科伦坡以来，我们看够了中午时分蒸腾着透明的雾气、早晚一片碧蓝的海洋，今后这两天，我们享受了热带的峰峦之美。我们进入山谷间一条绿的巷道，两旁是大片橡胶园、咖啡园。特别有趣的是可可树，从叶下垂着像茄子一样的赤红色的可可。还有加可兰达树，碧森森高耸天空。这儿天上地下，碧绿一片，太阳光仿佛也是发亮的淡绿色呢！人们的身上脸上都遮着一层碧绿浓荫。

上午我们访问西吉利亚的石崮，崮顶有卡什巴王宫殿遗址，石壁陡立、光滑，人称"镜子墙"。我们只有攀缘悬空的铁梯而上，石壁上女神壁画色彩很鲜艳。中午，我们到达了锡兰美丽的古都康堤。这是锡兰最后的王都。为英帝国灭亡以后，中心移到科伦坡去了。康堤文化是锡兰文化史中最辉煌的一页。我在第二封信中谈到的康堤舞，就属于这一文化体系。康堤城气派庄严宏伟，城中心是个碧绿的小湖，湖岸砌得整齐漂亮。围湖全是宫殿楼阁，山上湖滨，到处都是花，都是树。我们用午餐时，窗上碧溶溶的就是一片湖光。锡兰最大的河流——马哈尔河，就从康堤城中穿过。强烈的阳光下，一群大象浸在河水中洗澡呢！饭后，绕湖一周，上山，看康堤全景，中心的小湖像一面翡翠盘，它的周围是一丛丛淡黄色茂林修竹，一片片血红的圣诞树。

我们离开康堤后，就在万山丛中盘旋前进了。夕阳把一脉峰峦沉浸在金黄色霞光中，而下面千岩万壑，已为深蓝的暮霭所笼罩。一日游程，使我们有些乏累了，我们停车在普塞拉瓦山上，被引进茶室，饮了锡兰最好的普塞拉瓦泉水。然后我们的旅行车升上了更高的山峰。人们说只有16公里的路程，但完全是盘旋陡隘的险路。守在车窗边，你时时感到你是一只苍鹰在高空展翅飞翔呢！这时，天空上一抹红霞和黑色云朵，渐渐融成一片，和远山混合一起，最后一线光亮给云朵镶上银色的边，而这也一瞬即逝了，山谷与天空都黑沉沉的了。我们不断地从许多大瀑布前经过，衬着暗夜背景，瀑布像一条从高空倒垂下来的白布。山谷中这里那里闪着点点灯火。路一直上升,从海拔 3000 多英尺升到 6750 英尺。气温降低,穿了毛线衣,还感到凉气袭人。全车乘客,都和司机一样聚精会神地朝前注视。然后远远的,从漆黑的夜幕上发现一小片灯火,这就是英国橡胶园、茶园主在锡兰高山区努阿拉山谷中修筑的避暑山城——努阿拉伊利亚。到了旅馆里,这是锡兰最漂亮、最宽敞的旅馆,处处可以想见那些殖民主义者的豪华生活。洗了个热水澡,喝了杯红茶,盖了两条羊毛毯,我才有了一丝暖意。

早晨,睁眼一看,窗玻璃上凝了一层雾气,可见夜间户外温度非常之低。静得很,只听见一片啾啾鸟鸣。这样开始了我们漫游的第三日。锡兰风光我已经说了很多很多,这一天,我倒想跟你谈谈锡兰茶园的劳动者,那是从哈卡曼公园回来的路上,我们向一小群正在茶园中劳作的工人走去,这里除了一个老人之外,都是一些又瘦又小的男女童工,都拿着小镰刀在锄草呢!我和其中一个叫穆图林哥的十五岁的男孩攀谈了一会儿。他头缠破旧的红头巾,腰围褴褛的麻袋片,但他长得那样俊秀、聪慧,黝黝的小脸盘上,一双眼睛又黑又亮。他们都是英国马哈卡斯图达公司雇的工人,他们是最贫困最可怜的孩子,他们从早晨七点到下午四点,拼着他们的小躯体,不停歇地操作着,根本没有假期,一天没工可做还要扣一天工资。我问穆图林哥有多少收入,他告诉我一个月拿 25 个卢比。当我搂着他瘦削的小肩膀,望着这茂盛的茶园和风景如画的避暑盛地,我老实说我的心中是悲伤的。穆图林哥,这个绿地狱中的小天使,从这样幼小就迈上了被金钱压榨的途程了。我问:"你看见过你们的英国经理吗?"他说:"我从来没见到经理是谁,我只看见我们的监工。"……是的,经理在科伦坡,在伦敦,在华丽的洋房里，在奢侈的宴会上。而这儿是骄阳，是灰尘，是血汗。我们走过那牧牛的绿草地，叫作"月亮的平原"，透过树林看到锡兰最高峰皮图鲁哈拉卡洛峰，这峰岩，像一只敛翼的雄鹰随时即将冲天而去；瀑布，绿色的小湖，还有那高大树干上层层密密的像碗盏一般大的、金红色的花，如火焰，如明霞。但在我认识了穆图林哥后，我肯定地说：在锡兰土地上最美的是他的眼睛。下午，我们告别努阿拉山谷，在烟雨迷蒙中，从黑森森的高山峻壑间行走，渐渐穿过椰林，逾过卡拉里刚卡碧绿的河流，在夜间八时返抵科伦坡，仍住在原来的房间。我站到窗前，海，好像久违了。这时海风猛烈，窗帏飘荡，似将有暴风雨袭来。

翡 冷 翠

一 我感到一颗伟大心灵
   微微的颤悸……

一个早晨,我们从罗马乘火车赴佛罗伦萨。佛罗伦萨,中国诗人徐志摩曾译为翡冷翠,我为这富有诗意的名字而向往,不过我以为这也许是诗人的诗化,不料我到意大利后,听意大利人发音确实是翡冷翠。

坐火车旅行是愉快的,通过玻璃窗可一享大自然之美,何况意大利也确实美得惊人。田野、丘陵,收刈过的麦田,明朗的阳光,从稠密的森林里流出一泓小河,遍地遮满葡萄园,这一切全是碧绿森森、充满生气。安娜说:"今年春天来得晚,春花刚刚开放。"你看,那满山遍野的鲜花组成一片花的地毯,鲜红的野罂粟花蝴蝶般迎风招展,一串串迎春花简直像灿烂黄金的编织品,还有细小而繁茂的白花,就像细碎的冰凌。几乎每一座山顶上,都有中世纪的古城堡,灰色城堞上耸立着高高的钟楼。通过大片大片的橡树林,我们惊奇得欢叫起来,眼前出现了一个大湖,湖光那样柔美,湖后面的山被笼罩在银线织的雾一样的阳光里,更加朦胧可爱;然后,一排排塔松一闪而过,远远山坡上橄榄树涂出一抹灰绿色,我一直守在窗口,我陶醉在欧洲风景之中,我仿佛闻到土地的芳香,我还仿佛闻到阳光的芳香。

古老的圣玛丽亚教堂是翡冷翠王冠上的宝石。我们在旅馆里放下行囊,就到那里去。它是但丁时代已经筑起的教堂,而且是在但丁诗中描写过的教堂。它真是建筑艺术中的杰作,借用文艺复兴时代人的话说:"这是有神性"的创造。洁白大理石的大教堂旁耸立着洁白大理石筑起的钟楼。整个建筑由长方格窗构成一个完美整体,而每一方大理石上都镂刻着精巧细致的雕饰,雪白大理石上覆盖着红色的顶穹,就如同戴了一顶红玫瑰花环。

走进教堂,教堂穹顶是一幅彩色玻璃镶嵌的圆画,阳光一照,使你感到彩色缤纷、眼花缭乱。一座米开朗琪罗的雕塑,却那样动人,这个与罗马《母爱》同一题材的雕塑,米开朗琪罗却更多表现了悲怆、痛苦,圣母抱着刚从十字架上取下的耶稣,她悲痛欲绝,似乎失去力量,耶稣的好友尼科德姆斯就从后面用力支撑着耶稣遗体,帮助圣玛丽亚。米开朗琪罗雕塑它,是为了安放在自己长眠的陵墓上,这一点也许说明它真正反映了艺术家的心意,后来它却成了这座大教堂的主像。安娜引我们仔细寻觅,终于寻找到了,在这满是神像的殿堂的一角,珍藏着一幅但丁的画像。但丁穿着红色长袍,头戴桂冠,站在画幅中心,左手举着他的诗卷,右手微微伸开,但丁正在沉思凝想,他身后正面是"天堂",右侧是"地狱",左侧是"人间"。这幅画不大,光线又昏暗,由于全世界来的游人,都想看这画像,就不能不设置了保护线,但画的上端,那象征光明的彩虹与晨星,还跃然在目。把罗马的圣彼得教堂与翡冷翠这座教堂相比,前者凝重,后者玲珑,而后者更加像一座艺术品。

出于对艺术的崇拜,到翡冷翠的路上,我一再向安娜提起米开朗琪罗的《夜》与《昼》、《晨》与《暮》那一组雕塑。自从接触米开朗琪罗的艺术以来,我觉得这一组雕塑最富于诗意。

从圣玛丽亚教堂出来,安娜示意我们要到一个重要的地方去。

到了那里，我们先进入一座豪华的厅堂，我正在惊奇，以为这是古代贵族的宴会厅，经安娜说明，才知道这就是翡冷翠大贵族梅迪奇家的祭堂，整个都由五颜六色的大理石、宝石镶嵌而成，光彩夺目。安娜带我们穿过一道门，进入另一房间，啊！我几乎惊喜地叫起来，安娜用满意的眼光朝我笑了一下。这便是梅迪奇家的陵墓。这陵墓就整体来说是白色大理石的，显得庄严、肃穆，屋顶上四面窗口投下明亮的光线，白大理石地面上无数墨蓝色菱形组成图案，正面是祭坛，两侧是陵墓，四座大理石雕塑，左侧是《夜》与《昼》，右侧是《晨》与《暮》。这是米开朗琪罗作为战败者之后，怀着痛苦与悲愤心情完成的。四座雕像凭着肌肉、神态，表现着一天的四个不同时刻，《夜》的沉睡的女像的松弛的肌肤，使你觉得这静静的沉睡，是连梦也没有的，你只感到她那酣睡的微息。当这组像完成后，米开朗琪罗的朋友斯特罗基看了惊叹不已，就给《夜》题了一首诗：

　　　　女神沉睡在安静的夜晚，
　　　　这块石头像天使雕塑的那样美，
　　　　这天使就是我们的米开朗琪罗，
　　　　她睡着因为她有生命，
　　　　如若不信你可叫醒她，她会同你细语。

米开朗琪罗自己怀着亡国之痛，也给《夜》写了一首诗：

　　　　睡眠是甜蜜的，成为顽石更是幸福，
　　　　只要世上还有罪恶与耻辱的时候，

> 不视不听，无知无觉，于我是最大的欢乐，
> 不要惊醒，呵，讲话请讲得轻一些吧！

为了人与神的搏斗，但丁写了诗，米开朗琪罗做了雕塑，而米开朗琪罗的每一雕塑，都发出诗的声音。我放轻脚步，凝然不语。自从踏上意大利国土，我一直在追踪着文艺复兴巨大觉醒的艺术之美，在这儿，我不知是由于注视过久，还是泪水蒙眬，我寻求到伟大的雕塑，伟大的诗，我感到一颗伟大的心灵的微微的颤悸……

二 在这浓酽绿色之中，立着一株冰雪般的白玉兰，这是何等地美丽……

下午，我们乘汽车登上新的途程。我带着《夜》的酣眠的甜蜜，在车上睡了一觉，醒来时，但见亚平宁原野上的群山有如怒海狂涛，我们很快就到达了地中海滨的维亚莱焦。

意大利有三大文学奖：维利斯奖，罗马奖，而历史最悠久的，从一九二九年就开始的，就是维亚莱焦奖，今晚要在这里举行授奖大会，也就是维亚莱焦的狂欢之夜。

维亚莱焦是一片海滨天然浴场，现在正是游人众多的季节，我们住在皇家大饭店，我走进我的房间，头一件事就是打开门扉，走上阳台，面对着汹涌澎湃的蓝色大海，静静的、静静的，没有思索，没有激情，我仿佛消失了，我与大海融而为一，大海的每一朵浪花，就成为我心灵的每一次呼吸。

我们到后不久，奖金委员会先举行了和我们的见面会。主席奥尼达·雷帕契身材瘦小，白发萧然，两眼却炯炯有神，这个反法西

斯老战士,响亮的声音,倾吐出全部热情。我说:我希望我们是第一只燕子,将带来中、意作家间友谊的春天。在相互致辞之后,我和雷帕契紧紧拥抱了,会场上响起一片掌声,气氛十分热烈。紧接着好几个老游击队员走过来和我拥抱。有一位在我的名片上写了一句话:"我们都打过游击战,应当紧密团结。"当我们的脸紧紧贴在一起时,想一想,多么悠久的四十年呀,穿过硝烟战火、雨雪风霜,远方战友骤然相抱,是何等激动人心。如果说在罗马我向死去的战友致以哀思,现在我为活着的战友流出欢悦的热泪。维亚莱焦!维亚莱焦!我一生一世永远难忘的维亚莱焦!

　　欢腾的大海,似乎把语言不通的陌生人,紧紧地联结在一起。在皇家饭店的大厅里、走廊上,从世界各地而来的人彼此那样亲近,特别是一位仪表堂堂的老人,几次遇到,总是老朋友般点头,他的眼光,他的微笑,非常亲切,我了解这是对新中国的致意。像在罗马一样,人们争着告诉我们:"前几天总下雨,今天可特别晴朗。"好像上天也在为我们的到来祝福,当然,这话也表达了海滨人胸中的欢乐。入夜,海边灯火辉煌,我们沿着海岸长街,步行到一个大剧院。维亚莱焦文学奖在这里举行授奖仪式,这是一个既隆重又欢乐的场面,一阵乐声之后,雷帕契主席用他特有的铿锵的声调作了讲演,当雷帕契主席宣布有中国作家代表团参加会议而向我们致意时,全场的人都站起来,我们也站起来,暴风雨般掌声经久不息。电视广播台向全意大利转播了这个节日盛况。第二天到了翡冷翠,安娜高兴地告诉我说:"全意大利的人都看见你们了!"我才了解到主人多么精心地安排了一次中国作家和广大电视观众的会见。那以后,在米兰、在威尼斯,连饭店的服务员也一见面就说:"我们在电视上见到你们了!"于是向我们露出了那样热情的微笑。

授奖仪式结束，狂欢之夜开始，我们从热烈的会场中出来，特别感到地中海之夜的清凉与舒畅。回到饭店房间里，我久久凝望着黑茫茫海的夜空，不能入睡，我觉得意大利人没有那么多精巧而华丽的言辞，但意大利人就像意大利灼热的太阳一样真挚、朴实、热烈，我从心里热爱意大利人。雷帕契亲手把维亚莱焦文学奖章送给我们每人一枚。灯光之下，我打开盒盖，看到在蓝色丝绒衬垫中镶嵌着雕刻了文艺女神的金黄色像章。我轻轻取出，翻看背面，镌刻着一行小字："第五十一届维亚莱焦奖——1980年"，这一枚奖章深深结下了意大利作家与中国作家的友谊。深夜，我在海涛絮语中睡去。黎明，我又在海的呼啸中醒来。

我们告别维亚莱焦，进入的丽约大森林，整个上空都遮满浓荫，一片绿影带来清新气息，拂在脸上，沁入心房，偶尔有道朝阳像金黄链条横在路当中，我们穿过大森林，又驰上亚平宁原野，到比萨去。

远方，早晨的阳光闪烁之中，忽然看见矗立高空的白色的比萨斜塔塔顶。不久，我们就进入比萨古城，在一个广场边下了车。广场中心是一座大教堂，教堂前圆柱形的斜塔，一共七层，顶上还有一个钟楼，每层都围有好看的廊柱。教堂和斜塔都是白大理石筑成的。教堂一〇六三年开始兴建，至一二〇〇年建成，建塔是一一七四年，花了九年工夫完成。这塔建成就倾斜了，这确是世界的奇迹，塔的倾斜角度很大，可是历经了这样悠久的年月，这精美雕塑的古塔，还那样完整、坚实，就像从天空把一根圆柱深深插入地底而露在外面的一截。我默默观赏时，一轮火红的太阳刚好升上塔顶，给这古塔饰上金黄灿烂的光圈。

比萨是美丽的，最美的是阿尔诺河，特别是河两岸的路灯的圆柱和菱形灯罩，全是黑铁铸成的，保留着古老油灯样式，和巴黎协和广场上吸引了世界游人的灯一模一样，不过，协和广场的路灯只围绕了广场一匝，而比萨阿尔诺河两岸的路灯则一直伸展向远方，一到夜晚，华灯启处，星星灯火，闪闪波光，该是多么美妙。

出了比萨，我们不像来到原野，而像进了花园，也可以说是花的原野吧！在绿得发黑的葡萄园背景上，那白的、粉的、红的、黄的玫瑰，在洒满金色阳光的大道旁，人家墙垣上攀满怒放的蔷薇，汽车沿着阿尔诺河奔驰，可以说我们跟随着阿尔诺河流向翡冷翠。前方左侧出现了一座山，山顶上有古老城堞。很快我们驰入山脚小镇，红的屋顶，绿的百叶窗，小镇行人寥寥，十分幽静。不知为什么，所有百叶窗都紧闭着，好像不愿把窗内宝藏的古老的隐秘向人展开，我们突然来到一个小小广场。

"看！薄伽丘的塑像！"

啊，我连一点精神准备都没有，一下来到以《十日谈》闻名世界的薄伽丘的故乡。薄伽丘的像，身穿长袍，头披方巾，那微微俯首沉思的神态很有深意。薄伽丘是文艺复兴时的一位人文主义猛士，他那样无情地揭开蒙在圣徒们脸上的面纱，他又那样深情地歌颂了人的美，他描写女人"细长的棕色的""淘气的眼睛"，"放在紫色披风上美丽动人的手"，他还用动人的笔墨描写了故乡美丽大自然的风貌。我真想爬上山头，在薄伽丘的故居住上一夜，可是我们的车沿着山脚驰过了。我回过身来久久仰望，山顶上是一片相当广阔的古城堡，有残破的城堞，林立的古堡，有手指一样直指天空的钟楼，可是山回路转，薄伽丘的故乡就渐渐为树影遮没了。树林那样郁郁葱葱、绿得发黑，我从来没有看到过这样好看的绿色，在这浓酽的绿色之中，立着一株冰雪般的白玉兰，这是何等地美丽……

三 人与神的搏斗还在继续进行，
　　还必须继续进行……

我们从一座古城门进入锡耶纳，已近午时。原来我也没有想我将要到的是个什么地方，当我们走到锡耶纳中心广场，那里黑压压挤满人，就像浪花一样，在人海头上飘荡着红黄的、黄蓝的、绿白的、绿黄的旗帜，旗上绘着各色各样的画，我看到有太阳、海马、贝壳、鹰、长颈鹿……这时，我突然想起，这不是美国作家赫尔曼·沃克的小说《战争风云》中描写过的锡耶纳赛马的那个地方吗？我们被引进广场正面古城堡样的市政厅——锡耶纳是中古时期一个古国，这个市政厅是一二三〇年筑成的——在会议室里坐下来。我看到一幅画，这是一幅很有意思的画，它可以告诉你什么是锡耶纳。画的正中是古锡耶纳保护人，画像手持金框，框中心为绘有金十字架的黑色太阳，画像后面是堆满红色鲜花的原野，画像下面是十名骑手扬鞭奔驰，再下面是翘首仰望的人群，最下面是锡耶纳十个区的旗帜，就是刚才在广场上那些起劲地摇晃、飘荡的旗帜。

从十五世纪起，锡耶纳每年举行一次赛马，今天我们刚好赶上隆重的授马仪式。那欢乐的气氛简直无法描述，也许可以用狂热两字来形容。尽管我对市政厅中十四世纪的壁画看得津津有味，但我毕竟不能不为广场热烈人群所吸引，我们一卷入人群，立刻和他们一样欢乐起来。市政厅红石砌的钟楼高耸云霄，在它下面楼窗上，悬挂着十个区的彩旗，下面一个木台，市长和锡耶纳名人坐在一排长桌后面，宣布这个狂欢节的开始。先是穿着红衣裳、绿坎肩的中古服装的号手走到台口吹号，号声一停，由一个装饰华丽的小孩，去摇转一个手摇机，从那里面落下马的标签，决定哪个牌号的马归哪一个区。每当牌号悬挂墙上，得到好马的那个区就热情地欢呼、蹦跳，把帽子扔向空中，吹口哨。我发现老人和青年、妇女把孩童骑在脖颈上，除了挥舞旗帜外，他们颈部、腰部都围着彩旗，迎风招展。广场密密麻麻挤满人，广场周围一层层木板看台上，三面楼房阳台上，都挤满人，一阵一阵热浪汹涌澎湃，沸腾回荡。直到十个区的马分光了，群众才从广场上纷纷离去。

广场静下来了。蓝天、白云，阳光强烈刺目，在阴凉地方，微风却柔和宜人。椭圆形广场跑道上，新铺了朱红色的土。刚刚给人群吓跑的鸽群现在又飞回来了，在你头上飞，在你脚边啄，仿佛它们也在为节日欢乐，而且兴犹未尽，纠缠着远方的来客。我们找了广场边一处露天饭馆坐下来。安娜不见了，隔一会儿，她出现了。她把一幅绘着各区标旗的丝绸旗帜送给我，我高兴极了，这是锡耶纳人把他们的狂欢分给我的一份。

由于长途跋涉和刚才的一阵狂欢，这顿锡耶纳的午餐吃得特别有味。饭后，我们漫步一条条深深曲巷。石砌的街道都是狭窄而又陡峭，又没有石阶，我只好和同伴挽着臂膀，战战兢兢走下走上。这时，我才恍然大悟，就像我们一路看见无数山头古堡一样，锡耶纳也是一个山峦上的古国。小街两旁都是壁立的古色古香的楼房。忽然，从两厢楼房豁口，看见一座美丽无比的教堂，它不给人以神的感觉，只给人以美的感觉，白色大理石中间，横界着一条条碧绿大理石，这样就使这建筑像雪白皮肤上披着绿纱的亭亭玉立的美女形象。从教堂旁一个陡坡下来，我才发现广场上的节日活动并未结束,而是把一份份狂热带回各区。我凭着一座穹门,看到下面一队穿着艳丽服装的人群,敲着鼓、摇着旗,在游行。拐下另一条险峻的石路,又看到一条小小横街上,一群人在举着酒瓶欢饮……

我们乘车出了罗马门——由于它面向罗马而得名。我们绕着古城墙,在起伏山峦中行驶,我才觉得锡耶纳相当大,而且在古城外又发展了新的城区。意大利得天独厚,它伸展在地中海与亚得里亚海之间,滋润的海洋气候,使得这儿的树那样繁茂,绿得那样浓郁,花朵那样肥大,色彩那样娇艳,就像太阳把特别多的光和热给予了这美丽大地。

傍晚,我们回到翡冷翠幽僻街道中那个幽静的饭店。由于整天奔波,海风吹,阳光晒,一进住房,我就卧倒床上,没再动弹。但在睡意蒙眬中,听到窗外传进悠扬、嘹亮的钟声,使我眼前又再现了米开朗琪罗《最后审判》壁画上在纷纷飞翔、跌落的人形。这钟声告诉我:从文艺复兴到今天,人与神的斗争还在继续进行,还必须继续进行……

四 在我心中只凝然化为一句诗,也许是最美的一句诗:翡冷翠之夜……

我们登上翡冷翠山顶的米开朗琪罗广场,石砌地面上夜露未消。这一天,我们在乌菲齐画廊欣赏了乔托、帕托切利、芬奇、拉斐尔……的杰作,特别使我感动的是看了米开朗琪罗著名的雕塑《大卫》,这些我不一一叙述了,但我无论如何要记下两个令人难忘的翡冷翠的夜晚。

从锡耶纳归来那天,吃过夜餐,安娜和翡冷翠作协主席吉诺·

杰洛拉，陪我们去欣赏翡冷翠夜景。我们先到希米奥利亚广场，这个市中心广场是翡冷翠艺术精英集萃之地。照明灯把整个广场照耀得如同白昼。红褐色市政厅大楼上高高耸立着一座钟楼，建筑结构十分精美。市政厅前立着好些塑像，特别左侧三座穹门连接的长廊上，立着十座希腊神话的石雕，神魄动人。从市政府门前往左拐，忽然进入没有灯光的街道，两旁是巨厦，巨厦底层一排石柱撑着长廊，幽暗之中，石壁上雕塑琳琅，却看不清楚了。由于没有灯光，杰洛拉一直扶着我的胳臂。他是一个非常纯朴、厚实的人，瘦长脸膛上有深深皱纹，两道长鬓角，耸立的浓眉，聪慧的双眼。这两天，到维亚莱焦、比萨、锡耶纳，他一直陪伴我们。他给我的第一个印象，我觉得他像欧洲古典作品里的农民。谁知我猜中了，他告诉我，他是意大利北方阿尔卑斯山脚下的农民。他每年要回到农村去两个月。他送给我一本小说，就是写农民反封建剥削斗争的。这时，他向两旁巨厦指了指，告诉我，我们正走在乌菲齐画廊下面。我们穿过这段静寂的暗路，来到一条横街，就像一下到了另外一个世界，游人摩肩接踵，汽车如水如龙，我们寻个空隙，横穿过街，啊！这是多么迷人的阿尔诺河夜景啊！河上灯光倒影，随着波浪微微摇曳，灯影挨着灯影，一直浸入夜的深处，这时我胸中荡漾着一曲歌，一幅画，一首诗。我们卷入人群，随人群而旋转。许多青年坐在河墙上弹着吉他，唱起歌，这时我才懂得意大利歌手的《小夜曲》为什么那样甜蜜醉人。安娜和杰洛拉惟恐我们失散，手牵手带领我们挤来挤去，挤向著名的老桥。老桥很像我们江南水乡的街桥，桥上两边都是商店。杰洛拉指给我看桥头几家黑铁门窗的木屋，说："这是中世纪保留下来的店铺。"这桥街是买卖金银珠宝的繁华之地，入夜商店都关了门。人如潮涌，我们只有跟着潮涌向桥中心。这儿豁然开朗，切开两旁店铺，留个空隙，这里安置着第一个使用望远镜观察天体的大科学家伽俐略的雕像，河上的风正好在这儿自由吹来吹去，就像伽俐略从宇宙间引来清风。桥中心确是看河景的好地方，两岸灯火汇成一片金的织锦，真是"疑是银河落九天"了。

从阿尔诺河边回来，穿过几条窄得只能走过一个人的深巷，楼壁上挂着黑铁框菱形街灯，那光线自然幽静。

我以为翡冷翠的夜晚已经过去了。第二天晚上，主人邀我们外出用餐，谁知一下又来到了中心广场，这真是不夜之城啊！广场边上支撑着许多颜色艳丽的遮阳篷，是一家家咖啡馆，一处处餐厅，遮阳篷给广场镶了美丽花边。这一夜，广场中心挤满人，那座红褐色市政厅前，有白色石雕的喷泉前，搭了个台子，有美国来的一个乐队正在演出，乐声引得一些游人翩翩起舞。我们被引到广场边一家饭店。我们在长餐桌旁一面吃，一面谈文学，谈社会，……一位白衣裙的女青年谈得十分热烈，她讲到现在一个重大社会问题，是青年人缺乏理想，不知未来，只想今天，有点"今朝有酒今朝醉"；可是这样评论也不确切，人们也在苦苦思索，因此，青年人读哲学比读文学更有兴趣，想从苦闷中找条出路。……我在听，在沉思……

忽然，有一个那么瘦弱的姑娘一下映入我眼帘，她走路轻得几乎连声音也没有，她走到每一个餐桌前，伸出苍白纤细的手，举着一枝用玻璃纸包的红石竹花问："买花吗?"可是没人回答她。我听她的声音那样微弱，我见她的两眼那样木然，她是那样静悄悄，在桌与桌之间穿来走去，我的眼睛一直跟踪着她。不知为什么，我心深处在盼望着，盼望着，盼望她能卖几枝花。可是我失望了，她最后消失在人群中不见了，我说不出的怅惘，甚至有点哀伤。我周围葡萄酒、香烟、咖啡、熟菜的气味浓浓地浓浓地不散。谁料到当我们夜餐将尽，无意间一瞥，我又看到那个姑娘，这次却好，当她走向一个圆桌时，终于有人买了她一朵花，我心中掠过一丝安慰，引起一点希望。

　　欧洲夏夜来得迟，因此，夜黑得愈浓，灯就照得愈亮，乐队还在那台上吹奏，我却听不到乐声，人们在挤来拥去，我却觉不出移动，我融化其中，超乎其上。总之，这里一切，在我心中只凝然化为一句诗，也许是最美的一句诗：翡冷翠之夜……

两访巴黎公社墙

早餐桌上插着一束鲜红的石竹花。

看着石竹花,我进入一种沉思。十九年前,在东京的一段往事浮上心头,我在一篇文章中曾记述过当时的心境:

"我平静下来了,我回到小桌边坐下,我的眼光不期而然地落在石竹花上。啊,这血一样鲜红的石竹花!一下使我想得那样遥远。我的思想由熙熙攘攘的东京一下飞到浴血而战的巴黎公社的街垒,我想到被人称为'蒙马特尔的红色姑娘'的路易丝·米雪尔那首题名《红石竹花》的诗的最后一段:

红色的花,你们再生长吧,
在未来的年代中将会有别的人来拿着你们,
而这些人就是获得胜利的人。"

现在我到了巴黎,这鲜艳的巴黎的石竹花啊,使我心灵发生一阵震颤,它像有一种吸引力,吸引我到洒过像石竹花一样红的鲜血的地方去。

游塞纳河的那个上午,阿尔菲夫妇陪同我们到了贝尔—拉雪兹公墓。墓场里,古木参天,绿荫覆地,非常幽静,我不知不觉把脚步放轻,惟恐惊醒了沉睡的灵魂,悄悄向前走去。转过一株特别巨大的梧桐树,看到布满绿油油藤蔓的墙,墙上有一块纪念牌,已经岁月磨损,显得陈旧,上面铭刻着:

一八七一年五月廿一日至廿八日
献给为巴黎公社而牺牲的人们

墙脚下有一只已经枯萎了的花圈。

我默然肃立,我心中充满虔诚之感,我仿佛听到巴黎公社最后战斗的声音。

关于贝尔—拉雪兹公墓动人心弦的一页,是巴黎公社将领达布罗夫斯基的葬礼的描叙:……晚上,在火炬的照耀下,达布罗夫斯基的遗体用红旗覆盖着,运送到贝尔—拉雪兹墓地。行列通过巴士底狱广场的时候,被人群——国民自卫军、街垒的守卫者拦住了。他们从灵车上把英雄的遗体抬下来,小心地放在七月圆柱的柱脚下,在熊熊的火炬的照耀下,公社社员们依次地走上前来,吻自己的将军的额头,和他告别。军鼓咚咚作响。韦尔盖列尔喊道:"让我们宣誓,除非我们死去,我们决不离开这儿!"大炮的吼声淹没了韦尔盖列尔的话。许多在场的人忍不住流了泪……达布罗夫斯基的遗体安葬在贝尔—拉雪兹墓地的墓穴里。巴黎公社的英雄们在贝尔—拉雪兹墓地展开最后的搏斗。公社战士们步步以坟墓为掩护,防卫着他们的避难所。人们捉对地厮杀,在坟墓间进行着白刃战。战友和敌人垂死地滚进坟穴里。早早来临的昏夜也没有结束这场殊死战。……

最后,在贝尔—拉雪兹墓地,一百四十七个公社社员,英勇不屈,遭到屠杀。这不仅仅是一百四十七个人,这是整个巴黎公社的史诗性的悲壮的结局,巴黎公社的人们在血泊中倒下去,但巴黎公社却永远在人民心中巍然挺立起来了。

日光透过梧桐树影落在我的脸上,我忽然觉得这株老树也许是目击者,它像告诉我巴黎公社的英雄们没有死去,正如马克思所说:

工人的巴黎及其公社将永远作为新社会的光辉先驱受人敬仰。它的英烈们已永远铭记在工人阶级的伟大心坎里。

事实证明:巴黎公社留下的火种,在法兰西人民之中继续闪光。当我离开巴黎公社社员墙向前走时,我在一些大理石墓碑上看到一些镌刻的金字:"布根瓦尔特集中营牺牲者","奥斯维辛集中营牺牲者"……这些第二次世界大战中的英雄,继承了巴黎公社的战斗。

沿着碧绿森森的小径,我们走到另一座坟墓,这是巴黎公社社员鲍狄埃的墓。这墓是由粗糙的石头砌的,墓上面展开一本白色大理石雕出的书卷,上头镌刻着鲍狄埃著作的名字,最后一行写着"国际歌"。一枝绿色青铜雕塑的玫瑰花,摆在书卷之上。

拉雪兹墓的寂静,在我心的深处似乎留下一点深深的哀思,我不知为什么,在那一刻我似乎接触到了伟大的法兰西的心灵,但我没有牢牢把握它,深深理解它,而随即离开它了。那以后,每当黎明或深夜醒来时,我发生了一种强烈的渴望:我还要到那里去。而我在即将离开巴黎时,我的愿望实现了。

这得感谢欧明华夫妇,因为他们给我以自由,他们招待我们那一天,由我选择愿到哪里就到哪里去。当我们在凡尔赛宫草地上野餐结束后,他们带我们找到了巴黎那样难得的丘陵起伏的幽静的角落。我们先穿过一条白石铺砌的倾斜的小巷,转到一条街上,这街上有老旧住宅的楼房和店铺,却很少人。我们等几辆汽车飞驶过去,走过人行横道,来到路边一片小树林里,树荫下有一条小径,它把我们引上绿草如茵的高坡,在巴黎我还没走过这样洁白石砾铺的小径,而树的绿影又给人以舒爽的凉意。我走着,我以为还在前面,树影突然敞开,我一眼看到我早在书本和画册里熟识了的巴黎公社英雄雕塑的像,它后面就耸立着拉雪兹公墓的高墙,我上次看到的纪念牌就在墙院里面。我的心有点跳动,啊,我寻找的法兰西终于寻找到了!这里没有密集的殿堂,没有华丽的装饰,没有如云的旅游者,没有欣赏赞叹的声音,只是浓密的树把这片小空地遮住了,以致我从街上走近它,也无法看见它。

这灰白色的雕塑,在一片断垣残壁之上。这由古老石块砌成的墙,把巴黎公社最后鏖战那狂飙般的一刹那一下永远留在人间了。那石块现在好像还凝聚着硝烟战火,又像是给历史风雨剥蚀,石块上像蜂窠一样,显出迷茫的弹痕。在这墙垣的正中,雕塑着一个巴黎公社母亲形象,她昂然仰首,挺着胸膛,两臂左右伸开,她披散的长发,她袒露的胸脯,她从右肩上披下来的长长的围裙,一直拖到地面。她在枪林弹雨迎面扑来时,她冲上前去,用自己身体保护住背后的人群。你会感觉到她身上充满沸腾的热血,深沉的爱与勇敢,她的两手那样有力地伸张开来,是坚毅地维护着难友?是饮弹垂死的瞬间的战颤?她背后墙垣上,烟雾弥漫,血肉模糊,雕塑着看不清楚的群像,有几个长须老人头像,有的那样激愤,有的那样庄严,有的那样悲痛地用双手抚着创伤的胸膛。有些只影影绰绰看到一点迷茫形象,有的正在战火中跌倒下去。墙垣顶上还残叠着几块凌乱的石块,使你觉得这就是当年的一段残墙,我的心为这雕塑深深震动,我觉得巴黎公社牺牲者的血,又回到我心房中来,血在燃烧，在沸腾……我在公社墙蒙有苔藓的左下角找到雕刻家保尔·莫罗—伏第埃的刻在石上的名字，在右下角看到雨果的两句题诗："我们向未来索取的，不是复仇，是正义。"墙脚前一丛丛鲜艳的花，像是墙垣上流下来的鲜血。我感到这是一垛活着的墙，保尔·莫罗—伏第埃的刀子不是刻在石头上，而是刻在人的心上。

  雨果是伟大的。但我以为沉睡在一墙之隔的拉雪兹公墓里的鲍狄埃，这个巴黎公社参加者的诗句也许更能充分发出巴黎公社人们的心声：

> 希望你的刀子，
> 人民，在每一块石头上，
> 刻着屠杀的日期
> 或是殉难者的名字！
> 希望你的雕刻成为
> 最庄严的一页历史，
> 揭发奴役并高呼
> 要从奴役中解放。
> 好像警钟一般，
> 激起了赤贫的人和饥饿者，
> 成群结队，激昂而愤慨，
> 希望它是报仇的号召，
> 这座巴黎公社社员的
> 纪念碑！

  我的心留在巴黎那一个幽僻安静的地方。我将永远记得，在巴黎公社社员墙前绿茵茵的草地上,开放着大片小小的细细的小白花,就像刚刚飘落过一阵细碎的雪花,它们是那样纯洁、那样美丽。

1956年访问南斯拉夫期间,铁托总统(左三)接见刘白羽(右二),中国驻南斯拉夫大使伍修权(左二)参加接见

夜雨箱根

　　箱根是一个浓绿的深谷。这是我第三次到箱根了，是从日本南方四国乘飞机到东京，然后转机到热海，搭汽车上了山，住的还是我住过的小涌园。给我安排的是一个大房间，从整扇大玻璃窗看出去一片无边无际，碧绿丛丛，如同汪洋大海，好像只要风一吹，这绿就会像碧云破窗而入。稍事休息，我们就悠闲地走出去散步。天一直是抑郁阴沉的，从路旁山上无影无踪飘过来的空气那样清新舒畅，奇怪的是这样广大的绿的深谷，除了我们几个人之外，却没有一个人影，偶然听到人声，却不知道人在哪里，真是："深山不见人，但闻人语响"的境界。

　　箱根堪称绝胜处，最主要的是乘缆车直达山巅，从那里俯视下面，可称"一览众山小"，此时正好与森然耸立的富士山对立相峙，那雪白的山顶，就像一朵倒置的白莲花。不过这一回，大雾弥天，当然不能登山望远了，我们走着走着走入关东大道，路旁大树整整齐齐排成两行，中间平坦坦宽阔的大道，原来这是古代邮道，腾马健儿，如离弦之箭，向远方帝都传递信息或向下传达圣谕，我望着这黑森古树，不仅感到古风古意，你觉得整个大空中悠荡着一种自然美。

　　我们离开关东大道，眼前忽见一片雪白的湖，登船向湖中心出发，湖本来是碧绿的，但今天为雾所笼罩，真是有失必有得，远眺富士山，奇景这一次不能一见了，但是获得湖面难见的奇景，天上湖上，有的是深黑色浓云，有的是浅白色薄雾，各自悠扬飞腾上下，浩然回荡，好像整个大宇宙在你胸前运转，开展，实在云雨变幻，神魂莫测。山不见了，只是这里一块浓云，那里一块浅雾，浅处隐隐约约，露出湖光的淡绿，那黑云如墨的地方，显然是大雨倾盆，神奇陆离，气象万千，美哉大湖，壮哉大湖。

离舟登陆，忽然眼前一亮，闪出各种奇光异彩，原来是杜鹃花。我们沿着杜鹃花小径回到自己的房间，我坐在窗前沙发上，看着一大玻璃窗碧绿，鲜灵极了，不知是这种美的寂静？是全身微微的疲乏，使我不知不觉竟睡着了，听到有人唤我惊醒，已经一天墨色了。

去赴晚宴，宴中有意思的是主人取出一个大的绵纸簿、笔、墨，他翻出我前两次来的题词，要求我再写一点什么，我随即信手写了一首诗："樱花谢后杜鹃开，小涌园中我再来。难却嫩寒一片雨，且同云雾共徘徊。"

经过曲曲走廊，回到我那大而空旷的房间，洗了一个日本式木箱浴，觉得已经有了轻轻酒意。我很爱喝日本清酒，喝起来似乎淡淡的，其实醉起人来很厉害。侍女早已安排好睡具，日本棉被很厚，而且是四方的，像我这样个子的人，一进被窝，两只脚就伸出去了，枕旁有一光亮幽暗的灯，还有各种白瓷茶具，我趁着酒意一钻进厚沉沉的棉被就入睡了。

不知睡到什么时候，猛然惊醒，好像天崩地裂，我的魂魄一下四散纷飞，我借着幽暗的小灯各处巡视，原来是窗外好像走沙飞石，倾盆大雨——啊，我的心感到非常潇洒！潇潇密雨扫在窗上，这箱根深崖密谷，亿万棵树木，都给雨水吹得枝叶一起扫到窗上来，悄悄微吟，我的心里忽然发出一种幽兴，我觉得雨好听，风好听，我就伏在枕上，一直静静听着，不知什么时候蒙蒙眬眬睡入梦乡。不想睡过去，舍不得这美的声音，这是什么声音？是箱根之声。

第二天从箱根下山，看着山上的嫩绿的树叶，每个叶尖上都悬着一滴滴闪亮的细细的珍珠。

智慧之神

夜间，从纽约乘汽车向华盛顿疾驶。

如果说在洛杉矶已经是艳阳天，这向华盛顿去的公路上却还冬寒凝重。汽车之流随着夜深渐渐稀疏起来。我们打着呵欠，就在公路边上寻觅一家旅馆住下来，一杯威士忌，一阵热水浴才算暖和过来，反正是茫茫黑夜，也没问来到何处就睡着了。早晨睁眼一问才知道这里是新泽西州的普林斯顿。好熟呀！这个名字，而且它带着一种隆重感，敲击我的心扉，可是我一时却想不起这个普林斯顿是怎样在我心中留下印象的。不过，我也没有多想，反正就要匆匆而去了。可是，格罗斯曼没把车投入高速公路的洪流，却径自向这十分幽美宁静的城市里开去，草地正是"草色遥看近却无"，树枝还在空中画着灰白的线，行人十分疏落。

问了两次路，我们的汽车一下停在一处住宅区的街道上。

格罗斯曼十分得意地下车去打探什么去了。

他常常是这样，神秘地把美国的什么宝藏一下突然展示给我们。

果然，他把手一扬：

"爱因斯坦故居！"

我一下屏住了呼吸。这是路旁一列楼房中一幢雪白的花园楼层。

爱因斯坦，我所崇拜的这位思想巨人，啊，我猛然记起我读过的一本爱因斯坦传里最后一章的标题，就是普林斯顿。希特勒的褐色恐怖不能吓倒爱因斯坦，但爱因斯坦意识到自己祖国的完全崩溃。正义与邪恶是水火不能相容的。爱因斯坦毅然离开德国故乡，而后颠沛流离，历尽坎坷，于一九三三年到美国定居，普林斯顿成为他晚年的归宿地，于是普林斯顿一个发光的高峰从这里巍然耸立起来。

这不仅仅是由于科学，更重要的是由于良知。当爱因斯坦告别欧洲时，他的好朋友朗之万曾说："这是一件大事。它的重要性就如同梵蒂冈从罗马搬到新大陆去一样。当代物理学之父迁到了美国，现在美国成为世界物理学的中心了。"我以为更重要的是爱因斯坦已经成为世界的良心，他把从探索宇宙奥秘而获得的丰富的思想与智慧，在普林斯顿发出爱因斯坦真理的光辉。

白色——那最纯洁是纯洁的颜色。

也许是偶然的吧，这座木头建筑如此洁白。

我特别举起照相机用特写镜头拍下门牌。

我站住了，这个门牌好像一个标志，正说明着什么？

这时，一阵阵隆隆的思潮像海浪从我心中涌起。

我在思索……

冬天的树叶在我脚旁沙沙微语，除此以外，一点声音都没有。我轻轻踏着几层蓝色台阶走到大门跟前。门紧紧闭住。门脚下缝里露出半截折叠的报纸，——也许爱因斯坦会衔着大烟斗，趿着皮拖鞋，轻轻打开门来取报纸吧！……而正是在这里曾经凝聚着，因为现在也凝聚着人类最大的智慧。我要寻找它，我要认识它，于是我们坐上车又跑起来，寻找爱因斯坦工作过的普林斯顿高等研究院。谁知我们却误入密林丛莽之中了，灰白树林，荒疏萧瑟。我突然灵机一动，想到这也许是当年爱因斯坦沉思之地吧！不过，我们的确是迷路了，倒过车来，果然看到一个路口有一根路牌，上面写着"爱因斯坦路"一行大字。又兜了好一阵圈子，我们找到一座赭红色的楼房，这就是"好茵堂"，爱因斯坦在这大楼上有一间不算太大但极其安适的研究室。我们进去，跟坐在门口桌后面一位太太说明来意。她轻声轻语，打了电话，然后十分礼貌地请我们进去。当我走过爱因斯坦的脚曾踏过的地方时，一种肃穆之情不禁油然笼在心间。楼中寂静无声，但却回旋着一种声音，那就是爱因斯坦的心声。我仿佛看到这披散着满头白发，像一头狮子一样，而眼光温柔慈祥有如冬日阳光。我说的那本传记里这样描写过他："现在，这位巨人已经年逾古稀，岁月在他脸上刻下了道道皱纹。人类的苦难，使这张布满皱纹的慈爱的脸孔染上了悲哀的色彩。有人把他看作《圣经》里的先知，圣洁的白发犹如灵光一般笼罩在宽大前额上——他在忧虑人类的未来。有人把他看作《福音书》里的使徒，袒胸露肩，跣足而行——他在探索真理的道路。"正是他晚年在普林斯顿的时候，他觉得自己和永恒无限浑然一体了。这个相信宇宙的理性才是至高无上的，宇宙才是上帝，只有追求和了解这理性，才是幸福。正是这个曾经想过做灯塔管理员工作的人，他从普林斯顿向黑暗的茫茫大海发出灯塔的明光。我们走着，从一个楼到一个楼，终于寻找到爱因斯坦的踪迹。一切一切清洁、明亮、幽静，上了楼梯又拐下另一楼梯，在一间大厅里找到他。靠着墙壁，一座半人高的方柱上立着爱因斯坦黄铜的头像，满头浓密的卷发还像火焰一样在燃烧，两只眼睛向我们凝视。这位一九二二年在上海滩上由于看到一个枯瘦的中国老人拽住人力车奔跑，车上傲然坐着一个年轻的白人，而感到良心震动的人。今天，他从我们三个中国来客身上看到什么新颖的答案了吗？

一位老太太文雅而又热心地就着车窗仔仔细细给格罗斯曼讲解怎样寻找到去华盛顿的高速公路，从那严谨而又耐心的态度，你感到这里的每一个人都体现着普林斯顿风度。

于是我告别了普林斯顿，但在我心中牵着一丝情愫。

这是什么?!……

到华盛顿，从大西洋吹来一天倾盆大雨。

雨后放晴，晴空万里，阳光灿烂。

我记住莎莎和她丈夫告诉我的使我为之振奋的好消息："你们必须去看看爱因斯坦雕像，这是每一个到华盛顿来的人一定要去的地方。"

啊，从普林斯顿牵来的情丝，一下在华盛顿又接了起来，像有一缕云在我心上飘荡飘荡。

风光如此明媚。波多马克河上一群一群的海鸥在自由地飞翔。

我们从林肯纪念堂向斜刺里一条街道上驶去。然后，在大街一角上一片初绽红色蓓蕾的绿树丛中，找到一座巨大的爱因斯坦铜雕。这个老人微微欠身盘地而坐，右手扶着地面，左手拿着一大书卷搁在弓起来的左膝之上，书页上写着闻名遐迩的公式 $E=mc^2$，硕大的头颅微微下俯，爱因斯坦的生命凝聚在永恒沉思之中。啊，是你，说明一个真正伟大的科学家必然是一个真正的思想家。你说过：死是永恒的自由，多么精髓透彻的思想呀！你现在从每个人的心上得到这种自由。阳光把我和爱因斯坦融合在一起了。我突然发现在他右膝头上有一块闪闪发亮的地方。我把我的手放上去，我感到一阵温暖，这是阳光的温暖？是良心的温暖？一群美国姑娘奔跑来了，原来每个人到这里来都要摸一下这块地方。人们说只要摸一下，便可得到智慧。我发现雕像的圆形底座是一块黑色大理石整体,阳光把那上面无数细碎的星辰照得闪光发亮,这是银河、天体、宇宙,原来爱因斯坦还在考察着永恒的无垠,他的智慧还在继续发展。是的,这就是他那句"死是永恒的自由"生动的写照。我思索,站在爱因斯坦像面前,我发觉从普林斯顿到华盛顿我在探索着一条巨大智慧之路,这时一种崇高的庄严感,把我的灵魂向浩渺无垠的苍穹高高举起。

1987年访问苏联，在列宁格勒住处，窗外是1917年打响第一炮的阿芙乐尔舰

海外日记二则

　　我的散文多来自我的日记,因为写日记不是给人看的,只是个人的心灵自白,也就写得无拘无束了。而我认为这是写散文所最需要的,因此,正如画家的速写本上积存了奇妙的风光,作家的日记本里也有浪漫的遐想。现在我从日记上抄下两则,拿来发表,其实这也就是我自己的散文。

——刘白羽

新　绿

　　一九八四年五月二十五日,记于日本东京新大谷饭店361房间

　　……春天究竟是什么最惹人情思?

　　这个问题,很久以来只是朦朦胧胧地存在于我的头脑里,老实说我没有认真思考过。昨天和今天我第三次访问箱根时,大自然似乎给我做了回答。

　　我三次访问箱根都是春天。不过,前两回是樱花时节,而这次樱花早已随风飘散了。当汽车沿着盘旋的道路,进入浓绿的深山时,我不知等待我的将是什么景色,心中不免有些戚寂。谁料想到,当我们在小涌园安顿下来然后出游时,从古木森森的德川幕府时代的古道漫步而过,小雨零星,忽来助兴;我们在古关卡旁一家

草屋顶的甘酒茶屋饮啜暖热的甜米酒,一片潇潇雨声却已叩人心扉了。

我们泛舟芦湖,看到云从天上落下来,雾从湖面升上去,两者在空中旋卷在一起,云缠雾绕,十分壮观。再看苍翠的山上的云雾,像淡墨泼出的烟,而云雾中透露出来的绿显得幽暗朦胧。雾在湖上走,船在雾中行。云雾的浓淡、明暗也是有层次的。一刹那间,阴云的后面露出发亮的白云,像要穿破而出;不过灰色的雾一下又湮没溶解了那亮的云。我想:我看雾觉得美,别人看我们这雾中行船何尝不美,因此,我十分感谢这一天云雨,使得箱根别有一番风致,令我领略到前两次游箱根没有领略的美。

雨下大了,我们踏上归途,我已心满意足,谁料别开生面,日本朋友没有径直领我们回小涌园,却向山谷深处信步行走,就像黑白电影一下变成彩色电影,原来山谷中有数万株杜鹃花开得如同一团浓烈的火,花团锦簇,目不暇接,浅紫的、深紫的、朱红的、血红的……如潮似海,夺我神魄。我最喜爱的是那种雪白的,晶莹净洁,有如透明的冰霜,花瓣上有细碎的红点。我对着这花久久不能移步,心中倏然震了一下,两天前,我过濑户内海记松山,追踪正冈子规遗迹,正冈不就写了很多吟杜鹃泣血的诗,而自己也终归泣血而死了吗?这雪白花瓣上的红点,莫不就是正冈的泣血吗?!

晚宴前,小涌园主人在案上展出我第一次、第二次来访的题字,要求我再写几个字留念。这时,那云雾,那细雨,那森林,那杜鹃,一下都涌上我的心头,凝成一种浓郁而深沉的情怀,我蘸笔濡墨写了一首小诗:

樱花谢后杜鹃开,小涌园中我再来。

难却嫩寒一片雨，且同云雾共徘徊。

　　回到寓室，我拥被沉思，我在寻觅着我一日的游心，我才发现深深渗入我心灵之中的，既不是杜鹃，也不是云雾，而是满山的新绿。随着春日的到来，在老树叶深绿上那一层嫩叶绿得像从那苍林上拂过的绿雨。如说箱根覆天盖地的浓绿已足以使人陶醉，而这鲜灵灵的一片新绿就更使人从心里珍爱，它是萌芽，它是新生，它是茫茫大自然的一线颤颤的晨光，它将带来大千世界的无穷明媚。这样一想，尽管风雨深山，夜阑人静，我的心头也充满欣悦之感。不过，寻觅新绿，发现新绿，也不是那么容易的，我想在箱根，要不是赶上这个季节，赶上这场云雨把整个山林都浇湿，那新绿也不会绿得这样娇嫩了吧？……

你，血珠一样的卡琳娜果

　　一九八八年二月二十二日，记于美国波特兰查理·格罗斯曼家楼上

　　……我头一回看到卡琳娜果，是去年夏天在乌克兰。千千万万颗小而圆的红果结满一树，红得那样明亮、那样鲜艳。安娜见我爱得心醉，就折了一枝给我。从此，我小心翼翼地带到列宁格勒、莫斯科，而后又飞逾茫茫的西伯利亚，带回我亲爱的小屋，这一穗一穗小果子还是那样鲜红。但是随着严寒冬季的到来，她的生命的光泽，渐渐地、渐渐地像燃尽的火焰一样黯淡了，熄灭了，她死了！我非常之伤心。

我为什么缘故那样伤心?是因为她是太阳生命的照耀,是大地生命的燃烧,是河流生命的滋润,使得她一颗一颗那样红,似乎是无数无数赤红的心,难道只是这个缘故吗?乌克兰人用卡琳娜果形容少女之美,我伤心我失去少女之美,难道只是因为这个缘故吗?

整个冬天,我落在悒郁的沉思之中,——我望着那空了的花瓶——从一种内疚发展到自我谴责。因为我想到,如果一个人对大自然美的挚爱是一种善的表现,那么,对大自然美的戕伤,则不能不是恶的作为。我的灵魂的确很痛苦,你,像血珠一样的卡琳娜果呀!由于我把大自然的恩赐据为己有,我犯了一种罪过。

谁知人生的际遇真是奥妙无穷。冬末春初,我飞掠太平洋,从地球的这个极端到地球的另一个极端,从中国来到美国。在波特兰上空,我看见无涯无尽的雪山像银色海洋一样动人心魄。这儿的雪山洁白、雪亮,我黎明就起来等候,看一轮红日从雪山上升起。那血一样漫漫的红色阳光啊!你大自然的骄子,你不属于这个国家、那个民族,你属于整个宇宙,整个地球,整个人间。今天我们到那一座砂糖一样白的浩德山去了,去看蓓姬,她就住在这雪山山麓。我走进她那圆木修筑的房屋,从窗玻璃上射进阳光,忽然像有无数猩红的小火炬耀亮我的眼、照明我的心,我一下看到了卡琳娜果。当然,这不一定是乌克兰的卡琳娜果,在美国也许是另一品种、另一名称,不过,在我心灵里我还是叫她卡琳娜果。在那冰冻雪山的衬映下,她红得特别鲜灵、特别娇艳。我怀着无限忏悔的心情望着她,我忽然感到有一颗滚烫的泪珠滑向我的心底。

我发现不但在蓓姬的屋里,而且在她家的户外也长着卡琳娜果。这一次我只用珍惜的眼光看着她,默默地看着她,我不但没有采一枝,连一颗红果也没摘取,我只站在蓓姬家门口那鲜红鲜红的卡琳娜果丛旁边照了一张照片。刚到蓓姬家那会儿，站在她家草场旁一段木栅栏边就谈起来。她说："圣诞节我刚过了七十五岁生日。"我说："你的精神可真好啊！"她幽默地一笑回答我："是的，随着年岁的增长，精神也在增长。"可惜，我没有问蓓姬，美国人管这种红果叫什么？不过，不论叫卡琳娜，还是叫玛丽娅，这都没有什么关系，问题是她是大自然同样的女儿。

我想回国以后，当我看着这有红色卡琳娜果的照片时，我会幸福地微笑。你，血珠一样的卡琳娜果，让你把大自然的血珠永远在人们的生命中灌注青春和美丽吧！……